JN207797

天地万象をネタにした
珍笑話集

瞠《どう》目《もく》笑《しょう》

DOMOKUSHO | Hayashiya Hikoichi

林家彦いち

PIE

はじめに

このたびはお手に取って頂き、ありがとうございます。

この本は、ラジオでの生放送で披露した創作小噺の数百本から63本を選んでまとめたものです。

落語本の定番である古典落語の聞きどころや紹介、落語に出てくる名所巡り、噺家や寄席の紹介などはほぼ登場しませんが、エッセンスは相当登場してます。

毎週聴いている人も、ラジオをまったく聴いてないという方も、落語好きはもちろん、そうでない方にも分かりやすくまとめてみました。


遡ること13年前、初代番組プロデューサーの中村健吾さんが、

「彦いちさん！　土曜日は空いてますか？」

「いつの土曜ですか？」

「ずっと！」

それから13年が経ちます。

次のプロデューサーの池田卓生さんが、

「どうでしょう、その日のテーマで小噺を創るというのは」

最初なにを血迷ったことを言っているのだろうと思いました。同時に、そういうことができたら「世情のアラでメシを食い」といわれる噺家としてまっとうだし、面白そうだなとも。

当初はあらゆるマクラや落語、小噺を切ったり貼ったりしていましたが、ある時から、創ることにしました。

ちょうど創作落語を量産している時期だったからこそ、「週1回当日創作する小噺」を課せることにしました。

よく考えたら、生放送で毎週創作小噺をやる噺家なんてあまり聞いたことないですね。まぁ、やらないですね。効果的ではないし、やる必要がないからですね。

しかし効果的でないことや、やらなくていいことをやって身につけた「筋肉」は、イザというときに恐ろしい力を発揮することを知っております。

小噺披露といっても、一人スタジオでマイクに向かうだけではないのです。向かうのは一人ですが、目の前には二人います。久米宏さん。そして、堀井美香アナウンサー。

例えば「さぁ落語家の皆さん、スタジオでその日に創った小噺をやることになりました。お客さまが一人だけいます。思わず、『うわっ!!』。さて誰でしょう？」の大喜利の回答に「久米宏！」が成立するくらいです。

堀井さんの女神のような微笑みにも救われております。ときに女神の瞳の奥に広大な空間があるのでは？と思うようなときもあり、底なしの女神です。

恐縮至極で、光栄の極みです。

そういえば、その場に黒柳徹子さんがいらしたこともありました。じっとこちらを黙って見る三人に、なぜここで私は小噺をしているのだろう、この空間に生まれたばかりの小噺は必要なのか……と、もぉ全知全能の神ゼウスに問いたいくらいでした。

大滝詠一さんがいらした時にご挨拶したら、「大滝は、彦いちさんの小噺のとこ好きです」と、そっと言っていただきとても嬉しく、「どのあたりが？」と聞けなかったのが心残りです。


毎週、出来立てというか、半生の状態で手ぶらでスタジオに入る時のスリルは……

あぁ、やめられない。

ダメだったら、ネクストワンならぬ、ネクストサゲ！に向かえばいいだけです。

職人肌のスタッフさんに囲まれ、淡々とその時間が過ぎてゆく。そこには私の出来不出来なんて、なんでもありません。風です。隙間小噺風。

小噺創作現場にもヒリヒリはありません。

テーマだって、小噺のことは当たり前ですが考えていません。煽りもありません。

堀井さんの落ち着いたナレーションで、例えば「『声に出して言えないメール送っていただけませんか？　安心してください。黙読します』でネタおろし生落語です」と流れます。

まるで小噺が天気予報のように、日常的に存在しているパラレルワールドです。

控え室で一人受け止める人がいます。作家の稲原誠さん。

彼を前に、未完成の小噺を一度やってみるんです。二人っきりでネタやるのって、嫌ですよね。

こっちは、なにが面白いかをダイレクトにさらけ出しているわけですから。

「へぇ、そういうの面白いと思って生きてるんだぁ」と思われちゃう。

そのやりとりの中で小噺の中身の順番を入れ替えたり、アイデアを頂いたり。もぉ、とても助かってます。

ある時、こんなバカな小噺に集中してつき合ってくれることに嬉しくなり、素直に、「こういう寄り添いって、なんて言うんでしたっけ」と聞いたら、「放送作家だよ！」と。そりゃそうだ。

この本で「小噺力」を身につけたら、それはそれは、人にもまれる社会でどんどん出世してゆく……こともあるかもしれませんが、それよりも、目の前に現れた障害や難関を、するりとくぐり抜ける術を手に入れることができるはず。

そして、ストレスや「実はこんなことは、言ってはいけないのではないか」というモヤモヤをバカな噺に変換する経験をすると、あら不思議、日常が楽しくなること請け合いです。

30代からお世話になっている番組で、まさか同じ椅子に座って50歳を迎えるとは予想もつかなかったです。

2019年現在、噺家芸歴30年らしいです。創作落語の仲間とSWA（創作話芸アソシエーション）も活動再開します。

さて、噺家稼業これからですねぇ。

これをお手に取ったことも、なにかのご縁です。

『瞠目笑』をよろしくお願い致します。

読むたびに発見がありますよ。そして、実は角を硬くしてあるので武器にもなります……。

ひとつ末長くおつき合いくださいませ。

林家彦いち

目次

二、あらぶるの章

三、なごみの章

四、うつせみの章

五、にんまりの章

DOMOKUSHO | chapter 1

一、なげきの章

This week's
Message theme

夏休み、身動き取れません！

蟬の身じろぎ

寄席で後の出番の人が来ていないと、高座で喋りながら羽織を舞台袖に投げる。それが引かれたら、後の人が来た、という合図。心置きなく高座を下りれば良いのです。しかし袖を見ても羽織がそのままになっていたら、もぉ身動き取れず、永遠と喋ることになります。永遠たって蟬ほどではないですねぇ。

身動きできない面々の中でも、この方たちが一番身動きができないのではないかな、夏に、と思ったりした話でございます。


「いやあ、先輩。いやあ、身動きできませんねー、これ。まったく身動きできませんね、この夏。まだ身動きできませんね。これ、周りが土ばかりですから」

「お前な、だから」

「でも、そんなこと言ったって、動けないからしょうがないです。先輩、これ、退屈です」

「いいか、俺は3年後に上に出ちゃうけれど、お前はあと5年、6年、いや、10年くらいいるかもしれねえ。一度や二度の夏で音を上げてどうするんだ。なんたって俺たちセミ〈蟬〉だぞ」

「いやあ、そんなこと言わないでくださいよ。でも、ちょっと退屈ですから、なにか、お話ししてください」

「そうか。じゃあな、あの話をしようか。俺のひいひいばあさんがな、昔モデルやってたっていう話」

「え、先輩。それ、セミヌードってのは、なしですよ」

「バカヤロー、なん年、サナギやってると思ってるんでぃ。そんなこと言うわけねえだろう。あの松尾芭蕉は知ってるかい？」

「ええ、知ってますよ」

「あのな、『岩に染み入るセミの声』ってあるだろ。あのモデルになったんだよ。岩に足をすべらせて、『助けて』って泣いているところがあの句になったんだよ」

「え!! 先輩、そうなんですか？ すごい家系ですね」

「おお、すげえだろう。家系がすごいったらね、俺のひいばあさんなんか、玉音放送を生で聴いてるんだから。すごかったんだから。でも、地表に出たらよ、焼け野原でよ。なんか脱皮できなかったって悲しい話なんだよ」

「そうですか。じゃあ、先輩もあれですね。3年後、地表に出たら伝説を残すんですね」

「ああ、そのつもりでいるんだけどよ。俺が聞いた話じゃよ、このサナギの小耳に挟んだんだよ。この上によ、国立競技場ができるらしいんだよ。出られやしねえよ」

「え、出られやしないって!? でも、僕が聞いた話では、屋根がないそうですよ」

松尾芭蕉
133ページ参照。

玉音放送
昭和20年（1945）8月15日正午から、日本放送協会（NHK）がラジオで放送した、昭和天皇による終戦宣言。玉音とは、天皇陛下の肉声の意味。

屋根がない
東京オリンピックのカヌー、ボート競技の会場となる「海の森水上競技場」は、約2000の観客席のうち、半分にしか屋根がなく、観客にとって非常に過酷な環境であることが判明した。当初は全座席が屋根で覆われる予定だったが、整備費の削減を理由に変更された。

「バカヤロー！　そういう問題じゃないんだよ。暑くてしょうがねえだろうよ。それよりよ、まず木がないから出られねえんだよ」

「でも、この森が決めたことですよね」

「まあな、この森はいろんなこと決めるんだけれども、森はときどきおかしな判断をしてね、おかしなことを俺たちに伝えてきたりするんだよ。森なのに湿原〈失言〉になるんだよ」

「先輩、面白いこと、うまいこと言いますね」

「うるせえな、しかし、どうしようかね」

「どうしましょう。じゃあ、こうしましょう。この森が駄目だったら、向こうの林に行きましょうか」

「お前はな、この森にしかいないから、そういうことを言うんだよ。向こうの林に行ってみろよ。サナギでみんな行くだろう。『いつ出ましょうか』って言ったら、『今でしょ』って言うんだよ、向こうの林は。どんどん出すんだよ。セミをよ。なにゼミかと思ったら、東進ゼミだったたって」

「すごいですね、代ゼミは？」

「知るかい、そんなこと。俺が言いたいことはな、俺は3年後に行っちまうけれど

森なのに湿原
平成26年（2014）のソチ冬季オリンピックのフィギュアスケート・ショートプログラムでの浅田真央選手の演技について森喜朗元首相は、「真央ちゃんは肝心な時には必ず転ぶ」と発言。また2020年東京オリンピック・パラリンピックの公式エンブレムが白紙撤回されたことについて「だいぶ、えらい目に遭った」「メディアは粗探しばかりしている」など、数々の発言が波紋を呼んだ。

向こうの林
林修氏のこと。200ページの注釈『いつやるか？』を参照。

も、お前は、あと6年目以降にちゃんと出なきゃ駄目だぞ」

「え、そんなに待たなきゃ駄目なんですか？　それだけ待つとどうなるんですか？」

「6年目以降に出てみろよ。東京も俺たちもいい抜け殻になるんだよ」

This week's
Message theme

景気実態調査〜 2019 年 10 月から消費税を
10％に引き上げ…大丈夫？

低みコンビニ

この日ゲストだったライムスター宇多丸さん。その番組から生まれた「低み」。「アウトとセーフが完全に重なり合ってできるボーダーライン」というものらしいです。そんな「低み」と今回のテーマとの組み合わせ。果たしてどうなる？

えー、疲れた噺家が、とぼとぼとぼと帰る。街はずれ、駅からちょっと離れたところにあるコンビニ。来年の今くらいには、そのコンビニでそういう風景が見られるのではないか、というお話です。


「あ〜、疲れちゃったな〜。あれ、あそこにあんなコンビニあったっけかな。へ〜、ちょっと行ってみよう。『低みコンビニ』、こんなのがあったんだな〜」

「エ〜、イラッタイマセ〜、イラッタイマセ〜」

「おっ、元気がいいな。そうだよな、景気が悪いときは、こう元気がいい店員さんがいいな。今、元気がいいのは外国の人だよな」

「イラッタイマセ、どうしますか？」

「じゃあ、お酒買って行こうかな」

「お酒、お酒。店長から言われていますよ。10パー、10パー、10パーです」

「分かってる、分かってる、分かっていますから」

「10パーですよ、10パー。どうしますか？　イートインもありますよ。食べて行

ライムスター宇多丸
ラッパー。昭和44年（1969）生まれ。大学在学中にMummy-Dと出会い、ヒップホップ・グループ『ライムスター』を結成。今日に至るまで、日本のヒップホップシーンを開拓・牽引。人気のラジオ・パーソナリティでもあり、月〜金曜のTBSラジオの生放送ワイド番組『アフター6ジャンクション』で、メインパーソナリティを務めている。

10パー
平成元年（1989）4月、税率3%からスタートした日本の消費税は、同9年（1997）に5%、同26年（2014）に8%に引き上げら

く？」

「そうだな、うちに帰ってもあれだから、ちょっと食べて行こうかな。じゃあ、この、から揚げ」

「から揚げ買ってく、から揚げ買ってく。10パーから揚げ、10パーから揚げ。これまでね、計算がすごく難しかったでしょ。今はすごく分かりやすい。えっと、３００円だから３３０円ですよ。『10パー〈十把〉ひとから揚げ〈一絡げ〉』って覚えているの。あなた、面白いことを言いますね」

「いえ、あなたが言っているんですよ。私はなにも言っていませんから」

「『10パー、ひとから揚げ』、私、気に入ってるんですよー」

「ちょっと店員さん！　あなた、そこ！　前の、ズボンのファスナー……」

「これね、ジッパー、ジッパー。これね、覚えているの。店長からジッパーちゃんとしろ、って言われたから。ちなみに私の頭ね、天パー」

「そんなの、どうでもいいですから！」

「あなた、面白い」

「私ではなく、あなたですよ。じゃあ、イートインで。いいですか？」

「あっ、食べて行く？　食べて行くと10パー。10パーになります。そこに座って」


れた。その後、同27年（２０１５）10月に10％に引き上げられる予定だったが、安倍首相の判断により同29年（２０１７）4月に延期。さらに安倍首相の「新しい判断」によって延期され、令和元年（２０１９）10月から10％に引き上げられることとなった。ただし、一部食料品や新聞などに関しては、軽減税率が適用され、8％のままとなる。

「そうかあ。じゃあ、持って帰ろうかな」

「でも、うち帰って、一人で食べるの寂しいでしょ。外で食べると良くないからね。うち軒下あるでしょ、そこの軒下どう？　９パーで手を打つよ」

「そんなのあるの？」

「９パーで手を打つからね。そこにテーブルがあって、お酒も飲めるようになっているから。うちの妹つけようか！　妹つけようか？　妹どうする？　妹、持ち帰る？持ち帰ると８パー！　お店で頂いたら10パー！　どうする？」

「そういうのいらないですから。訳分からない……」

「じゃあ、お酒。どれでも飲めますよ」

「お湯割り、水割り……なに割りにしようかな……」

「水もしくはお湯に、売ってるお酒を10パー入れまして、消費税10パー頂きます。アナタ、割りに合わねえな～と、思っていますね？」

This week's
Message theme

私と、私のまわりの高齢者ドライバー

運転免許へんのうじの変

私の親父も80歳になろうとしてますが、まだ乗ってます。心配ですが、田舎は車がないと移動に困るんですね。どこで言ってあげるかも優しさですよね。あっ、落語もやってくるんですかね。「彦いちさん。そろそろ噺家を返納する年に……」。

運転免許の場合は、引導を渡すというのが難しいなあ〜と、思ったりするわけでございます。


「ねえ、母さん、大丈夫？」

「大丈夫よ、このところいろいろ言っているから。ちょっとずつ、ちょっとずつね、分かるように。急に言うとさー、父さん、怒っちゃうでしょ。ちょっとずつ言わなきゃ。ほら、帰って来た。ほらまた車、傷つけて。やっぱ自主返納させなきゃ駄目なの。私にいい考えがあるの」

「母さん、いつものそれで大丈夫？」

「大丈夫！　今日もうっすら、うっすら、伝えていくからね。あっ、お帰り！　ご飯の用意、できているからね。それでね、今日はすごいの。高級な鰹節が入ったのよ〜。ちょっと待っててね。こっからやらないといけないのよ」

シュッ、シュッ、シュッ、シュッ、シュッ。（鰹節を削っている音）

「お前、なにやってんだ？」

自主返納
運転免許が不要になった人、加齢に伴う身体機能や判断能力の低下などで、運転に不安を感じる高齢ドライバーが、自主的に運転免許証を返納できる制度。返納後は身分証として使える運転経歴証明書が発行され、バスやタクシーに乗車する際の運賃割引など、さまざまな特典がある。ここ数年、高齢者ドライバーによる、高速道路の逆走事故が増加傾向にあり、社会問題化している。

シュッ、シュッ、シュッ、シュッ、シュッ。

「はあー、なかなかねー、鰹節ができへんのう〈返納〉〜」

「なんだ、お前、どうしたんだ？」

「いえ、ついつい力が入ると、大阪弁になっちゃう」

「お前、生まれは青森だろうよ。おかしいだろ〜」

「ねっ、鰹節、削られへんのう〜」

「母さん、頑張って！　もっと頑張って！」

「ちょっと、サチコ、テレビつけて。リモコン。テレビ、つかへんのう〜。つかへんのう〜」

「なんなんだよ、お前！　ええっ、変だぞ！」

「なんかほら、なんて言うの……。あっ、最近あんたど〜お〜？　生前退位っていうの？　この国の天皇制、どう思う？　早めに退くってすてきよね〜」

「急になに言い出すんだ？　言っていることの意味が分からないよ」

「ちょっと、駄目。あたしもう限界。サチコ、なんか言って」

「分かった！　そうそう！　うちの娘がおじいちゃんと話、したいってさ！　父さん、歴史好きでしょ！」

生前退位
平成28年（2016）8月、天皇陛下は「おことば」の中で生前退位の意向を強く示された。同29年（2017）6月の参議院本会議で、天皇の退位を一代限りで認める「天皇の退位等に関する皇室典範特別法」が可決・成立。退位日は同31年（2019）4月30日と決定した。皇太子・浩宮さまは5月1日に新天皇として即位し元号が「令和」となった。

「おう、俺は歴史好きだからね。なんでも聞いてくれ」

「あるじゃない、織田信長が亡くなった、なんだっけほら〝へんのうじの変〟っていうのさ、あれのこと聞きたいって」

「ちょっと、ちょっと、待ってくれ！　なんなんだ？　それ『本能寺の変』だろ」

「そうじゃなくてさ、『人生50年』って織田信長も言っていたでしょ。だから、ね、父さん、もういくつ？　かなり越えているでしょ？」

「なんだ、俺に死ねって言うのか」

「そうじゃないわよ〜」

「なんだ、このところ、お前たちの様子がおかしいと思ってたけれど。毎日毎日、へんてこなこと言って。それが恒例〈高齢〉になってるんじゃないか？」

「こうれい〜！　母さん、今がチャンスよ！」

「そうそう、言おうと思っていたの。ねっ、恒例になっているでしょ。その恒例じゃなくて、私たち高齢になっているでしょ。そろそろ考えることがあるじゃない」

「あっ！　それを言いたかったのか！」

「分かってくれた？」

「そうか、そうかー。言いにくいことを遠まわしに言ってたんだな。分かった、分

織田信長
本能寺の変
天正10年（1582）6月2日、織田信長が家臣・明智光秀の謀反にあって襲撃され自害した事件。信長は、毛利氏と対戦中の羽柴秀吉を救援するため本能寺に滞留していた。光秀は同じく中国征伐のため西下の途中だったが、丹波亀山城から引き返し、信長を襲った。

かった！　俺も一度は言おうと思ってた。手に手を携えて、これからお前と生きて行かなきゃいけない。娘がいて、孫がいる。幸せなことだ。手に手を取ってな、これからも一緒に歩いて行こう。なんていうか、ともに行進しようと思うんだ」

「行進〈更新〉しないで！　それはやっちゃ駄目なの！」

「なに、お前、逆上してるの」

「先に逆走したのはあなたよ！」

「なに訳の分かんないことを言ってるんだよ。逆走はしてないぞ」

「母さん、もうちょっと！　今、いいところまできているから。もうちょっとよ！」

「う〜、う〜、だから、家族からの信号を無視しないで！」

「いいわ！　母さん、決まったわ！」

「なに、ちょっとあなた黙ってるの？　家族からの信号を無視しないで。どうしてなにも反応しないの⁉」

「反応しないんじゃねえ。返納しないんだよ！」

This week's
Message theme

スポーツ、ルールルル～
このルールが分かりません！

ハイブリッドだるまさんが転んだ

どのスポーツにおいても正確なルールが分かっていませんねぇ。スキージャンプのレジェンドが飛んでるなぁ……と。飛んだ人が手をちぎれんばかりに挙げているると、大変なことが起きているんだなと。ただルールが分からないのに、時に感動して涙する自分がいます。観戦と涙腺!?となると、小噺の予感。

落語のルールは「座布団に、落語家が座って喋る」という。これがどうやら、ルールのようですね。座布団に触れていればいいんです。触れていればセーフということで……。いろいろなルールがあるんですが、幼い頃から、いろんな試みをさせている保育園もあったりするようでございまして……。

「はい、いいですかー！　これからのグローバルな世の中、お遊戯、遊びも多様性の世の中です。今のうちからやったほうがいいと思うので、いろいろ変えて対応していこうと思います。鬼ごっこは分かりますね。先生が言った通り、いつもの大きな声でね。あっ、あんまり一気に言うとね、疲れちゃうから、細く出して言ってごらんなさい、息を吸って、はい。大きな声で、はい！」

「じゅげむじゅげむ……」

「それ違うでしょ。『カバディ、カバディ』って先生、教えたでしょうー。『じゅげむじゅげむごこうのすりきれ』だと、動かないで座布団に座りたくなってしまいます。ちゃんとやってもらいますよ。それとですねえ。『だるまさんが転んだ』もやっぱり

カバディ
インドやバングラデシュでは国技であり、パキスタン、スリランカ、ネパールなど、南アジアの国々で盛んなスポーツ。2000年以上の歴史がある。1チーム七人で対戦し、攻撃側の一人が「カバディカバディ」と連呼しながら、守備側の体にできるだけ触れ、自分の陣地に戻り、得点を競う。

じゅげむじゅげむ
落語の演目『寿限無』の子どもの名前。195ページ参照。

将来のことを考えて……というのは大人になると、いろんなコンプライアンスというものがついてまわりますから、気をつけてくださいね。弘法大師さまのことですから、まあ、なんといいますか、高野山に気を遣って、『だるまさんが転ばない』ということにしておきましょうか」

「はーい！」

「だるまさんが転ばないで、止まるほうにも芸術点！　これが大事ですね。攻めるほうも守るほうも、あの空海和尚なんで、攻防大事〈弘法大師〉ということです。これ、お願いしますねー。えーっと、『花いちもんめ』。これも声を出していきましょう！　みんな声を出してね！」

「はーい！」

「いい声出しているわねー。これからね、息をつかずに一気にやらなきゃいけないから、選手交代もどんどんやっていきますから。これまでとすこーし、ルールが変わるかもしれないですけれども、将来のためですからね！　一つにまとまらないほうがいいと思うので。ひろし君、そこでなにしてるんですか？　人を集めない、そこに！　集めて、赤いカープTシャツ着せないの！　そうやってそこで、みんなで手を使って、『まーるが欲しい』って言わないの！　『まるしかあげない』とかも言わないの！

弘法大師
空海のこと。宝亀5年（774）〜承和2年（835）。平安初期、真言宗の開祖。延暦23年（804）入唐して2年間密教を学ぶ。帰国後、高野山に金剛峰寺を建立、東寺（教王護国寺）を真言道場とし各地を巡歴。死後、醍醐天皇から賜った諡号が「弘法大師」。

赤いカープTシャツ
久米宏さんと堀井美香さんは、広島東洋カープのファンで、番組内で度々話題にのぼる。

それ、気をつけてくださいね。やっぱり、いろいろちゃんとしていかないとね。『かくれんぼ』も本気でやりますよ！　隠れている人を本気で探していきます。えっ、誰？　誰？　今、隠れている人！」

「はい、丸山君が隠れています」

「丸山君？　丸山君、隠れちゃったの？　きっと見つかるから、以心〈維新〉伝心でね、ちょっと探してみてね。『えっ、丸山君のことは、今日はこれくらいで勘弁して下さい？』。分かりました。そっちは？　けんけん相撲？　そうね、将来のことを考えると、けんけん相撲じゃ使えないから、柔道にしましょう。柔道ね、柔道も今後、どんどんルールが変わってくるでしょうけど、昔の柔道の良さがあった訳。『組んでからやる』という。これね、パラリンピックのルールにもなったのだけれども、非常にいいから、これでやっていこうと思います。分かった？」

「分かりました！　一生懸命やります！　おりゃー！」

「やめなさい！　すぐに取っ組み合わないの！」

「こうか、こうか！　こうじゃない」

「喧嘩じゃないのよ！　それに、こうか〈効果〉はすでになくなったでしょ！　仲良くするのがスポーツ。仲良くするの！」

まーるが欲しい
平成30年（２０１８）、主軸選手だった丸の不調により、日本シリーズで広島東洋カープは1勝4敗1引き分けと、福岡ソフトバンクホークスに完敗。シリーズ後、丸は国内ＦＡ権を行使し、読売巨人軍（ジャイアンツ）へ移籍した。

丸山君
元日本維新の会所属・衆議院議員丸山穂高氏のこと。北方領土問題での不適切発言に関し、当初は発言を正当化していたが、衆院が議員運営委員理事会を開き、事情聴取を行うとなると、突如体調不良で欠席し、2ヶ月の休養が必要との診断書を提出した。

「えっ、そんなことないよ。だってね、柔道は有効〈友好〉もなくなったんだよ」
「あっ、うまいこと言うわねー。あなた技ありね。技あり連発で一本！」
「先生！　技ありもね、合わせても一本にならないんだよ」

組んでからやる
パラリンピックの柔道は、両者が互いに組んだ状態になってから試合開始となる。

柔道は有効もなくなった、合わせても一本にならない
平成30年（2018）、国際柔道連盟が一部ルール変更。試合時間が男女ともに4分になった他、合わせ技一本の廃止、指導による反則負けが四つから三つへと変更。さらに、「有効」が廃止になった。

This week's
Message theme

私、離脱しました！

国際耐久サウナ

国民投票でEU離脱派が勝ったイギリス。すごいですね。日本だとまぁ、なりゆきと事なかれに一票という感じなのでお国柄の違いでしょうか。私、今離脱したいものがないですねぇ～というのも、お国柄？

「離脱」って、普段はなかなか聞かないですけれど、英語で「Exit（イグジット）」なんですね。イギリスの「EU離脱」は「Brexit（ブレグジット）」になるそうです。とどまるというのと、離脱ということになるんですけれど。僕らですと、破門によって廃業だったり、一門を抜けることでしょうか。なんかこう、組織というのは、ちょっと心地いい反面、面倒くさいところが……。その我慢大会みたいなのがあったりするのではないかなあと。これはなにかに似てるなーと、思ったりするわけでございます。

ここは国際都市東京の浅草でございます。海外の人がたーくさん集まっている、浅草寺の裏で、ある我慢大会が開かれているようです。

「イヤー、集まったね、ミンナね、集まったね、今日はサウナで我慢大会だよ。我慢大会ね、一生懸命。しかし、フィンランドの人、強いね」

「日本のサウナ、たいしたことないよー。我々の国では、雪の中にダイブするよー。ミンナ汗かいて、スゴイよ」

「今日は我慢大会だからね。ここは一つ、ここに、『とどまる』。日本の遊びしましょ。五・七・五ありますね。『とどまる』、『とどまる』

「そうだね。ボクもいろいろ日本に協力して、ボク、日本のプロ野球大好き」

「じゃ、みんなで我慢大会で『とどまる』五・七・五で」

「じゃあ、一つできた」

「できたの？」

「できたよ。『今年こそ　首位にとどまる　カープです』。今日は負けませんよ」

「いいねえ。とどまりたくなったねえ。そういうこと、そういうこと。そっちできたか？」

「ボク、イタリア人です」

「おー、イタリア人、なにかできたか？」

「五・七・五できたよ。『パパだけど　恋に発展　ママ友と』」

「それ、駄目だよー。日本では怒られることだからね。そっちはできたか？」

「ボク、ポーランドです！　ボク、日本が大好きなんです。夏のお盆を過ぎると国に帰らなければいけない。とどまりたい、つらい気持ちもありますけど、それを詠みました」

「あぁ、やってみな」

ボクもいろいろ日本に協力して
カープの25年振りの首位に貢献した助っ人外国人、クリス・ジョンソンのこと。昭和59年（1984）生まれ。アメリカ合衆国出身、プロ野球投手。平成26年（2014）広島東洋カープと契約し、現在も同チームに所属。同28年（2016）、海外出身選手として史上二人目の沢村栄治賞を受賞した。

「エーッと、アノォ、『ニホン好き　盆〈ボン〉から先は　ポーランド』」

「それを言いたいだけかい？　そりゃあ、とどまるかどうか分からないね。そっちはどうだい。フランスの人？」

「オウ、とどまる、とどまる。とどまる五・七・五。オ〜ウ、『トランプは　TPPから　ヌケたがる』」

「〝ヌケたがる〟のはいいから、とどまるのを言いましょう。みんなで言いましょ」

「とどまるの、ムズカシーなー」

「おっ、そっちのイギリス人、汗かいてつらそうだね。ぼんやりしてるね。そっちはなんかできたかい？」

「で、で、できましたよ。日本にとどまる、ムズカシー。これは、宇宙グローバルな五・七・五できたよ！『家政婦は　火星〈家政〉にとどまり　なにをする』」

「イングランドジョークかい？　おう、どうした、そっちにもイギリス人がいるね。すごい汗だくじゃないか」

「もう、アタシ、ダメ！」

「イギリス人、ダメかい？」

「ダメです、アタシ！」

バタバタ！　イギリス人がパーっと表に出る。表に出ると、取り囲んでいる連中が、

「おいおいおい、我慢大会だろ。なにやってんだよ。なに、おめおめと出て来てんだよ」

「これ違う！　離脱だから、ヌケヌケと出てきた」

「おっ！　意外な日本語を知ってるね！　それで俺たちはどうしたらいいんだよ」

「こうなったら、あの湯船にみんなで入ろう！」

ドボーン!!　と入る。

「ハアー、イイ湯〈ＥＵ〉だね～」

This week's Message theme

参院選“超”入口調査
あなたは投票に行きますか？ 行きませんか？

選挙町演芸場の楽屋

出口ではなく、入口調査。自分たちの周りは選挙に行ってるんで、投票率高いだろうなぁと思っていても戦後最低とか言われたり。行かないんですねぇ。一票投じた人だけが、政治ネタができるカードみたいなものが欲しいですねぇ。

彦いち「こうして平和でいられるのも、みんなが投票に行くから、ということでございますよ。僕、ふるさとは鹿児島なんですけれど、徳之島というすばらしい島がありまして、まあ、これは噂、いや伝説かもしれません。最高投票率が102%だったという」
堀井「え～、2%ってなんだー?」
久米「実弾が飛び交っていましたね、昔」
堀井「間違って2回行っちゃう、とかですか?」
久米「間違いじゃないんですよ」
彦いち「もしくは105%とも聞いていますね。選挙はそのくらいの勢いでいて欲しいなーと思う次第なんでございます。選挙が好きであればあるほど豊かになるのではないかという。これは、選挙が大好きな選挙町というところがありまして。あるんですからしょうがない。豊かな町にはやっぱり演芸場があったりする。その演芸場は、今日も今日とて開演して賑わっております」

「いや～、なんだね。最近は若い人が増えて良かったですな」
「若い人が増えて良かったね～。やっぱりね～、喋る人、そしてお客さんも若い人が育っているというのはなによりだ。誰が気になりますか、師匠は？」

「あたしゃ、最近漫才の『公示告示』。あれはいい。もうなんていうか、最近、いろんな漫才さんがいるんですけれど、頭角〈当確〉を現しているというんですかね。たまらないですね～。はきはきした若者は気持ちがいいですから！」

「ちょっと前座さん、ここでこうやって喋っているんですから、気を配って。ほらほら、甘党ですからね。お願いしますよ。師匠もそうですよね」

「私はね、コーヒーは無糖〈無党〉派なんですよ」

「そうですか。ほら前座さん、ボーっとしてちゃいけませんよ。お願いしますね。そちらの師匠はなにか気になる人とか」

「え～、そうですね。最近ずっと気にならなかったんですけれど、このところちょっと気になっている『三遊亭白票』。あれ気になりますね。自分の意見がないわけですけれど、ないはないなりに人気〈任期〉をのばしているみたいでございまして、それでも、そういう人でも投票に行くんだから、いいのではないかな～と思いますよ」

「あ～、なるほど、いいご意見でございますね。あたしですか？　あたしね、実は今、気になっているのは世の中をうわっと動かしているの、やって来たでしょ。久米ちゃん！　久米宏さん、最近リミッターがはずれた毒舌漫談、あれがすごい！」

公示告示
U字工事、青空球児・好児などの漫才コンビ名にかけている。公的機関が公衆に周知を促すため、情報を公開すること。「公示」は、天皇の国事行為（憲法第7条）を伴う、衆議院の総選挙と参議院の通常選挙のときだけ使用される。その他の選挙では、国政選挙を含めすべて「告示」が使用される。

三遊亭白票
白票投票と三遊亭白鳥師匠をかけている。三遊亭白鳥は、昭和38年（1963）生まれ。同62年（1987）、三遊亭円丈に入門、にいがたを名乗る。平成13年（2001）、真打昇進。白鳥に改名。彦いちとはキャンプ仲

「聴いた！　この間聴いた。出囃子に乗って舞台の真ん中に出て、第一声が『桶狭間』。あれがいい。あれ、今、流行語になっているから。そして国会の先生〈先制〉攻撃、で、国会が正当〈政党〉防衛」

「あれうまいね、私も好きなんですよ。世の中も大変な盛り上がりですからね。演芸場が盛り上がってきましたね。えっ、なんですか、前座さん。新しい会員さん、そうですか。どうぞお入りくださいませ」

「初めまして。私、元アナウンサーでございまして、このたび女流噺家としてやっていこうと思いまして」

「あら、そうですか。元アナウンサーさんが女流噺家さんとしてやっていく。それでどのようなことをやっていこうと」

「世の中のいろいろな汚れたものを落語で落としていこうと」

「あら、うまいことを言いますな〜。しかしながらね、それだけ美しい、美貌だと、ちょっと楽屋では難しいかもしれませんよ」

「えっ、どういうことですか？」

「好色〈公職〉違反になります」


間でもあり、最も多くの時間をともに過ごす噺家。

「白票投票」とは、投票所で記名のない票を投じること。白票を投じ、投票したい立候補者がいない意思を示す戦略的投票という考え方がある。しかし実際には、白票は無効票と、棄権と同様、候補者の当落には影響しない。

桶狭間
久米宏さんが令和元年（２０１９）７月19日、ＮＨＫの情報番組『あさイチ』に出演した。その際、久米自身はＮＨＫに批判的な立場であり、出演は自分の意思でないと主張。なぜ出演を快諾したかの問いに「桶狭間です。一人でも敵陣に突っ込む」と答えた。

This week's Message theme

今一度聞きます。東京オリンピックに賛成ですか？　反対ですか？

２０２０年夏！　そのとき寄席は賛成？

「オリンピックはこのまま開催していいのか？」という議論が出てきている昨今。寄席の楽屋で先輩に、「オリンピックはなにを観に行くの？」と聞かれ、そっか、競技者と観客に罪はないんだ、真夏にやることがまずは問題なのだ、ということに気がついた次第。

2020年、寄席は特に変わることなく営業していて、いろんな人が集まって来ているのではないかと思うのです。2020年夏、近い将来の話です。

「今日はですね。オリンピックの合間に、寄席も非常に賑わっているということで、どういった方々が集まっているのか、寄席は賛成の反対なのか、反対の方々が集まっているのか、はたまた、この暑さを避けるために涼しく過ごすために来ているのか、ちょっと覗いてみたいと思います。オリンピックボランティア不足の中で、ずっと寄席のボランティアに通っている一人の方がいらっしゃるということで、今日はお邪魔してみました。それでは入ってみましょう。

あ、司会ですね。めくりがクルッと出ました。寄席には通常司会はいないのですが、『久米宏』と出ました！」

「久米さん、連日寄席にいらしてたんですね。どこにもいないと思ったら。久米宏さんが出ていらした」

「ども、久米宏です。今、東京で空いているのが寄席かなと。ずっと客席にいたんで

めくり
出演している芸人の名前が寄席文字で書かれた札のことで、多くの場合、高座の端に吊るされている。「見出し」が正式名称ともいわれる。

クーベルタン
ピエール・ド・クーベルタン。文久3年（1863）〜昭和12年（1937）。フランスの貴族出身で、近代オリンピックの創始者。スポーツの国際交流による世界平和を目指し、古代オリンピックの復興を提唱。明治27年（1894）、国際オリンピック委員会を創立。同29年（1896）に会長に就任し、大正14年（1925）まで務めた。

すけれども、気がついたら、こちらのほうに回ってしまいまして。喜んで頂きたいと思っているわけでございます。寄席でございますので、通常は司会はいないのでございますが、少しばかり、小噺のようなものをやってみたいと思います。

んんっ！（咳払い）ささ、カレーをどんどんお食べなさい、それでは思いっ切り、クーベルタン！　ご馳走サマランチ！」

「受けてますねー。久米宏さん、漫談でとうとうオリンピック!?　すごいですね。続いては、紙切りが出て参りました。2階席は海外の方でいっぱいですね、いろいろお題が出てますが……。え？　金メダル？　さすがこの時期ですね。あっという間に、林家二楽さん、金メダルを切りました！　続いてのご注文、銀メダル！　色以外は一緒なんですけどね。次は銅メダル！　能天気ですね、寄席というところは。オリンピックのほうと熱量は変わらないのですが、なんか賑やかでいいですねー。続いて出て来たのが、林家ペーハーさん。ペーパーは知ってますけど、ペーハーさん？　ちょっと見てみましょう」

「どうも！　夫婦漫才の林家ペーハーでございます。ペーパーという先輩がいるんですが、私たちはペー、ハーでやらせて頂いております。さて、オリンピックですねー」

サマランチ
ファン・アントニオ・サマランチ。大正9年（1920）～平成22年（2010）。スペイン・バルセロナ出身。昭和55年（1980）～平成13年（2001）まで、IOC国際オリンピック委員会の第7代会長を務めた。

紙切り
観客の注文に応じ、目の前で1枚の紙を切り、動物や人物、風景などを作る、寄席演芸のひとつ。

林家二楽
昭和42年（1967）生まれ。平成元年（1989）、紙切師の父・二代目林家正楽門下に入門。彦いちとは同じ一門である。

「あなたさ、まず、オリンピックに賛成か、反対かということが大事だと思うんだけど」

「顔を見てると、だんだんとさ……」

「でもさ、あなた、みんなが集まるところで、あなたさ。好きだったでしょ、賛成でしょ?」

「どうして人のことそうやって決めつけるんだよ。顔がだんだん赤くなってきたからってさ、確かに俺はそりゃ、賛成だよ。そういうお前はどうなんだよ」

「なによ!」

「お、だんだん顔が青くなってきた」

「だから、顔が青くなってきたから、ほら、もう分かるでしょ! 私ね、賛成の反対なの!」

「青くなったら賛成の反対って、なんだよ、それ」

「分からないの? アルカリ性なのよ!」

ペーパー
林家ペー、林家パー子のこと。林家ペーは漫談家、写真家。全身ピンクの衣装がトレードマーク。昭和39年(1964)、初代林家三平に入門、林家ペーに。同47年(1972)、林家パー子と結婚後、コンビで活動。林家パー子は、同43年(1968)、初代林家三平に入門。

This week's
Message theme

あきらめた楽器

出雲楽器結びの神

楽器は挫折しますよねぇ。実はこの日、ウクレレを持参するのを忘れてしまって。ゲストがギタリストとヴァイオリニストだったとは。忘れて良かったとホッとした次第です。これからまた新しい楽器に出合うことがあるのかなぁ。きっとありますね、アレだ。

寄席や落語会でも、誰の後かで雰囲気変わるんですよ。場合によっては小三治師匠が仲入りで、食いつきで僕が出るという場面もあるし、ケーシー高峰師匠の後に出たこともあって、ドキドキでした。「誰の後でも大丈夫という体」をつくるのも僕らの修業の一つなんです。ところが、初めてのパターンです。年齢の上の人ばかりを見てきたので、ああいうすごい少女の後に出るという。ハーーッていう。

楽器のお話でございます。

こちらは出雲の神さま。縁結びの神さまでございます。男女の縁を取り持つことで知られ、大勢の人がお願いに行っております。出雲の神さまは、どんなものでもくっつけてくれるということでございます。今日も今日とて、挫折した人たちが集まっている、それを救うのが神さまでして、次から次へと、8歳の後にやらなきゃいけない噺家も集まっている。そんな中、楽器との縁結びも少なくなかったようで、まあ、出雲の神さまは本当に忙しかったりするわけでございまして。

仲入り
仲入り（休憩）のすぐ前の出番のこと。

食いつき
休憩後の出番のこと。

ああいうすごい少女
この日のゲストは、7歳でヴァイオリンの国際コンクール3連覇という快挙を達成した、弱冠8歳のヴァイオリニスト・吉村妃鞠（ひまり）さん。

「次の方は誰ですか？　今日も、皆さん楽器で挫折するかと思うので、この人にはこの楽器を、というのを私が全部つなぎますんで」

「わたくし、あのー、多摩川の土手でフルートの練習をしているんですけれど、いつも虫に刺されてしまいまして、どういう楽器がいいのかなと。これ以上、フルートはできない」

「なんですか？　えっ？　ああ、フルートを河原でやっていると。ああ、虫に刺される。いけません。フルートは木管ですから。虫に刺されるんですね？　金管〈キンカン〉がいいですね。キンカンに限ります」

「分かりました。神さまの言う通りにやってみます～」

「いや～、今日は忙しいな。続いての方はなんですか？　ちょっと小柄ですね。眼鏡をかけて。ああ、和服で、そうですか。なにかやってましたか？」

「ええ、私あの、トランペットとかやっているんですけれど、ちょっと違う楽器をやってみたくて……」

「そうですか。あなたはギターなどは？」

「ギターって、だって8割、9割が挫折するという、そんなの私にできる……」

「いや大丈夫ですよ！　ギターを弾けとは言っていないです。ギターを担いでくださ

木管と金管
金管楽器はトランペット、トロンボーン、チューバなど、金属製のマウスピースに唇を押し当て、唇を振動させて音を出す管楽器のこと。木管楽器はフルート、リコーダーなど、穴に息を吹き込むものやサキソフォーン、クラリネットなどリードを使って音を出す楽器を指す。

キンカン
大正15年（1926）、金冠堂が販売を始めた、虫刺されやかゆみなどに効果を発揮する外皮剤。肌に塗ると、アンモニアの吸熱とメントールの気化による冷却作用で清涼感を感じる。独特の刺激臭もある。

い。験〈弦〉を担ぐという。そしたらうまくいくと思いますよ、昇太さん。なにかいいことがあると思いますよ。神さまとして見えるのは、久しぶりに再会する一般女性の、いや、元宝塚の方……現れるのではないかと思います。担いじゃってください」

「はい、どうもありがとうございました！」

「いや〜、忙しいな〜。続いての方はどうですか」

「え〜、わたくし国民とともにいろいろ、一生懸命、ともに奏でていきたいと思っています」

「その舌足らずな話し方は、ひょっとして」

「永六輔ではありません」

「あっ、やはりあなたでしたか！　国民とともに奏でたいですか。そうでしたら、どうですかね、ピアノなんていうのは？」

「どうしてですか？」

「ピアノ、合うと思います。気をつけなければいけないのは、黒鍵〈国権〉を乱用しないで頂きたいんですね。そろそろ白黒つけるときでございますから」

「言っていることがよく分かりません」

「そうですか。それでは引き続き、こちらの大法螺貝を差し上げますので、これを大

8割、9割が挫折
この日のゲストは、楽器挫折者救済合宿を主宰しているきりばやしひろきさん。楽器に挑戦したものの、挫折してしまった人々を救済し、世の中に「音楽が大好きでたまらない」人を増やすことを目的とする。中でもギターは8、9割が挫折すると明言している。

元宝塚の方
令和元年（2019）6月30日、春風亭昇太師匠（168ページ参照）が、出演番組内で元タカラジェンヌの女性との結婚を発表した。

いに吹いてくださいね。どんどん来ますね。ああ、芸者さん。芸者さんも鍵盤〈見番〉ハーモニカ、このあたりでどうでしょうかね。こっちには魚類が。魚さん、集まって集まって。皆さん吹奏〈水槽〉楽でございますからね。さあさ、どうぞ、どうぞ、どうぞ～」

へとへとになってしまう神さま。

「神さま、どうもお疲れさまでした！」

「今日も疲れたな～」

「お疲れさまでした。神さまは楽器はやらないんですか？」

「はあ～、お前にはなにか聞こえないかい？　だから、さっきから言っているだろう」

「えっ！　聞こえてこないですけれど……」

「分からないのかい？　あたしはね、音〈ね〉を上げているんだよ」

鍵盤ハーモニカ
見番に絡めている。芸者の事務所で、芸者の取り次ぎや送迎、玉代の精算をするところ。検番とも書く。

This week's
Message theme

考えたことある？
あなたは、保守？ それとも革新？

保守か革新か、それが問題だ

ラジオで創作小噺を毎週やっているのは革新！ しかし、落語という保守的な表現方法で伝える。加えて落語のネタも多様する、保守っぷり。あぁ、なんだかなぁ。

落語という芸能自体が保守だから、そんな中で新しいことをやっていくのは、保守なのか革新なのか、と。分からなくなるというのは、あるんですけれども。

今日も今日とて、押し入れの中で出番がない。耳を傾けてみると、この季節、あの声が聞こえて参ります。

「♪明かりをつけましょ、ぼんぼりに〜♪ ねー、歌いなさいよ。今年も出られないんだから。気持ちだけでも」

「なんでだよ、今年もどうせ押し入れから出られないし、いいよ」

「そんなこと言わないで、お内裏《だいり》さん、歌いなさいよ！」

「うるさいよ、お雛さん。もう出なくなってずいぶん経つんだから」

「歌わなきゃ駄目でしょ！ 私、ここに嫁いだんだから」

「お雛さん、分かったよ！ 歌うよ！ そろそろ少し考えたほうが良いかもしれない。このところラジオだとかテレビでも漏れ聴こえてくる……保守だとか、革新だとか……」

「そうなのよ、私もここに嫁いでからずっと、保守派だと思っていたけど、押し入れの外のラジオから聴こえてくる声で、保守だか革新だか分からなくなったの。だって、今じゃお雛さまを立派に飾るほうが革新派だって。私たち革新派の立役者ってことでしょ。考えれば考えるほど、どっちかな〜って、分からなくなってきちゃって」

「それにアレだろ、今はお雛さまって、いろいろスポットが当たってさ、変わり雛とかいっぱい出て来て」

「そうなの。私は保守派としてここに嫁いで来たけど、これだけ閉じ込められていると考えも変わるわよね。私はいったいどっちだか分からないのよ。ちょっとさ、あなたたちもそうでしょ？」

「♪ピーヒャラ、ピーヒャラ、ストトン、トン、テントコテントコ、ストトン、トン♪……」

「ちょっと、お囃子さんたち！　あなたたち、ちゃんとラジオ聴いてたの？　分かってないでしょ。保守、保守って思ってるけれどね、保守の考え方が少し違うのよ。あなたたち、間違って認識してない？」

「はい、そうですよ！　なぜなら我々、五人〈誤認〉囃子」

「くだらないことを言ってるんじゃないの！　ちょっと、三人官女はどうしたの？

三人官女は！」

「三人は、パワハラでお雛さまを訴えると言ってます」

「だってよく似た白い顔なんだもん。三人官女を使い倒しちゃってさあ、私だっていつまでもすまし顔できませんし。どう思いますか？　お内裏さん！」

「もうみんなで歌えばいいじゃないか。♪明かりをつけましょ〜♪」

「だから歌ってばかりいないで！　古いの、新しいの、私たちいったいどっちなの？あなたに言ってもだめなの？　ひょっとして誰かの代理なの？」

「いや、私は正真正銘〈照明〉のお内裏〈代理〉だよ」

「なに？　いったいどういうこと？」

「『明かりをつけましょ』って歌ってるだろ。だから、我々電灯〈伝統〉なんだよ」

という、伝統的かつ保守的なサゲでお開き。

パワハラ
パワーハラスメントの略。上役が地位や権限を利用して、部下に対し嫌がらせをすること。

This week's
Message theme

失せ物の時間

失せ物の森

前座の頃、師匠のカバンを電車に忘れたことがありました。忘れ物預り所で再会したときの喜びたるや……。

「失せ物の森」みたいなものがどっかにあるんじゃないかな、と。失せ物の終着駅、いろんなものに捨てられた、はたまた、落とされてそのままになったものたちがいっぱい集う場所があったりなんかする、そんなことがあったら、まあちょっと、聞き耳を立ててみたいなと思うわけでございますけれども。

あたしなんかね、絶対見つけてもらえないのよ。あんたいいわよね、財布でしょ？　ええ？　いくら入ってんの？　3万円？　あ〜微妙ねー！　8万超えるとね、必ず現れるのよ。あんた3000円でしょ？　カードなし。まず出てこないわね。出てこないのよー。携帯電話がそっちで鳴ってるでしょ？　ブルブル震えたり、そう、ここにはいっぱい、忘れられたものたち、落とされたものたちが集まってくるの。そうやって、携帯電話鳴らしたって誰も出ない。ま、そのうち電源切れるから、誰のものか分からなくなる。

え？　あたし？　あたしは、しがない片方の手袋。持ち主が全然出て来ないの。はあーっ、居ても居なくてもいい立場って大変よね。あたしは左手よ。向こうに見える右手さんと一緒になればってていうけど、なれないわよ！　なれるわけないでしょ！　ブランドも素材も違うの！　そういうものたちがこの森にはね、いっぱい溜まってるのよ。ここには、そういうものたちがいーっぱい集まってくる。そ、時計さんもそうよね。ね？　今は、また買えばいいだろうと。安価なものは誰も出てこない。この間なんか、安価なアンカが捨てられて行ったわ。冷たくなってたわねぇ。高価なものは迎えが来るの。ずいぶんいなくなったわねー。残ったものたちは、みんな悲しいものたちばかりよねー。さまざまな時間で止まっている。どうせ止まるならちょうど「12時」で死んでいこうと思うけど、そうはさせてくれない。そうよね、悲しいわよね。

あたしだって、いつまでもこうしているわけにはいかないのよ。あーあ、でもいつか捨てられるのかしら？　このまま燃やされるのかしら？　燃やされるものからもこぼれ落ちたの。だから、あたしはずっとここにいるのよ。でもね、「H」ってイニシャルだけがあるの。これが頼りなの。林家の誰か、迎えに来てくれないかなー。もう、ひろしでも、彦いちでもいい……。え？　どうするのって？　この話のサゲをどうするのかって？　気になるでしょう？

あたしはねえ、もうねえ、路地にぽいっとされるのは嫌だからねえ、この失せ物の森の悲しい物語は落としてなるものですか。

『彦いち噺』のこさえかた 全四ノ巻 一ノ巻

生放送も佳境の土曜午後2時38分。スタジオブースに入った師匠は久米さんの斜め向い、堀井美香アナウンサーの横に座ると鷹揚に構えて出囃子を待ちます。さすが、大師匠。

「生」の特性を活かし、直前のゲストコーナーで出た話題の尻尾をつかみマクラに仕立てあげると、そこからはもう流れるように、毎週新作ネタおろしという暴挙「彦いち噺」が始まるのです。

テーマはつねに無茶ぶり

週替わりで設定される番組のメッセージテーマは、「彦いち噺」に忖度《そんたく》してくれません。いつだって無茶ぶりで、久米さんが「こんなテーマでも噺できる?」とクビをひねると、俄然やる気を出してしまう。そんな胆力が、彦いち師匠にはあるようです。番組でご一緒するようになった当初、落語家とはそうゆう生き者なのだろうと思っていました。でも、十年ちょっとの付き合いの中で、どうやらみんながそうではないことも知るようになりました。むしろ珍種。こんな難題をおもしろがって引き受け滋養に換えてしまう噺家は、他にそんなにはいないみたいです。

『久米宏 ラジオなんですけど』構成作家

稲原誠

できっこないはできないの？

生放送が始まるおよそ1時間前に、出演者とスタッフが揃って放送の段取りを確認する打ち合わせを行います。そこではディレクターから、

「〜〜で、2時半過ぎからは『彦いち噺』がありまして、エンディングです」

という流れの説明があるだけです。

「ありまして」と言うからあるのだろうと思っていたのですが、この時点ではまだ無かったのです。師匠は毎度ほぼ手ぶらでやってきます。あらかじめ用意するなんて不粋はハナから手放して、オモシロイを求めてギリギリまで粘ってみないと好奇心が昂らないのを、なにより本人が承知しているからでしょう。そこはやはり芸歴三十年、地肩の強さです。カッコ良過ぎです。ふらりとやって来て、笑いだけを置き土産にすっと次の現場へ消えて行く。でもその地肩に頼り過ぎてしまうと、たまには暴投もあり得るもので、その制球の手助けをするのが私の役目と口出しをさせてもらってきました。ブルペンで肩をつくる様子を、大師匠は他人には見せたがらないものです。そんな姿を晒すのは粋じゃない。だからここだけの話、「彦いち噺」ができるまでの舞台裏を、もう少しだけ。

二の巻へ続く

DOMOKUSHO | chapter 2

二、あらぶるの章

This week's
Message theme

残業と私

バー・残業

大学中退でこの世界に入った私。残業がピンときていないようです。20代の頃、会社勤めの友人が「今日残業だぁ！」と言うのを聞き、仕事があるだけ「いいじゃん！」と思った記憶があります。

今日のお話は新橋から程近いところの雑居ビルの1階でございます。創業48年。気さくなママさんでございまして、昨今、残業はすっかりなくなりましたんで、ふらりふらりとやって来る、あるいは昔からのお馴染みさんもいらっしゃる、そういう「バー・残業」。気さくなママが今日も迎えてくれるようでありあます。


「いらっしゃい。あら、初めて見る顔ね」

「ごめんください。いいですか？　口コミで知ったもので」

「ご近所の方？　お仕事帰りかしら？」

「私あの、スーパーコンピューターの開発をしておりまして。家に戻るに戻れない状況でして。助成金とか、いろいろ問題を抱えちゃって、仕事しながらここにいてもいいですか？」

「いいわよ、なにか飲む？」

「じゃ、水割りを」

「分かったわ、用意するわね。『水増し』でしょ。たっぷり水増ししとくわよ」

水増し
平成29年（2017）12月、スーパーコンピュータ開発ベンチャー・ペジーコンピューティング社の社長らが東京地検特捜部に逮捕された。経済産業省が管轄する国立研究開発法人から、開発費として受けた補助金約4億円あまりのうち、数億円を水増しして請求、不正受給したとされる。

経費水の如し
新潟県の湯沢町に本社を構える『白瀧酒造』の、『純米吟醸上善如水（じょうぜんみずのごとし）』をもじっている。

「ママさん、素晴らしい！　どうもありがとうございます」
「あ、あとね、サービスで『経費水の如し』っていうのもあるから、それもね」
「こういうところが人気の店なんだな」
「さぁさぁさぁ、入って入って。こっちの疲れたサラリーマンの方は、最近、フラリーマンとか言うんでしょ、元気出して。目を真っ赤にして家に帰れないって。家に帰る時間までいればいいじゃない。まぁ、真っ赤な目をして。……今ね、レッド・アイを作るからね。

あら、久しぶりじゃない！　昭恵さん、久しぶり。そこのボックス席ね。ゆっくりしてって、昭恵さん、一人でいいから。どうする？　ツーフィンガー？　やっぱり今日はワンフィンガーにするのね。分かったわ。大丈夫、用意しておくわ。

あら、こちらも珍しい。以前はお店を貸し切ってくれたりしたのに、親方。最近テレビで観たけど、大変ねー。親方のお弟子さんが額、ぱっくり割れちゃって。気の毒だとは思いますけど。いいですから、なにも言わなくてもこちらでお酒用意しますから。昨日今日のママじゃないのよー。任しとけばいいのよ。山形のお酒ね、『雪解け』っていうのがあるの。……いらない？　あ、そう。じゃ、あれがある！『雪中梅』のワンランク上が入ったの。『折衷案』ていうの。それ用意しておくわ〜。

フラリーマン
定時に退社しながらも、真っすぐ帰宅せず、フラフラ寄り道をするサラリーマンのこと。目白大学名誉教授で社会心理学者の渋谷昌三氏が、平成19年（2007）に発行した著書『「上司が読める」と面白い』の文中で紹介した造語。

レッド・アイ
1970〜80年代に誕生したカクテル。ビールをベースに、トマトジュースを加えている。

親方のお弟子さん
平成29年（2017）、秋場所中に起こった、横綱日馬富士（当時）による貴ノ岩（当時）への暴行事件のこと。

いいから、いいから、お燗しておくから。温まるわよ。さぁさぁ、入って入って」

疲れたサラリーマン、フラリーマンには元気を出してもらおうと、『エールビール』を振る舞う。上司の悪口、年長者の悪口を言いたい人には『オールド・パー』を振る舞う。歌丸師匠には点滴を、と大変な賑わいでございます。

ワーワー言っているうちに夜中の0時になりますと、電気がバンッと消える。

「え?!　ママさん、いったいどういうこと?　どういうことですか〜〜!」

「このビルも、就労〈終了〉〜〜〜〜」

ツーフィンガー
ウィスキーをタンブラーに注ぐ際の分量を表す、便宜的な単位をフィンガーと呼ぶ。横にした指1本分の深さがシングル、ダブルは2本分となり、ワンフィンガー、ツーフィンガーという言い方が用いられる。「ワンフィンガー」は100万円のことを表している。

オールド・パー
英国のマクドナルド・グリンリースが製造するスコッチ・ウイスキーの銘柄。日本へは明治時代に輸入され、昭和の政治家や文人に愛された。ステイタスシンボルとなり、サラリーマンの憧れの存在であった。

This week's
Message theme

投票に行く？　行かない？

出馬大家

実は20代の頃、投票に行かなかったことがあります。自分の一票ではなにも変わらないと思っていました。一試合でひっくり返る格闘技の世界。「ある一席」で化けるともいわれている落語の世界。「1」の可能性に心躍る私がなにをしてるんだ！と。それからは一票を投じています。

今日はですね、選挙のお話。まあまあ、落語の世界には民主化がありませんので……、ないんですけれども、大家さんが立候補するという、そんな小噺で、ちょっとおつき合いでございます。


「今日はね、えー、来てもらったのは他でもないんだ」

「こんにちは」

「こんにちは！」

「こんにちはー」

「いいからお上がりなさいよ。こちらへ。えー、あたしはね、この度ね、立候補することになった、町役にね。よろしくお願いしますよ。しかしながらね、あたしは、より良い長屋をと思ってたんだけど、なんだ？　おお？　選挙に行きたくないという人がいるっていうことだ。一人ずつちょっと聞いていきたいんだけどもねえ。なかなか言いづらいだろうから、あのー、やっぱりあれだ。みんなが言いやすいように、ここはひとつ、五・七・五で、伝えてもらおうと。そして、人と人とはつながっているということで、下の句を次の人の上の句に持っていく、というのでどうだろう？」

「なるほど！　例のあれでございますね」

「そうなんだ。あの手を使おうと思ってね。よろしく頼みますよ。じゃ、選挙というのはね、これに、あの、参加をすること、これが一番大事なところでございますからね。あの、そっちの参政権、これから始めてみようか。お、分かるか？　参政権」

「はい？」

「だから、分かりやすく『国政に　参加すること　参政〈賛成〉権』というのでどうだ？」

「ええ、なるほど分かりやした。あたしはねえ、年取ったお袋、そして、疲れたカミさんにガミガミガミガミガミ言われておりましてねえ。こういうの、どうでしょう？

『参政権　うちの中では　なにもない』」

「いやいや、てっちゃん！　お前さんとこの家の話をしてるんじゃあないんだよ。選挙の話だ。そっちは？」

「はい。私がやりましょう。えー、こういうのでどうでしょうかねえ？　選挙に行く・行かない、私もいろいろ考えまして、大家さんが立候補するっていうことで、こういうのどうでしょう？『なにもない　一票入れても　変わらない』」

例のあれ
五七五の川柳を読み、その下の句を次の人が引き取って上の句にして、新しい歌を詠む。これを続けて楽しむという連歌の遊びを作って、試しにやってみたら面白かったので、小噺で時折用いることにしている。

「なるほどー、そういうことを考えてるんだね。そっちは？」

「分かりました。私も考えましたよ。では、『変わらない　言っていること　候補者が』」

「おーお。なるほどなあ。そっちは？　おお、与太郎、分かるか？　『候補者が』で始まる句だよ」

「分かりやした！　や、やりやすよ。えっとね、『候補者が　知り合いならば　すぐ投票』」

「ああ、なるほどな。そりゃそうだ、頼むよ一票を。与太」

「で、続きもあるんですよ」

「お、与太、まだあるのか？」

「『すぐ投票　そうしないと　すぐ忘れ』」

「ああ、与太はしょうがないなあ」

「じゃあ、あたし、こういうのはどうでしょう？　じゃ『すぐ忘れ』残しで。『すぐ忘れ　公約したのは　いつ頃か』」

「あぁーなるほど、うまいなあ。長屋のみんなもいろいろ考えているようだね」

「じゃ、私、で、で、できました！　できました、あたし、できました！」

一票入れても、変わらない
若者たちが「選挙に関心をもって投票したところで、なにも変わらない」と諦めていることから、政治について不勉強になり、どこに投票していいのか分からず投票に行かなくなり、投票率が下がる。結果、政党も若者向けの政策を打ち出さない、自分に関係なさそうな選挙に、さらに興味が失せる、という負のスパイラルが加速する。

「てっちゃん！　お前の家のことなんか、どうでもいいんだよ」

「分かりました。『いつ頃』残しですね。『いつ頃か　連立組んだ　嫁と母』」

「だから、家のことじゃないの」

「おお、じゃ嫁と母だったら、うちもいるんでね。じゃ、私もね、ちょっとフォローするわけじゃありませんが、『嫁と母　投票するとき　顔で決め』」

「なるほどね。そういうことあるからなあ」

「さらに続きがあるんです」

「なんだい？」

『『顔で決め　3年後には　裏切られ』」

「はあー、裏切られたことあるんだ？」

「ええー、あたしもねえ、うちのかかあと結婚したときにねえ、こんなことになるんじゃないかと思ってはいたんですよ」

「あのね、てっちゃん。お前の家の話はもういいんだ。あたしが立候補するんだよ！」

「ええ、そうですけど。じゃあ、ちょっといいですか？　長屋を代表してね、一つ言わせてもらいますけども。マニフェストっていうのがあるんですよね？」

「おっ、お前難しい言葉を使うねえ。マニフェスト！　だからさっきも言ったろ？良い長屋にする、いい暮らしをする、これがマニフェストだな」

「説得力がないですよ。嘘ですよね。どうせハッタリでしょ？」

「ハッタリだっていいんだよ」

「ハッタリでいいんですか？」

「公約なんだから」

This week's Message theme

GW妄想旅行

妄想図書館

「こんな図書館は嫌だ!」ランキングにランクインしそうな図書館。この図書館はどこまでが妄想なのか……。ただの妄想図書館ではない設定です。やはり見えるものより、見えないもののほうがワクワクします。

久米「噺家さんは四六時中、妄想しているようなもんですよね」
彦いち「そうですね。座布団に座って、妄想をただ喋ってるだけの仕事かも、と思うときはあります」
彦いち「堀井さん、ご存知でしょうか？　評判の『久米書店』。大好評でございますけれど」
堀井「はい。BS日本テレビで」
彦いち「その裏側で、『妄想図書館』という番組が始まったんですよ。あの、妄想なんですけどね」
久米「なるほどね。良かった、今、一瞬、びっくりしました。来たか、強敵が！と思って。そっちに僕が出たいくらいだと思いました」
彦いち「あの、絶賛、妄想中なんですけれども」
久米「絶賛、妄想中」
彦いち「妄想のあと押しをするという図書館なんです。妄想は自由なので、その人の言葉、思っていることに対して、フワッと背中を押してあげたりするんですね」

久米書店
平成26年（2014）4月～平成28年（2016）9月まで、BS日本テレビで放送されていた久米宏さん司会の番組。放送時間は毎週日曜日の18時から1時間。作家やエッセイスト、他さまざまな分野のゲストを招き、ゲスト推薦の本や著書について、作風や感想などを述べるスタイル。平成28年10月から翌年3月までは、『久米書店midnight～夜の本の虫～』として放送した。

「こんにちは」

「こんにちは。はい、はい、はい。どうぞ、いらっしゃいませ」

「こちら、妄想図書館ですか」

「そうですよ。なんでもお貸しします、妄想図書館へようこそ。こういうゴールデンウィークなどに、あなたの背中を押してあげます。妄想は自由ですからね」

「なんかね、せっかくの休日なので、妄想したくて来たんですけれども。いいものありますか？」

「はい！　こちら、ベストセラーですよ！　お好きなものを選んで。妄想は自由なんですよ。自由なんですけれども、実はこちらの図書館、前に借りた人の妄想がちょっと残るんですよ。こちら、ベストセラーの『永遠の0《ゼロ》』なんですけれども、前に借りた方が宇宙にすごい興味のある人だったものですから、戻って来たときには、若干、『永遠のゼロ・グラビティ』になってるという。こういう軽い妄想がちょっと残っている、名残りがあります」

「あ、そういうもんなんですか」

「そうなんです、妄想は自由ですから。そうなんですよ。これは個人情報保護法案でね、なかなか言えないんですけれども、あの、これね、本じゃなくて映画なんです

永遠の0
放送作家として活躍していた百田尚樹さんの作家デビュー小説。現代の青年が、太平洋戦争で戦死した祖父の真実を解き明かす。平成18年（2006）に発表、その3年後に文庫化されると徐々に話題を呼び、ミリオンヒットに。漫画版の刊行、映画化、テレビドラマ化もされた。

ゼロ・グラビティ
平成25年（2013）に公開されたアメリカ映画。事故で無重力空間に放り出された二人の宇宙飛行士が、絶望的な孤独に襲われる極限状況を描く。宇宙空間や事故の描写などのVFXも見事で話題に。

が、以前壇蜜《だんみつ》さんが借りたものがあるんですよ。壇蜜さんが借りた後って、ちょっと借りたく……」

「なります。なにを借りて行ったんですか」

「あのですね、こちらなんですけれど。『アナと雪の女王』！　妄想が広がってきましたか？　妄想は自由なんですよ。この後、すぐ借りたほうがいいですよ。その筋の方が借りる前に借りたほうがいいと思いますよ」

「そうですね。いろいろ広がってきました」

「まあ、お堅いところでいきますと、中国の思想家の孟子という人と荘子という方の『孟宗思想』という……」

「いや、そういう妄想ダジャレはいいですから、ピンとくるもの」

「ピンとくるものって、あなたのやりたいこと。そういうものがいいですよね。妄想の希望とか」

「そうですね。僕のやりたいことは、なんか、このゴールデンウィーク、ごろごろごろごろしていて、どこにも行かなかったので、旅行した気持ちになって……。そうですねえ……その旅行の途中で、例えば、例えばですよ。テロかなにかがあって、それを僕が救うとかいうような、そんな妄想」

個人情報保護法案
『個人情報の保護に関する法律』。個人情報の不正利用や情報漏えいに対する社会的不安を軽減し、個人の権利と利益を保護する狙いがある。氏名、生年月日、性別、住所など個人特定が可能になり得る情報を扱う企業や団体、国や地方自治体などに対し、適正な取り扱い方法などを定めた。平成15年（2003）に公布、平成17年（2005）に全面施行された。

壇蜜
女優、グラビアモデル。『久米書店』で、アシスタント役を務めた。久米宏さんが書店店長、壇蜜さんが店員という設定。

「いいですね。ヒーローものですね。そういう妄想、いいと思いますよ。ぜひ、危機を救ってください。そういう方には、『ダイハード』がありますよ」

「これをお借りしていきます」

「それをきっかけに、あなたの妄想を広げてください。しかしながら、前に借りた方が……」

「前に借りた方は、誰なんですか？」

「桂歌丸さんが借りて行ったので、ちょっと『ダイハード』が中ハードくらい、階段も上がれないくらい小ハードになっているかもしれないですけれど、あなたの妄想力でテロリストと戦って、国を救ってくださいよ」

「そうですか。じゃあ、ちょっと僕もそういう妄想をしてみようかな」

「早くこの国を救ってください。早めに戦ってくださいよ」

「え、どういうことですか？」

「あの、これも個人情報保護法でなかなか言いづらいんですが、実は数日前に、安倍総理がこちらの『日本国憲法』を借りに来たんですよ」

「ほほう」

「それで、今朝、返しに来たんです。ちょうど、憲法記念日でしょう。だから、あ

アナと雪の女王
ディズニーの長編オリジナルアニメ映画。平成25年（2013）に公開（日本では翌年公開）し、世界中で大ヒットした。日本での略称は『アナ雪』。

孟子と荘子
「孟宗」と「妄想」をかけたダジャレ。孟子は、孔子を開祖とした春秋戦国時代の儒教学者。紀元前372年〜289年頃。荘子は同時代の思想家で、道教の始祖の一人。紀元前4〜3世紀頃。

『ダイハード』

昭和63年（1988）に公開（日本では1989年）のアメリカ映画。主演はブルース・ウィリス。

の、ちょっと、不安だったんですけれど。ペロペロッと、めくったんです。戻ってきた『日本国憲法』をペロペロッと、めくったら……」

「めくったら？」

「なんと、9ページが、なくなってたんです！」

桂歌丸
昭和11年（1936）〜平成30年（2018）。昭和26年（1951）、古今亭今輔に入門。同36年（1961）、兄弟子・米丸門下に移籍し、同39年（1964）、桂歌丸に改名。同43年（1968）真打昇進。平成19年（2007）の勲四等旭日小綬章叙勲や落語芸術協会の5代目会長就任など、落語界への功績は大きい。

This week's
Message theme

あれもそれも無かったことにするつもり!?
〜政治の言葉

大相撲永田町場所

あったことをなかったことにしたら、あったことになる気がするのは私だけでしょうか。ゲストは、ファンがついている空調服や空調座布団の会長さん。私が鼻息荒く「数年前から愛用してまっす!」、すると「アタシもね、車運転するとき、彦いちさんの落語も聞いてます」と。鼻息は、もぉなかったことにならないですね。

「なかったことに」でございますよ。落語は喋っちゃったら、なかったことにはできないわけでございますけれども。語り継がれている伝説がありまして、浅草演芸ホールで、古今亭志ん朝師匠が『時そば』を昼席のトリで、一人目がうまくいったのを見て、二人目が失敗するという、毎度おなじみのお話なんですが。いよいよ最後、オチの部分です。「銭がこまけぇんだ、ひー、ふー、みー、よー、いつ、むー、なな、や」「何時《なんどき》だい」「九つです」と、前の人のうまくいったのを言っちゃったんですよ。「九つです」と言った瞬間にお客さんもハッと息を飲んで……。師匠も顔がピリッとしたような気はしたんですけれども、ハッとした瞬間に次に「十、十一、十二、十三、十四、十五、十六！　万事うまくいったという『時そば』でした」と。汗ふきながら「驚いたねー」と。なかったことにはならなかった幻の一席があったんでございます。

　お相撲は年に六場所というのはご存知だと思いますが、幻の七場所目というのが実は存在しておりまして、大相撲永田町場所というのが存在しているわけでございます。今年も開催されるようでございますねぇ……。

「さあ！　始まりました！　今年も始まりましたね。お客さんもたくさん。限られた

古今亭志ん朝
昭和13年（1938）～平成13年（2001）。昭和32年（1957）、実父古今亭志ん生に入門。昭和37年（1962）、真打昇進、三代目志ん朝を襲名。7代目立川談志、5代目三遊亭円楽、5代目春風亭柳朝とともに「四天王」と呼ばれた。

時そば
237ページ参照。

お相撲は年に六場所
大相撲の一場所は15日間で、1月の初場所、3月の春場所、5月の夏場所、7月の名古屋場所、9月の秋場所、11月の九州場所の年六場所制。

風通しのいい感じで
この日のゲストは、熱中症対策の作業着「空調服」を開発した株式会社空調服の会長・市ヶ谷弘司さん。

人だけが見られるという大相撲永田町場所でございますけれども、本日は落語家さんでお相撲にも非常に詳しいという、ここん亭空朝〈空調〉さんにおいで頂きました」

「わたくし、空調、大好きでございますから。風通しのいい感じで解説できればと思っております」

「さあ、それでは始まりましたね。土俵に上がったのは、東が片山議員で、西が丸山議員ですね」

はっけよい！　のこった、のこった、のこったー
「かなり残っていますね。かなり残っていますね。しがみついていますね」

のこったー、のこったー、のこったー、口利き、のこったー、のこったー、口利き、のこったー、のこったー、お酒飲んで、のこったー、お酒も次の日にのこったー、お酒飲んで
「残りましたね。これは仕切り直し？　両方とも残るってことあるんですか、空朝さん」

「いやー、めったにないですけれど、両方とも残ることにしたようです」

「次の取組が始まりました。次は、籠池さんと自民党ですね」

はっけよい！　のこった！　のこれるか、籠池さん、のこれるか、のこれるか、の

片山議員
片山さつき内閣府特命担当大臣は平成27年（2015）9月に会社経営者から金銭を授受し、国税庁に口利きした疑惑が持たれたが本人は否定。さらに政治資金収支報告書への記載漏れや広告看板問題など、問題が続出したが辞任は否定した。

籠池さんと自民党
籠池泰典被告（224ページ参照）は、令和元年（2019）7月、安倍首相が大阪で行った参院選の街頭演説に姿を見せ、安倍首相の演説を酷評。選挙について「嵐あり　自民大敗　夏の陣」という句を披露した。

甘利議員
平成28年（2016）、自民党の甘利

こったー、のこったー、のこったー
「あー、自民党すごいぞ、押し出しで。空朝さん、これ押し出しで?」
「違いますね。これ突き出されて、籠池さんの負けでございますね。突き出されちゃったら仕方ないですね」
「また始まりましたよ。次の取組みは、甘利議員、対して国民ですね。さあ、始まりましたよ」
はっけよーい! のこった! もらった、もらったー
「あれ! もらったになっていますよ」
もらった、もらった、もらった、もらった、もらった、もらったー
「あー、やー、寄り切りましたね。空朝さん、これなんていう手ですか」
「これ戦後初めて見る手でしたね。江戸時代に何度かあって、闇でも、この平成、昭和、使われているんですけれど、これ袖の下という技ですね。かなりの技でしたね」
「さあ! 大一番でございますよ。安倍に有権者、でございますね。安倍関かなり強いですからね。さあ、始まりました。有権者の熱が強いですが、これどうですかね」
はっけよーい! のこった、のこった、のこった、のこったー
「強い熱ですね。国民、有権者強いですね」

明氏は、口利きの見返りに金銭を授受した疑惑で経済再生担当相を辞職。調査結果を公表せずに、療養中として国会を欠席。国会閉会直後、復帰したものの不起訴処分を理由に疑惑への説明を避けた。

福島イズアンダーコントロール
平成25年(2013)9月、ブエノスアイレスで開かれたIOC総会で、安倍首相はオリンピック招致演説を行い、福島第一原発について「福島の状況はアンダーコントロール」と発言。実際には汚染された地下水が港湾に流れ出る事態が続き、同年8月には地上タンクからの高濃度汚染水漏洩も明らかになっていた。

のこった、のこった、おこった、おこったー
「今度は、おこったになりました」
おこった、おこった、おこった、おこったー
「安倍さん、強いですね」
「えー！　福島イズアンダーコントロール」
しなかった、なかった、なかった、なかったー
「えー、総理をやめてもいい」
なかった、なかった、なかった、なかったー
「わ、怒ったが強い。なかった、怒った、わわわわ」
「誠心誠意、国民のために……」
「寄り切りましたね。逃げ切りましたね。これ逃げ切りですか？　先場所使った猫だまし？」
「これはね、肩透かしですね。うまくやりましたね。いやいやいや、結びの一番ですけれど、口を結びましたね」
「ここん亭空朝さん。これどうですかね？」
「いやー、この小噺はなかったことにします」

総理をやめてもいい
平成29年（2017）2月17日の衆議院予算委員会で安倍首相は、学校法人森友学園に関する質疑に対し「自分や妻が認可や国有地払い下げに関わっていたら、総理大臣も国会議員もやめる」と答弁した。

押し出し、寄り切り、猫だまし、突き出し、肩透かし
日本相撲協会が定めた決まり手は82手、非技は5つある。押し出し、寄り切り、突き出しは基本技に入り、肩透かしは捻り手のひとつ。猫だましは、相手の目の前で手を叩いて相手を驚かせる奇襲戦法で、決まり手ではない。

This week's
Message theme

これは信頼できる！　私の基幹データ

純喫茶teaポイント

そういえば、人にあげるために自分で自分のCDや本をネットで購入することがあるのですが、「彦いち」を買った後に、私におすすめしてきたのは「三遊亭白鳥」師匠でした。人間国宝・柳家小三治師匠ではありませんでした。

私の基幹データとしては、うねうねしゃべって小噺に入らないときは、なかなかネタが定まっていないという……ここ数年の基幹データがあります。落語に出てくるお店は、お風呂屋さんや床屋さん、現代ですと喫茶店になるのでしょうか？　人が集まって話をしていると物語が始まりやすいですね。ちょっと町はずれにある純喫茶、レトロな感じ。人が集まるようでして、お客さんの顔を覚えているから、マスターはそのお客がなにを飲むのかも覚えている。そんな喫茶店でございます。

カランカラ～ン

「いらっしゃい」

「いやー、久しぶり」

「おー、久しぶりじゃないですか。入って、入って」

「マスター、すみません、ご無沙汰しています」

「いいんですよ。あれ、その服見ると……。あれっ！　ひょっとして、親父さんの七回忌かなにか？」

基幹データ
この日の放送のメッセージテーマは「これは信頼できる！私の基幹データ」。平成30年（2018）12月、厚生労働省の「毎月勤労統計」の調査が、長年にわたり不正な方法で行われていたことが発覚。この統計は政府における基幹統計の一つで、GDP算出や雇用保険、労災保険の給付金の算定、民間企業等における給与改正、人件費の算定、人事院勧告の資料などに使われる。不正データにより、のべ約2千万人の給付金を過少給付。その総額は数百億円に上るという。

「あっ、分かります？」

「覚えてます。当たり前です。三回忌のときにも来てくれたじゃないですか」

「そんな古いことまで覚えて……」

「当たり前じゃないですか。うちは古いんだから。なんというか膨大なデータが頭に入っているから。そういう方に、うちでは出すものがあるんですよ」

「そうですか。なにを飲んでいいのか分からず、ふらっと入っちゃったんですよ」

「いいんですよ。そういう方には出すんですよ、焙じ〈法事〉茶。これを出すんですよ。どうぞ飲んでいって」

「いやー、ほっとします。嬉しいですねー。こういうレトロな感じが大好きでね。オールディーズ……、『ローハイド』！　♪ローレンローレン、いい、これ僕大好きで。やっぱりここに来るとほっとします」

「嬉しいですね。入り口に立っていらっしゃる方、どうぞ入ってくださいませ。あっ、どうぞどうぞ、大丈夫ですよ。開いていますからね」

「いやー、暑くてね！」

「暑くてって、外寒いのに……」

「いやー、現場で働いている身としてはね。汗かいて。ちょっとさっぱりしたもの

オールディーズ
懐かしの名曲の意味。一般的には1950〜60年代前半にかけてヒットしたポップスや、ロックン・ロール、リズム&ブルースのことをいう。

ローハイド
昭和34年（1959）から約7年、NET（現テレビ朝日）で放送され、絶大な人気を誇った西部劇ドラマ。主演クリント・イーストウッド。フランキー・レインが歌う「ローレン、ローレン、ローレン……」の主題歌も大ヒットした。

で、喉を潤したいんだけど」

「あー、現場で働いていらっしゃる。では、さっぱりキリッとしたものを。データを持っていますからね。ちなみにどちらの現場でなにを？」

「今ね、砂をバンバン入れていたんですよ」

「どこに？」

「辺野古」

「あー、となると、分かりました。データ上、その方には、マテ〈待て〉茶。これを用意しますね。少し待って頂けると嬉しいですね。次の方は……。あれっ、あんまり見慣れない……小柄な……」

「ごめんなさい。ちょっと道に迷って、寒かったものですから、ここで一休みしようと思いまして……」

「お相撲さんですか？　しかし小柄ですね」

「ええ。分かります？　実はこれ、頭にシリコンを入れているんですよ。分かりました？」

「大丈夫ですよ！　それ以上はなにも言わなくていいです！　我々は基幹データを持っていますから。どうぞこちらにお座りください。そうですねえ、どういうのがお

砂をバンバン
政府が米軍普天間飛行場の沖縄県名護市辺野古への移設工事を進める中、岩屋毅防衛相は、平成31年（2019）2月28日の衆議院予算委員会での答弁で、埋め立て区域の軟弱地盤が最深90mに及ぶと認めた（のちに70mに修正）。地盤改良工事として、約73万㎡の大浦湾の水面の最大深度70mに約7万7000本の砂杭を打ち込むとした。

好みか分かりませんけれど、流行の水増ししたアメリカン、なんてどうですかね？　どうぞどうぞ、飲んでください」

「あー、そうですか。ありがたく頂戴します」

「あらっ！　久米さん、久しぶり！　いらっしゃい」

「いいね、オールディーズが聞こえているのがいいよ。ローレン、ローレン、好きでね」

「はい、座って」

「しかし夏にオリンピック、おかしーよ。あんな暑いのにマラソンするってんだから」

「分かっています！　そういう方にはセイロン〈正論〉ティーを用意していますんでね。あれっ、隣にいる女性は……。体をこうやってストレッチしているのは、堀井さんじゃないですか？　大丈夫ですよ。そういう方にはオリジナルなんですが、のびる茶、これを用意していますんで。これを飲んでくださいね。いやー、いいですねえ、うちでこうやって飲んで頂けると。その代わり、情報は共有させて頂きますんで。次には、お茶代1杯、無料になります。ティー〈T〉ポイントがつきますんで、よろしくお願い致します。その代わり、情報を教えてください。はいはい、そうですか、い

頭にシリコン
舞の海は、平成11年（1999）の引退までに技能賞を5回受賞した人気力士。平成2年（1990）、大相撲の新弟子検査を受けたが、当時の体格検査の規定身長173㎝に足りず不合格に。頭頂部へのシリコン注入手術を受けて身長を高くし、合格した。

水増し
平成30年（2018）8月、中央省庁の8割の行政機関で、計3460人の障害者雇用数を不正に計上し水増ししていた実態が判明。

やいやいや、ありがとうございましたー」

大勢のお客さまで賑わって閉店する。この集まったデータをどこに持って行くのか……。いやー、末恐ろしいお話です。BGMが、だんだんだんだん、大きくなる。♪ろーえい、ろーえい、ろーえい、ろーえーい、ろーえい！　漏洩!!

ティーポイント、漏洩
平成31年（2019）1月20日、共同通信は、CCCが展開するTカードの会員情報などを、裁判所の令状なしに捜査機関に提供していたと報じた。同社は翌日の声明で報道を認め、個人情報保護方針の改定を発表。会員本人の同意なしに、第三者への提供はしないとしてきたが、「法令で認められる場合を除き、必要な範囲を超えて提供はしない」と変更した。

This week's Message theme

開催地決定直前！ 2020年のオリンピック、東京・マドリード・イスタンブールのどこになると思いますか？

パーティーの開催地 〜シリアイからマドリまで

こちら、反響が大きかった小噺の一つでした。パーティーの話なのに……。

僕らも寄席がはねて打ち上げをしますが、偉い師匠方がいたりすると、どこで打ち上げをやったらいいのか、と考える訳で。寄席の近くがいいのか、その師匠の家の近くの馴染みの店に行ったほうがいいのではないか、とか。いろいろこう悩んだりするということが、あったりなんかするんで。皆さまもそれに近いことは、多かれ少なかれあるのではないかなーと。パーティー開催というのは、なかなか難しいのかなあと思ったりでして……。


「パーティーどうする？　パーティー」

「パーティーなあ。そうだな、決めなきゃいけないんだよなあ」

「聞いたー？」

「聞いたよー、だって、明日の午前中までに決めなきゃいけないんだもん。困ってんだよなあ。どこでやろうかなあ。ちょっと君んとこ、やりたいって、パーティーやりたいって言ってた？」

「おーっ！　来てよー、うちにさー。やって欲しいんだよ」

「でも、君んとこ、やったことないでしょう？」

パーティー
2020年の夏季オリンピック開催地には6都市が立候補。そのうち、トルコのイスタンブール、スペインのマドリード、日本の東京が正式立候補都市として選出された。

「やったことないから、今、準備しててさー。家も今きれいにして、中庭に橋まで造ったんだよー。来て欲しいと思うんだよ。嫌だなんてことになれば、煙幕隊を呼んで煙に巻くこともできるよ」

「ええーっ？　そんなことできんの？」

「なんの話？」

「だから、パーティーだよ。パーティーだろ。みんなに来て喜んで欲しいんだよ。だからさー、来てよー」

「そーおー？　でもさー、なんかあれでしょ？　物騒じゃない？」

「いや、いいと思う。それ、いいと思う。いいと思うんだよ。行きたいと思うんだけども、なんかさ、近隣、なんかもめてない？　あれ知り合〈シリア〉い？」

「知り合い？　シリアい？　あれ？」

「いやいやいや、なんでもない。でももう、もうじき、もうじき落ち着くからさ。ちょっと離れてるし」

「なんの話？」

「だから、パーティーだよ、パーティー。でもさ、落ち着くからさ、ぜひ、うちでやってよ」

中庭に橋まで作った
スペインのマドリードは3度連続でオリンピック開催地に立候補しており、2012年大会の招致の際は、テニス競技をメインとした多目的施設『カハ・マヒカ』を建設。マドリード市内の再開発計画として、新しい橋や屋内外のテニスコート、メディアセンターの建設などが行われ、親水公園も整備された。

煙幕隊
平成25年（2013）5月、トルコ・イスタンブールで行われていた公園再開発に対する抗議行動が、反政府デモに発展。警官隊は公園を占拠していたデモ隊に催涙弾を打ち込み、強制排除した。

「そーおー？　いやいい、いいよ、いいよ、いいけどさ。すごくやりたいなと思ったけど、でも、他にもやりたい人がいたような」

「あ、パーティー？」

「あ、君んちもやりたい？」

「うち来てよー。ほら、黙ってたらさ、そこに決まるかと思ったじゃないの。うち、前もやったことあるんだ。前のときに使ったの、そのまんまあるから。食器とか飾り物とかそういうの、ちょっとヒビ入ってるけど、直せば全部そのまま使えるから、いいの！　来てよー！」

「でもさ、今度のところは間取りどうなの？　間取り〈マドリ〉」

「間取り？　間取りなんかいい、そういう細かいことは」

「だから、それが肝心なのよ」

「ね、うち来て。来て欲しいのよー！　ご飯もおいしいからさ」

「ご飯がおいしいって、それ、いいよね。ご飯がおいしいのはね。本当にご飯おいしいの？」

「そうなのよ。三度三度のパエリアもうまいから！」

「え？　なんの話、それ？」


近隣、もめてない？

トルコは、前ページ注釈で記載した、反政府デモに加え、隣国シリアの内戦で治安面の問題が指摘されていた。

前もやった
スペインは、平成4年（1992）のバルセロナ・オリンピックの開催国。もし令和2年（2020）大会がマドリードに決定した場合、スペインで開催する2度目のオリンピックとなるところであった。

パエリア
スペインを代表する郷土料理。魚介類や野菜を入れ、サフランを加えて作る炊き込みご飯。

「だからパーティーでしょ？　パーティーの話よー」

「だから来てよー、だから、うち来てよー」

「ねえ、今の話聞いてて、いや、いつもお世話になってるから、うちに来て欲しいの。ぜひ、パーティーねー。今回はちょっと、おもてなししたいからさ、うち来てくれないかな？」

「ええっ？　あなたのとこ？　だって、あなたのとこけっこう狭いじゃん」

「いや、狭いから、あの、電気代もかかんないし、コンパクトにきゅっきゅって動きやすくなってるから、ちょっとうち来て。来て欲しいんだよー。ねー」

「いやー、いいけどさー。評判もいいらしいけど、小耳に挟んだんだよ、なんか大事なところが壊れてるって」

「壊れてる？　なに？」

「だから、トイレ壊れてるって」

「あっ、聞いた？　知ってる？　有名？　ああ、あれね、心配ないの。あれ、海にそのまま流してるから、大丈夫だから」

「ええっ？　それ大丈夫？」

「大丈夫、大丈夫。あのね、みんなが分からないように海にどろどろどろどろ流して

おもてなし
平成25年（2013）9月、令和2年（2020）のオリンピック開催地を決めるIOC総会の最終投票前プレゼンテーションで、日本のプレゼンターとして滝川クリステルが登場。流暢なフランス語、ゼスチャーつきの「お・も・て・な・し」のパフォーマンスは人々の心を動かし、オリンピック招致成功に大いに役立ったと評された。

トイレ壊れてる
原子力発電所は、放射性廃棄物の処分方法が明確化できず、トイレのないマンションとたとえられる。「トイレ壊れてる」とは、福島第一原発が事故により壊れたという意味。

るから」

「へー、それってさ、家の中にあるんでしょ？」

「大丈夫。それに、２５０ｍ離れてるから。もっとかな？　アンダーコントロール下だし」

「それさ、どんな家なの？　２５０ｍ、トイレ離れてるって」

「大丈夫だから！　来てー、うち！　来て欲しーんだよー。だから、安心だから、大丈夫だから。なんでそういう顔すんの？　ここ、壊れてんの、有名なの？　うわー、そうかー。困ったなー、どうしよう、どうするー？」

「これなー、なんだろなー。まるでこれ、霧の中に入って分からない状態みたいだ」

「そうね、これが本当の、五里ん〈五輪〉霧中ねー」

「なんの話？」

「だから、パーティーだよ！」

海にそのまま
原発事故直後から、汚染水が外洋に漏れ出し、平成23年（２０１１）３月26日〜４月７日までに、セシウム１３７が１３００兆ベクレル排出された。その後徐々に減少したが、放送当時の平成25年（２０１３）は、濃度は下がったものの、１日に約３００億ベクレル漏れていることが把握された。

２５０ｍ離れてる
前出のIOC総会の前に東京五輪招致委員会が開いた記者会見で、竹田恒和理事長（当時）は「東京は福島から２５０㎞離れているため危険性は全くない」と発言した。

This week's Message theme

ギリシャと私

古代落語『ん廻し』

古典落語『ん廻し』。「ん」のつく言葉遊びで、木の芽田楽を頂くお噺。そこに集まる人が魅力的であればあるほど、バカバカしさも増します。ここは一つ魅力的な人を直接出しちゃおうということです。そういえば、ギリシャリクガメという亀を飼い始めて26年になります。長いなぁ。

落語長屋に、八っつあんだ、熊さんだ、ってよったり集まっているのは、古代ギリシャで哲学者が集まってるのと、ひょっとしたら、同じなんじゃないかなと思いまして……きっと。もう、退屈でしょうがないわけですよ。だから、隠居さんのところにいろんな人が集まるような感じで。えー、アレクサンドロス大王んところに……、えー、ソクラテスだ、プラトンだ、八五郎だなんて集まって来ると、経済破綻を予感させるような話が始まるようでございます。


「しかしなんだねー、退屈だねー。これね、退屈だよー。いやー、アレクサンドロス大王、これはもう退屈で！」

「退屈でしょうがないよー。だからここにね、木の芽田楽を作ったんだけれどもね、味噌つけて食べようと思うんだけど、どうだい？」

「いえー、こりゃ、頂きます、頂きますよ」

「いや、ところでさ、ちょっと待って。プラトンさんもちょっと待ってください。これ、このまま食べたんじゃあおもしろくないから、なんか遊びで、それ食べていくってどうだい？　あの、ほら『ん廻し』って遊びがあるんだね。「ん」のつく言葉を言っ

アレクサンドロス大王
紀元前356年〜紀元前323年頃。マケドニアの王であり、ギリシャの支配者。わずか一代で三大陸にまたがるベルシア帝国を築き上げ、東方の国々にヘレニズム文化を広めた。

ソクラテス
紀元前470年〜紀元前399年頃。アテネの哲学者。「徳」と「知」に思索を重ね、自分の使命は人々に無知を自覚させることという結論に至った。70歳のとき、伝統の神々の信仰を損なう者として死刑宣告され、杯の毒薬を飲んで死亡。

て、うまいこと言えたら、田楽を食べていく」

「ああ、じゃあ、あっしも参加させてください」

「ああ、八五郎さん、これ突然、時空をねじまげてやって来たね。じゃあ、八五郎さんと、ソクラテスさんと、えー、じゃあ、プラトンさんで。えー、じゃあ、どうでしょう？　お、手が挙がりましたね、どうでしょう？」

「えー、じゃあ私の名前で、プラトンってどうですか？」

「うまい！　うまいこと言いました。そういうやつですよ！　じゃ、じゃあね、田楽をどうぞ。１本どうぞ」

「ありがとうございます」

「はいはいはい、どうぞどうぞどうぞ。そいじゃ」

「あい、分かりやした！　じゃあ、名前でいいんですね、じゃあ、八五郎！ってどうですか？」

「いや、ルールが分かってませんね。『ん』の字がつくのが、いいんですよ。え、あ、そっち、手が挙がりましたね。ソクラテスさん、なんですか？」

「えーとですねえ、あたくしはプラトンの師匠でもありますんで、ここは一つ、万物の根源。３本！」

プラトン
紀元前429年〜紀元前347年頃。アテネの哲学者でソクラテスの弟子。諸国を遊歴後、アテネ郊外にアカデメイアという哲学学校を設け、理想的な政治家の養成に努めた。

木の芽田楽
天明２年（1782）に刊行され、ベストセラーになった豆腐料理本『豆腐百珍』に掲載された、百品の料理のうちの一つ。すり鉢ですった木の芽（さんしょうの若葉）と味噌などの調味料を加えて作ったものを豆腐に塗り、火であぶった料理。

「うまい、うまいですねー、3本じゃあ持って行ってくださいな。さすが師匠だけに、違いますねえ。えー、じゃあ他には？　えーとそうですね、あ、プラトンさん、手が挙がりましたね。プラトンさんどうですか？」

「えーっと、これはやはり、ギリシャでございますから、レモンってどうでしょう？」

「あ！　1本ですけど、レモン、うまいこと言いました。じゃ、せっかくだから、2本持って行ってください！　お、八五郎さん、手が挙がりました！」

「じゃ、分かりました。えー、ギリシャね、ギリシャと言えば、分かるんですよ。えー、オリーブにトマトってどうでしょう？」

「あー、ギリシャというのはいいのですが、『ん』がついてませんねー」

「あー、そうすか。えー、じゃあね、どうすか、オリーブン、トマトンってどうでしょ？」

「いや、そういうの反則ですよ。じゃ、他には？　あ、ソクラテスさん、手が挙がりましたね！」

「じゃー、あたくしは、プラトンの師匠でございますから、えー、パルテノン神殿、ポセイドン神殿、6本どうでしょう？」

ん廻し
「ん」を一つ言ったら、田楽を1本食べて、次の人に回す遊び。落語演目の『ん廻し』では、「れんこん」から「ぼんのくぼにてんかふん」と、徐々に長くなり、最後に「先年神泉苑の門前の薬店、玄関番人間反面半身、金看板銀看板、金看板根本万金丹、銀看板根元反魂円、瓢箪看板、灸点」で43本の田楽を請求される。

「あ！　またうまいですねー。師匠だけにねー。じゃ、じゃあね、どうぞ田楽持って行ってくださいよ。プラトンさん」

「そうですね、私はね、なんか予感がするんですよ、なんか予感がするんですよ。もうずいぶんと先にこういうことが起きるんじゃないかと思って、経済破綻ってどうでしょう？」

「うまい！」

「うまいねー、1本ですが、なにか的を射た気がしてきました。うまいので、3本持って行ってください。他には？　え、じゃあ、八五郎さん」

「では、パルテノン神殿で花火ってどうですか？　えーっとね、『ん』がつけばいいんでしょ？　パルテノン神殿でどーんと花火が上がって、パンパンパンパンパン、パーン、パンパンパンパンパンパンパーンってね、16本！」

「バカ言っちゃいけないよ。そんなに全部渡したらね、私の木の芽田楽が破綻しちゃうよー」

経済破綻
平成21年（2009）、ギリシャ共和国の政権交代によって、旧政権下が隠蔽してきた財政赤字がGDP比13％近くに達していたことが判明し、ギリシャ国債が暴落。EUと国際通貨基金から金融支援を取りつけ、国家破綻はなんとか回避された。

This week's Message theme

トランプ大統領で、どうなるど？

いろはトランプ

そんな悪い人には見えないし、とはいえいい人にも見え……なんですねぇ。仮に、彼が寄席に出演するようなことがあれば、芸は人なりでおもしろそうです。めくりに寄席文字で「トランプ」。あぁ、めくりたくなりますねぇ。

今日はトランプについてでございますね。彼のことを苦手と言う方もいらっしゃるようですが、伝えていかなきゃいけないこともありますんで。家庭では、お父さんが「こういうものだよ」と子どもに教える方法で悩んでいるようでございます。トランプのカード遊びがありますが、日本にはかるた遊びがある訳でして、なんとかこれで伝えようとするお父さんがいるようで……。

「いいか、ミカもヒロシも来るんだ、早く早く、早く並んで。今日は『いろはかるた』だぞ。トランプ政権になって、父さんもあまり口にしたくないけれどもな、いいことを思いついた」

「どういうこと？」

「いろはかるたをトランプになぞって、やってみようと思うんだ」

「へえ〜、どういうこと？　変えるの？　犬も歩けば……、大体ねー、そういうの学校でも友だちと喋っているから、俺、結構そういうのうまいんだよ」

「へー、ヒロシもなんか考えたのかい？」

「えーっとトランプだから、『犬も歩けば暴言に当たる』、くらいのことを考えたんで

トランプ政権
平成28年（2016）11月に行われたアメリカ大統領選挙で、共和党候補のドナルド・トランプ氏が、民主党候補のヒラリー・クリントン氏に勝利。第45代アメリカ合衆国大統領に就任した。

犬も歩けば暴言に当たる
「犬も歩けば棒に当たる」のかけ言葉。トランプ大統領は大統領選挙時からツイッターを使うことで、対抗馬のヒラリー・クリントン候補を追い込み、選挙戦を制した。大統領就任後も、ツイッター上での数々の暴言が、さまざまな波紋を引き起こしている。

しょ?」

「甘いな。父さんはもう一歩、先に行っているんだ。いいか? 『い』。『イヴァンカも歩けば、棒に当たる』んだよ」

「なにそれ?」

「これは、繰り返し言っていけば、意味が分かるんだ。普段は車で移動しているだろ。でもイヴァンカだって表を歩くときもある。相続だって大変になる、ということなんだ」

「へ〜、勉強になるね」

「『ろ』」

「『論より証拠』って、父さん、これは変えようがないんじゃない?」

「まだまだミカは子どもだな。『ろ』。『ロシアから動かぬ証拠!』」

「なにそれ?」

「ロシアから動かぬ証拠が出たんだ。これはかなりハレンチなものらしい」

「で、どういうこと?」

「これも、繰り返し言えば、分かる、ということだ。いろはの『は』!」

「え〜っと、『花より団子』、分かった! 『花より談合』とか言うんじゃないの?」

イヴァンカ
イヴァンカ・マリー・トランプは、トランプ大統領と元妻イヴァナ・トランプの娘。大統領補佐官で、モデル、自身のファッションブランドを持つ実業家でもある。

ロシアから動かぬ証拠
平成28年(2016)のアメリカ大統領選の際、ロシアがサイバー攻撃を仕掛け、選挙結果に影響を与えたとされる疑惑。70年代、ニクソン大統領が辞任に追い込まれた「ウォーターゲート事件」になぞらえ「ロシアゲート疑惑」と呼ばれている。

「甘いな〜、ヒロシは。違うんだ。『バラクより今日から俺！』」

「ずいぶん離れているじゃないかよ。それ、濁点でもいいの？　『ば』で。すごいな〜、変えてくるな〜。父さん、すごいね」

「『いろはに』の『に』は分かるか？」

「『に』だとね、『2階から目薬』、2階からなにを落とすのかな？　ちょっと思いつかないな」

「まだまだ甘いな。いいか、目薬は落とすんだ。目薬を変えるんじゃなくて、目薬残しで、『トランプタワーから目薬』なんだ。ずいぶん高いところから1滴垂らすんだけど、最初は液体だけれど、途中から気体になって霧状になって、下々のものにはなにも分からないという」

「へ〜、すごい深い意味を無理矢理こじつけたんだね」

「そうなんだ。父さんはいろいろ考えたんだ。『に』、『憎まれっ子世にはばかる』。これは据え置きだ。変えないことにしたんだ。それと、『地獄の沙汰も金次第』。これも変えないことにしたんだ。据え置きということに」

「なるほど、そういうことか」

「『転ばぬ先のツイッター』、これも父さんが考えたんだけど。なかなか『ひ』だけ

バラク
黒人初のアメリカ合衆国大統領となった、バラク・オバマ前大統領のこと。オバマ前大統領は、平成21年（2009）〜同29年（2017）の2期8年間、大統領職を務めた。

今日から俺！

西森博之による、ヤンキーを主人公にした人気漫画『今日から俺は!!』にかけている。小学館発行の『週刊少年サンデー』で平成2年（1990）〜同9年（1997）に連載。

トランプタワー
ニューヨークを代表する大通り5番街にある。地上58階建てで、高さは202m。

が」

「『貧乏暇なし』だから難しい」

「貧乏じゃないんだよな。そうなんだ、『ひ』が難しい」

「じゃあさ、『ヒラリーより今日から俺！』」

「おっ、ミカ、なかなか言うな。悪くないけど、サゲにつながらないんだよ」

「なに、サゲにつながらないって」

「だから、父さん考えたんだ。あのおじさんはお喋りだろ。『人の口に戸は立てられない』、くらいで丸く収めようかなと思うんだけど、お前、どう思う？　ヒロシ」

「いやー、戸ぐらいじゃきかないと思うよ。大きな壁くらいにしとこうか？」

ヒラリー
ヒラリー・クリントン上院議員のこと。平成5年（1993）、夫・ビル・クリントン氏がアメリカ合衆国大統領に就任。平成12年（2000）、自身が政界に進出し、オバマ政権下では国務長官を務める。平成28年（2016）のアメリカ合衆国大統領選挙に出馬したが、ドナルド・トランプ氏に破れた。

大きな壁
平成29年（2017）1月、トランプ大統領は不法移民が入って来られないよう、メキシコとの国境に壁を建設する大統領令に署名した。

This week's
Message theme

私の73歳

私の73歳！ 寄席風景

30歳になったとき、自分が30歳になるとは！と思ったことを覚えております。その後、40歳、そして50歳になってよりそう思うわけなので、このままいくと、こりゃ73歳になりますねぇ。この放送日前日が、久米さんの73歳のお誕生日でございました。

変わっていくものと変わらないもの、というのがありますね。73歳というと、僕は25年後になるんでございますね。寄席のネタ帳を広げ、25年前のものを見たりすると、そんなに変化がなかったりする。あと変わっていくものもある。寄席の世界はどうなっているのかなあと。

今日は未来のお話でございます。寄席のトリの場面から物語は始まる訳でございます。


「『ちょいとお前さん、一杯どうだい？』『よそう、また夢になるといけねぇ』」

「(ドロドロドロドロ〜) ありがとうございました。ありがとうございました。ありがとーございましたー」

「どうも彦ろく師匠、お疲れさまでした」

「彦ろく師匠、どうもお疲れさまでした」

「どうもお疲れさん、お疲れさん」

「おお、彦ろく、お疲れ」

「あ、これは昇太兄《あに》さん、わざわざ顔を出してくれてありがとうございます」

よそう、また夢になるといけねぇ
落語の演目『芝浜』のオチの台詞。138ページ参照。

ドロドロドロ〜

追い出し太鼓。寄席がハネたときに叩く太鼓。それに合わせて前座さんが「ありがとーございましたー」と声を出す。

彦ろく
彦いちの大師匠・八代目林家正蔵のこと。昭和3年(1928)五代目蝶花楼馬楽を襲名し、同25年(1950)に八代目正蔵を継ぐ。一代限りとして海老

「お前が昼の部のトリだっていうことで。彦ろくに慣れたかい？」

「慣れるしかないじゃないですか」

「お前、いくつ？」

「73ですよ」

「ほおー、そうか、そうか。〝彦ろく〟みたいな感じになってきたじゃないか」

「でもこれだけ噺家が増えたら、今はもう決まりでなっちゃったんですよ。名前は持ち回りですから。2年後には、また彦いちに戻っちゃうんです」

「だから、俺は昇太のままでいるんだよ」

「しかし、兄《あに》さん元気ですねえ」

「俺もう83。独身だよ。で、この後あれだよ、ちょっと忙しいからよ」

「やっぱり兄《あに》さん、相変わらず忙しい。この後、どこに行くんですか？」

「名古屋だよ」

「えっ、今から間に合うんですか？」

「間に合うよ。今はリニアだよ。40分で着いちゃうんだから。かけ持ちができちゃうんだよ」

「働き過ぎですよ。今日、名古屋はなんですか？」


名家から譲り受けた。終生正蔵を名乗り、自分の死後、名跡を初代三平に返上するとしていたが、同55年（1980）に三平が急逝したため、正蔵の名跡を海老名家に返上、最晩年の同56年（1981）に「彦六」に改名した。

独身だよ
独身キャラでも知られていた春風亭昇太師匠だが、放送2年後の令和元年（2019）6月30日、59歳で結婚を発表。168ページ参照。

「『笑点』の地方公演だよ」

「聞きましたよ〜。歌丸師匠の復活劇」

「そうなんだよ。105歳でまた司会やるって言うんだから。で、山田君は、おじいちゃんがみんな元気だから、座布団運びじゃなくて布団運びになっちゃってさ、みんな横になりながら大喜利やってんだ」

「みんな元気ですねー」

「そうなんだよ。誰も昇天〈笑点〉しないんだよ」

「そうですか。皆さん元気ですね」

「明日、暇なのか？　彦ろく、お前」

「明日は土曜日だから、いつものラジオ」

「そうかー。長いね、彦ろく、お前も」

「そうなんですよ。今、『彦ろく噺』をやっていて」

「それで、久米さんは元気？」

「元気ですよ。今年98ですよ。なんだか年々滑舌が良く早口になって、恐ろしいです。元気元気。明日、一緒にやっている堀井美香さんね……」

「知ってる、知ってる。美香さん元気？」

リニア
令和9年（2027）に、東京〜名古屋間に開業予定のリニア中央新幹線は、東京と名古屋を最速40分で結ぶ予定になっている。

歌丸師匠の復活劇
平成18年（2006）5月、23年間司会を務めた三遊亭円楽師匠に代わり、桂歌丸師匠が5代目司会となる。同28年（2016）、歌丸師匠は番組を勇退し、終身名誉司会者となった。

「元気ですよー。明日、70歳の誕生日なんですよ。飾りつけが好きじゃないですか、キラキラ。最近、自分の顔とかもキラキラして、体に電飾つけてナレーションをやってますよ」

「明日のゲストは？」

「明日は、藤《ふじ》井《い》聡《そう》太《た》名人。39歳」

「まだそんな歳なんだなぁ。若いね〜、若いね〜。だけど、あれ、久米さんの『宏の乱』。なん年前だっけ？　二十数年前だよな。東京オリンピックの白紙撤回。すごかったよ」

「あの時点でなくなるとは思わなかった。秘密結社作っちゃってさ。すごかった。久米さん、どんどんどん、地下組織みたいに人集めて、全部ひっくり返したから。あれ、ほんとすごかったですねぇ。それで、来年、２０４３年夏、埼玉オリンピック決まっているじゃないですか。まーた、久米さんやる気になっちゃって」

「白紙撤回？」

「そう。まーた久米さん、火がついちゃって」

「そりゃそうだろ。真夏の熊谷でマラソンはないだろう。埼玉でヨットはないだろう。だからさ、俺もその地下組織に入るって久米さんに言っといてくれ」

体に電飾つけて
堀井美香さんは、電飾で飾りつけをするのが好きで、番組の記念放送回や永六輔さんの番組の最終回や久米さんの誕生日などで、手作りによる素晴らしい飾りつけをしている。

藤井聡太
棋士。平成14年（２００２）生まれ。同28年（２０１６）日、14歳２ヶ月で四段に昇段してプロ入り。加藤一二三さん（２２３ページ参照）の14歳７ヶ月を62年ぶりに更新し最年少棋士を記録。プロ転向後、15歳９ヶ月で七段昇段の最年少記録を更新など、数々の快挙を成し遂げている。

「分かった、伝えておきますよ、兄《あに》さーん」

「そんな訳で久米さん、昇太兄《あに》さんも言ってましたよ、反対するって」

「そりゃそうだろう。埼玉でマラソンはないよ、熊谷で。しかも、長瀞《ながとろ》でヨットするところなんかないんだから。来年だけど、今から白紙撤回にしちゃおう！」

「そうですよ、久米さん。前祝いですよ。ささ、ささ、お酒で。久しぶりにいいじゃないですか。ささ、お酒お酒、どうぞ」

「いやいやいや、じゃあ、一杯やろうかなあ」

「オリンピックの白紙撤回に〜」

「よそう、また夢になるといけねぇ」

久米さん火がついちゃって
久米宏さんは、東京オリンピックの招致に終始一貫して反対の立場をとっている。東日本大震災からの復興五輪とうたいながら、人材や資材は五輪が優先され、被災地復興が妨害されていること、誘致をめぐる賄賂疑惑や予算の不透明さ、開催時期の東京の酷暑などを理由に、「最後の一人になっても反対する」と表明。

This week's
Message theme

オリンピック中継と国会中継

省内某競技大会！

生中継ものはなんというか、そこに今があるから、退屈しないんですね。小噺に登場する三浦豪太さんには、エベレスト街道を登る際に、低酸素での歩き方や装備など、アドバイスをもらい、お世話になりました。頂いたサイン入りの湯たんぽが、あれほど役に立つとは！

今日は、中継のお話。省内オリンピックの中継です。山形の庄内地方ではございません。霞ヶ関の省内オリンピックでございます。こちら間もなく始まるようでございます。……中継がつながっているようですね。開会宣言が聞こえて参りました。

「それでは、この資料に基づきまして、あの、ピカピカのスーツで、光り物のスーツではございますが、昭恵に買ってもらったスーツ。正々堂々と、資料に基づきまして正々デンデン、頑張って頂きたいと思います。それではどうぞ。よろしくお願い致します」

「さぁ、それでは始まりました！『厚生労働省、ラージヒル』始まりました！三浦豪太さん、よろしくお願い致します。お父さんはお元気ですか？」

「はい！　父はとても元気です」

「良かったです。それではよろしくお願い致します。さぁ、この選手、かなり注目されておりますが、どういったところが注目なんでしょうか」

正々デンデン
平成29年（2017）1月24日の参議院本会議で、民進党代表・蓮舫氏の代表質問に対し、安倍晋三内閣総理大臣は「訂正云々（うんぬん）」と読むべきところを、「訂正デンデン」という指摘は、まったく当たりません」と答弁した。

三浦豪太
昭和44年（1969）生まれ。プロスキーヤー、医学博士。11歳のとき、父・三浦雄一郎氏に連れられ、アフリカ・キリマンジャロを、当時最年少で登頂。日本モーグル界を牽引する存在である。

一日45時間
「働き方改革関連法

「彼はですねー。練習が終わってから再び練習。居残り練習、これに非常に力を入れているんですね。練習時間、決まっているんですよ。その後に、大体一日45時間練習するんです」

「一日ですか？　ちょっと計算がおかしくないですか？」

「いや、一日45時間、非常に練習熱心で、大体月平均で28時間」

「どうも、三浦豪太さん、細かな情報をありがとうございます。ちょっとカメラを切り替えますと、財務省でボブスレーが始まるようですね。注目の選手、池選手が出ておりますね。夫婦で、すべり出しました！　池選手、池選手、さぁ、籠に乗れるか？池選手、籠に乗れるか、籠、池、籠、池……。あ、ちょうど乗りました、乗れました！　さぁ、第3コーナーを曲がったところで……、あ、消えました！　どこかに入ってしまいましたね。あれっ？　これは出て来ませんね。豪太さん、これはどういうことで？」

「大体3ヶ月ほど、出て来ませんね」

「これはどういうことですか？」

「人権侵害です」

「なんの話ですか？　ではちょっと、カメラを切り替えてみましょう。今度は文部科

案」に、裁量労働制の拡大を盛り込むため、安倍晋三首相が使用した「労働時間等総合実態調査」のデータに不正が見つかった問題。一般労働者と裁量労働制で働く人との回答で、一般労働者の労働時間のほうが長い結果を出し、残業時間を「一日45時間で月平均28時間」とするなど、誤記と思われる報告も複数あった。

人権侵害
平成29年（2017）7月に逮捕された森友学園前理事長・籠池泰典氏の拘留は10ヶ月に及んだ。長期拘留は口封じを狙った裁判所の忖度ではとの指摘があり、人権蹂躙との非難も挙がった。

学省、始まりますね！　これはなんの競技でしょうか。新しい競技ですか？」

「『パシュート・ショートトラック』という、新しい競技でございます。三人で4チーム、12人が小さいところを回る、という」

「いよいよ始まるようですね。文科省のパシュート・ショートトラック！　あ、耳を傾けたほうがいいんですね。注目の、初めての競技ですからね。始まりましたー」

「ジューイ〈獣医〉、ドン！」

「かけ〈加計〉ました、かけました！　ずいぶんと、かけているようですね。一人が転倒すると、次々と将棋倒しでどんどん転倒。あ〜〜〜、みんなが転倒してしまいました。これはどういうことでしょうか。あ！　みんなが立ち上がって、一斉に走り出しました。輪になっていますね。これは伝説になりますね、すごいですね、豪太さん！　どう思われますか？」

「これはすごいですね。伝説になりますね。私が思うにこれは、働き方改革の一つでしょう」

「豪太さん、いったいそれはどういうことですか？」

「これは伝説ですからね、『ロード〈労働〉・オブ・ザ・リング』でしょう！」

パシュート
チームパシュートの略。スピードスケート競技の一つ。1チーム三人が同時にスタートし、最後尾の選手が完走した時点のタイムを争う。

獣医、加計
329ページ参照。

働き方改革
平成30年（2018）6月、「働き方改革関連法」が成立。主なポイントは残業時間の罰則つき上限規制、高度プロフェッショナル制度、同一労働同一賃金の三つ。

ロード・オブ・ザ・リング
J・R・R・トールキン著『指輪物語』が原作のファンタジー冒険映画シリーズ。

This week's
Message theme

東京オリンピックの招致疑惑に一言

蜃気楼祭囃子。

出ました、オリンピック招致に関する疑惑。もぉ『ラジオなんですけど』としては、もちろん斬り込みます。ただ、私は町おこしの噺を淡々とやらせて頂きました。小噺の後、久米さんが「来週、彦いちさんがいない可能性があります（笑）」と言った回でした。

それぞれの町でいろいろな試みをやるようですけれど、苦労してでも町おこしをしたい、その土地を盛り上げたいという気持ちは、どの町でもあるようです。


「ついにサーカスが来てくれた！　嬉しいよね」

「嬉しいけれど、呼ぶの大変だったね」

「なに言ってんの。神社の境内にどーんとテントを張って。神輿は出るし。すごいんだ！」

「いやー、羨ましいなー。うちの町もこんなに盛り上がるといいのにな。でも、こんな大きなサーカスを呼ぶのは大変だって」

「大変なことはいっぱいあったけどね。やっぱり祭囃子、これがたまんないね。ピーヒャラ、ピーヒャラ、テンテンツクツク、ツクツクテンテンテン。これだよ、気持ちがいいねー」

「呼ぶのが大変……」

デンツー
開催都市投票の数週間前、電通は日本の五輪委員会に招致コンサルタントについてアドバイスをしたとされる。そのコンサルタントの中にはBT社（次の注釈を参照）の代表・タン・トン・ハン氏が含まれていた。また、アフリカのIOCメンバーに強い影響力を持つ、前IOC委員のセネガルのラミン・ディアク氏と電通との関係も指摘されている。

全部で2億ある
フランス司法当局は、日本のオリンピック招致委員会が招致活動の際にシンガポールのコンサルタント会社ブラック・タイディングズ（BT）社に振り

「だから、黙って聞いてなよ。ピーヒャラ、ピーヒャラ、テンテンツクツク、ツクツクテンテンテンツー、テンツー、デンツー、デンツー、デンツー。ステックテンテンテン、デンツー、デンツー、デンツー、デンツー、デンツー、デンツー」

「なんか聞こえてきましたけれど……」

「これがないと呼べなかったんだ。大変なんだから。どんどんどんどんお囃子が出て来て、気持ちがいいねー」

「でも、お金がすごくかかったとか」

「お金、お金って野暮なこと言うんじゃない。神社に貼ってあるから、これが大事なんだから。タケダ、タケダ、タケダ、タケダ。これ一口ね。全部で2億ある」

「2億あるんですか？」

「徳のある方の名前が載っている。タケダ、タケダ、久米、タケダ、久米」

「久米が二口ありましたけれど」

「幻なんだ。明日には分かんないんだよ。今日が盛り上がって、まるで蜃気楼みたいに」

「えっ？　森きろう〈嘉朗〉？」

「いや、しんきろうだって」


込んでいた約2億3千万円が賄賂に当たる可能性があるとして平成30年（2018）12月から公式調査をしていた。

タケダ　JOC竹田恒和前会長のこと。オリンピック招致をめぐる汚職疑惑を受け、令和元年（2019）6月末の任期満了をもって退任した。

森きろう　森嘉朗（よしろう）のこと。東京2020オリンピック・パラリンピック招致委員会評議会議長として、オリンピック招致に携わり、平成26年（2014）1月、東京オリンピック・パラリンピック競技大会組織委員会会長に就任。

「えっ、しんたろう〈慎太郎〉？」

「蜃気楼だって。幻だっていうことを言いたいんだよ。おお、やって来た！　ついにやって来た。会長さんが神輿の上に乗って。あれ？　会長が乗っているはずなんだけど。あれ？　どこ行ったんだ。……風流だね。神輿の後ろからお籠で登場だ。ツクツクテンテン、ツクツクテンテン、デンツー、デンツー、デンツー、デンツー、デンツー、デンツー、やって来た、やって来た。ほら、会長をおもてなしして！　デンツー、デンツー、デンツー、デンツー。籠を上げて。みんな会長にご挨拶だ。あれ、籠の中にいない。あれ、会長どこです？　あれ？　会長、そんなところに！　会長、そこでなにをやっているんですか？」

「分かんないのかい。今ね、片棒担いでいるんだよ。私が片棒を担がないと、成果〈聖火〉が上がらないんだよ」

しんたろう
石原慎太郎元東京都知事のこと。平成17年（2005）、知事は2016年東京オリンピック構想を提唱。招致活動を進めたが、平成21年（2009）、IOC総会の最終プレゼンテーションでリオデジャネイロに敗退。その後、知事は2020年のオリンピックへの再立候補を表明。退任後は、猪瀬直樹新都知事が活動を引き継いだ。

This week's
Message theme

築地市場の豊洲移転問題に一言

魚群自ら移転市場

あれだけの規模の施設を移転するとなると、おおごとです。また築地というブランドもあります。築地は世界でナンバーワンの魚市場とも言われてますね。一方で、評論家の山本益博さんが「ナンバーワンではなくオンリーワンだ」とおっしゃっていました。なるほどそうですね。

彦いち「今日は築地！　築地の魚のイメージはすごくいいですね。僕ら地方公演に行くのですが、新潟の駅前で公演が終わって打ち上げがあったことがありまして。新潟は直江津もあるし、能生《のう》漁港もあるんですけれど、でかーい看板に『築地直送』と書いてあって。わざわざそこを経由しないでいいじゃねえかと思うぐらい、向こうの人も、築地の印象がすごくいいみたいですね」
久米「有名な漁港に行って、ちょっとうまいもの食わしてよ、って言うと、『駄目ですよ、いいもの全部、築地に行ってますから』って。決まり文句ですから」
彦いち「築地というフィルターを通すと、まあ、いいものに感じるんじゃないですかね。当の魚たちもプライドがあるとか、ないとか」
　ご存知でしょうか？　生き物というのは環境を敏感に察するんですね。自分たちは今後どうやっていけばいいのかという。人間もそうですし、魚もそうなんでございまして。築地の魚たちがゆっくり、ゆっくりと、実はもう既に、豊洲に向かって移動していたりする訳でございまして……。

「よし！　隊列乱すんじゃねえぞー。鯖に鯵、鰯、おい、平目！　さあ行くぞ、さあ行くぞー！」

築地移転問題
東京都は、中央区の築地市場を、建物の老朽化や駐車スペースなどの問題から、江東区豊洲のガス工場跡地に移転することを決定。平成28年（2016）11月に移転の予定だったが、土壌汚染対策の問題が発覚し、移転を延期。土壌汚染に対する追加対策を行い、予定より2年遅れの平成30年（2018）10月に移転した。

ゾロゾロゾロー。

「俺たちこれまで世話になったんだ。これまでの俺たちのいいイメージを、次の場所でもそれを守って。ここを経由するんで高く売れるんだ。俺たちブランドなんだ」

「分かってますよ。ついて行きますよ」

「隊列を乱すんじゃねえぞ。さあさ、行くんだ。さあさ、行こ行こ、行こ行こ。普段はね、仲が悪いかもしれない。そういう連中もいるかもしれないが、こういう引越しの大事なとき、東京都が決めたことなんだから、これね、手に手を取って。いやいやいや、ヒレにヒレを取って、俺たちな、頑張って行こうな。さあみんな、ここで声を揃えて、あの一言を言おうじゃないか！」

「分かりましたー！」

「行くぞー！」

「せーの！　築地の魚だー！　仲がいい〈仲買い〉！」

「さあさ、次の場所へ行こうじゃないか。おう、鯖っこ、どうした？」

「え、俺が聞いた話じゃ、豊洲にいろいろ問題があるらしいんだ」

「どうした。俺たちゃ、もう動き始めてるぜ」

「だけど聞いた話じゃ、豊洲ってところは、なんだか幅が狭くて、鮪が切れないいなんて……。鮪の兄貴がもう先に行ってるんだけど、『これまで世話になった東京だ。俺たち、気が短けぇんだ。だったら、自分で腹切って中にへえっちまおうじゃねえか』って」

「やるねー！　さすが、鮪の兄貴は男前だね！」

「それから、リードシティクスって魚」

「知ってる、聞いたことある。30mぐらいの幻の魚だ。シロナガスクジラと同じくらいの魚」

「そうなんだよ。移転の話を聞きつけて、太平洋から東京湾へ入って来るらしいよ」

「えっ、ほんとに？　リードシティクスが入って来る？」

「入って来るんだよ。店頭には「白身魚」として出るらしいけど」

「すごいね！　さすがなんでも知ってるね、鯖さんは」

「当ったりめえよ。足が早くって噂も早いのよ」

「うめえこと言うねえ。おう、ところで他にも聞いたか？」

「さっきこっちに来る途中ね、ドジョウ〈土壌〉が喋ってたんだよ」

「えっ、なに喋ってたの？」

「いや、小声で喋ってたから分からなかった。たぶんね、ヒソヒソ〈ヒ素〉話じゃね

リードシティクス　約1億6500万年前のジュラ紀に生息した、史上最大の古代魚。かつて体長は27m以上と推定されたが、現在は最小で8m弱、最大でも16・7m前後だったと推定される。

シロナガスクジラ　近年、東京湾に迷い込んだクジラが幾度も目撃されている。

土壌、ヒ素、シアン、ベンゼン　平成28年（2016）9月、主要建物の地下空間に土壌汚染対策の盛り土がされていなかったことが発覚した豊洲市場盛り土問題について。地下水から環境基準を上回るヒ素、シアン化合物、ベンゼンなどの有毒物質が検出

えかな」

「なんで？　ヒ素を？」

「いやいや、そうじゃない。ヒソヒソ話をやってたんだよ」

「ちょっと心配じゃねえか、ドジョウがヒソヒソ話って、それはちょっと」

「見た感じ、腕組みして考えてたんだよ。あれね、たぶん、思案〈シアン〉中」

「思案中かよ。心配になってくるけど。ドジョウが思案中って、心配になるけど大丈夫か？」

「大丈夫だよ。大丈夫、大丈夫、ベンゼン〈全然〉大丈夫だから」

「心配しかないけれども、本当に大丈夫？」

「大丈夫、大丈夫、大丈夫。隊列乱すんじゃねえぞ。さあさ、行くぞ行くぞー！

鯵、平目、飛魚、行くぞー！」

ゾロゾロゾロゾロー。

♪チャチャチャチャッチャ、チャチャチャチャッチャー（史上最大の作戦）

こうして築地史上〈市場〉最大の作戦が始まったのでありました。

ここで魚が一言。

「俺たちゃ、東京都民に大きな貸し〈河岸〉ができたね～」


され、都は安全対策として、地下の計約11万2000㎡にコンクリートを敷き詰めた。さらに、地下水の水位を下げるために約80個の揚水ポンプを増設、地下水を汲み上げる280本の井戸を掘り、追加工事の費用に38億円がかかった。

史上最大の作戦
昭和37年（1962）のアメリカ映画。第二次世界大戦中、連合軍の勝機となったノルマンディの攻防戦を描いている。『史上最大の作戦のマーチ』は、映画に出演した歌手ポール・アンカが作詞・作曲、ミッチ・ミラーが編曲したマーチで、映画のエンドロールで使用。

『彦いち噺』のこさえかた　二ノ巻

せっかくついた尻火だもの

13時からの放送が始まる直前に。なんとなく「こんな感じですかね？」と探り合いの会話をしたら、あとは師匠にお任せします。次に私が師匠と膝を突き合わせられるのは午後2時過ぎになります（放送中に届くたくさんのメールを選び、久米さんにパスするのも私の担務なので）。2時を過ぎてゲストコーナーが始まるとスタジオを抜け出し、私は師匠の控え室へ。そこで誰よりも早く出来立てほやほやの「噺の種」を拝聴するという光栄に浴してきました。私が正面に座り、スマホのストップウォッチを起動させるのを合図に、半眼となった師匠はおもむろに語りを始めます。番組のメッセージテーマに寄り添い過ぎず離れ過ぎず。それでも毎度毎度ユニークな設定から産み落とされた荒削りでむき出しの噺の種は、放送には不向きな表現や描写も残っていたりする分、刺激的でオモシロイ。ただ、この時点で師匠が練り上げた噺は、たいていとても長いのです。黙って最後まで聴いていたら10分もあったりして、放送尺は4分程度なのにどうするの？

おまけに出番も迫ってきます。尻に火がつくのは毎度のことで、実はここからが師匠の真骨頂なのでした。

『久米宏 ラジオなんですけど』構成作家
稲原誠

で、どうしましょうかねぇ

私を前に、出来立てほやほやを喋ってみせた師匠は、「まぁまぁこんな感じなんだけど。で、どうしましょうかねぇ」と放送尺には頓着していない様子。アドレナリンが出過ぎているのでしょう。私は最初の観客として、率直に感想を伝えてみます。分かりにくいと思った個所や、フリを強調しないとぼんやりしていると思える部分、カットするならココではないか、など。するとすぐに師匠は「！」という顔をして、メモするでもなくその部分を再び演じ直してみせるのです。最初よりグッと勢いがあるし、なにかをつかんだのかノッテるぞ。まだ少し長いけど、いい感じになってきたことが共有できてくる。毎回そんなふうに、「もっと面白くなるはず」をギリギリまで粘って掘り当てては一つの噺に仕立ててみせる荒技を、私は間近で見守らせて頂いています。

三の巻へ続く

DOMOKUSHO | chapter 3

三、なごみの章

This week's
Message theme

『いだてん』見ましたか？
〜大河ドラマと日曜・夜８時

追悼『いだてん』
横田順彌ダジャレ編

中学の頃から読んでいた横田順彌さん、通称「ヨコジュン」。ラジオでご一緒させて頂いたことがありました。持参したＳＦ小説『銀河パトロール報告』にサインして頂きました。「彦ひちさま」と書いてくださいました……ＳＦでした。大事に取ってあります。

久米「横田順彌さん、1月4日に亡くなっています」
彦いち「僕もびっくりしたんです。以前、好きな小説のテーマのときに、ヨコジュンさんの話をしたんですね。NHK大河ドラマ『いだてん』に『天狗倶楽部』が出てきます。押川春浪がリーダーなんですが。体育会系連中で、ばんからな……」
久米「ただの乱暴者」
彦いち「そう、その乱暴者の集まりのリーダーが押川春浪さん。紹介した横田順彌さんは、『誰か押川さんの伝記を書かないかなあと思っていて、誰も書かないから自分が書いた』って。天狗倶楽部に入る条件とか、天狗倶楽部の人たちの人となりが書かれています。条件を満たせば、我々も入れる。酒はスポーツが終わってから、なんていう規約があったりして……。この人がSF作家になるんです。天狗倶楽部を横田さんから知ったんですけれど、横田さんは残念ながら、『いだてん』の第1回を観ることなく亡くなってしまったわけでございます。〝ハチャハチャSF〟というふうに名乗っておりまして。SFなんですが一番最後に、なんというか落語的というか……。例えば、人間と馬がサイボーグに……なんていう話がありまして、この話、いったいどこまで展開するんだろうと思ったら、最後は〝人間万事サイボーグが馬〟って終わるんです」

横田順彌
SF作家、明治文化史研究家。昭和20年（1945）〜平成31年（2019）。著書に、『日本SF古典』、昭和63年（1988）、押川春浪の生涯を描いた『快男児 押川春浪』（會津信吾との共著）で、第9回日本SF大賞を受賞。

いだてん
平成31年（2019）1月から放送のNHK大河ドラマ。日本で初めてオリンピックに参加した男と日本にオリンピックを招致した男の二人を軸に、昭和39年（1964）、東京オリンピック実現までの半世紀を描く。作は宮藤官九郎さん。

久米「すごいねー」
彦いち「すごいんですよ。僕が中学のときだったので、ひっくり返ったんですよ。だって、〝だるまさんがクローンだ〟ですよ」
堀井「すごーい、そのときから」
彦いち「すごいんですよ、ダジャレのパンチが！　今日は横田さんの追悼も含めまして、観たかったであろう、『いだてん』第1回。横田順彌ダジャレバージョンでお届けしたいと思います。ヨコジュンさんのこれまでのダジャレをかき集めてお届け致します」

「よーし、みんな集まれ。天狗倶楽部だ、集まれ集まれー！」

押川春浪リーダーのもとに集まる若者たちであります。

「さあ、今日も走るぞ。気をつけ！」

「すみません。私、ちょっとO脚なもので」

「ばかやろー、三波春夫先生も言っているだろう。実にありがたい。『O脚〈お客〉さまは神さま』だ」

「すみません、時代考証が……」

押川春浪
天狗倶楽部
明治9年（1876）〜大正3年（1914）。冒険小説家、SF作家。『海底軍艦』をはじめ、多くの冒険小説を執筆、雑誌『冒険世界』『武侠世界』などの主筆を務めた。また、吉田信敬、橋戸信、飛田穂州らとともに、スポーツ愛好団体『天狗倶楽部』を結成。明治末期から昭和初期にかけて活動したスポーツ愛好団体で、野球、マラソン、相撲などの振興を図った。平成31年（2019）1月から放送のNHK大河ドラマ『いだてん』で取り上げられた。

三波春夫
大正12年（1923）〜平成13年（200

「ばかやろー。ダジャレに時代考証なんかある訳がないだろ！　ささっ、そっちは見慣れないやつだな。おい、どこのなに者だ！」

「私は兵庫の芦屋の、足袋屋のせがれで」

「芦屋で足袋屋。また、うまいことを言うな。本名はなんと言う？」

「短《たん》に井戸の井で、短井《みじかい》と申します」

「短井か、そして名前は？」

「あしのすけ」

「短井あしのすけ、いーい名前じゃないか。そうか、そうか。いやっ、ひょっとしたらお前、兄貴はあれじゃないか、あの南極大陸の観測隊員？」

「いいえ、たんそくたいいん〈短足隊員〉」

「たんそくたいいんときたか、分かった、分かった。よし、お前の走りはどうなんだ？」

「はい、名の通り、短い距離のほうが得意でございまして、匁《もんめ》で言えば、2001匁《もん》くらいが……」

「距離を匁で計るやつがおるかー！　それなら速いほうがいい」

「そうでございます、『2001匁《もん》〈年〉宇宙の足袋〈旅〉』」

1）。浪曲師、演歌歌手。昭和32年（1957）、三波春夫の芸名で歌謡界にデビュー、数々のヒット曲を飛ばす。代表曲は『大利根無情』『東京五輪音頭』『世界の国からこんにちは』など。『お客さまは神さまです』は、昭和36年（1961）頃に行われた宮尾たか志との対談中に生まれた言葉。

2001年宇宙の旅　昭和43年（1968）に公開されたアメリカ映画『2001年宇宙の旅』になぞらえている。アーサー・C・クラーク原作、スタンリー・キューブリック監督。SF映画の傑作と称されるが、同時に難解であるとも言われる。

「くだらないよ、お前は。ささ、並べ並べ。おーい、そこの連中！　そこで立ちションベンするんじゃない。走るぞ、走る！　だから、立ちションベンするんじゃない！　行くぞほら、にょーい〈尿意〉、どん！　間違えたじゃないか、俺が。しょうがないな。走れ走れ！　スタートだ。走れ走れ！　おっ、そこを走っているのは、のちに柔道をブラジルに伝える、あの前田光世《まえだみつよ》じゃねえか。疲れ知らずだな。お前の肺はそんなに強いのか」

「はい、『わが肺〈我が輩〉は、二個〈猫〉である』」

「お前は走りながらうまいことを言うやつだな。走れ走れ！　おっ、そっちの者は倒れているな。大丈夫か」

「はい、わたくしもう、もたないのでございます」

「おーい、誰かいないか！　医者を呼んでいないな。おっ、偶然通ったそこに医者がいるじゃないか」

「分かりました、ありがとうございます！　これが映画にある、『医師〈未知〉との遭遇』」

「医師との遭遇じゃない！　そいつはやぶ医者だぞ。やぶ医者につかまるな。そいつは白衣のペテン師〈天使〉だ」

前田光世
明治11年（1878）～昭和16年（1941）。講道館黎明期の柔道家で、柔道国際化の功労者。明治37年（1904）、富田常次郎と渡米し、柔道を紹介し指南。欧米や中南米で公開他流試合を行い、あらゆる相手に勝利。「高麗伯爵（コンデ・コマ）」としてその名を轟かせた。ブラジルに帰化し、グレイシー一族に柔道を教え、ブラジリアン柔術発展の基礎を築く。

我輩は猫である
夏目漱石の処女小説。明治38年（1905）、『ホトトギス』に発表。翌年まで継続して掲載された。

「白衣のペテン師なんですか？　気がつきませんでした」

「どいつもこいつもしょうがないな。おい、おいっ、かわず！　なにをフラフラしている！　水を飲ませろ、水を。ほら、池のほうにどんどんフラフラ行ってる。スタミナが切れたんじゃないのか、池のほうに行くじゃねえか！　かわず、大丈夫か？　誰か止めてやれ、止めてやれっ！　あーっ、落っこっちゃったじゃないか。ああーっ、なんだ？　なにか浮いて来たぞ。かわずの？　えーっ、なんだ？　あいつカツラだったのか」

「ええ、そうなんですよ」

「カツラがぷかぷか浮いているぞ。これはどういうことだ」

「ええ。えー、『古い毛〈古池〉や　蛙飛び込む　水の音』」

「なんだ、そういうことだったのか！　ええっ！　かわずが水の中から浮いてきた(ぶよっ、ぶよぶよぶよ)、おいっ、どうした？」

「ええっ、池の中に、エジプトの遺跡があったんです！」

「おおっ、どういうことだ！」

「溺れる者は、ファラオ〈藁を〉もつかむ」

「ばかーっ、ばか言ってんじゃない！　走れ走れ走れ走れ！　おい、三島、走れ走

未知との遭遇　昭和52年（1977）に公開されたアメリカ映画。人類が宇宙人と遭遇し、最終的に友好を結ぶ姿を描いている。

古池や　蛙飛び込む　水の音　作者の松尾芭蕉は、江戸前期の俳人。正保元年（1644）〜元禄7年（1694）。「古池や蛙飛び込む水の音」は、貞享3年（1686）、江戸深川の芭蕉庵での作と伝えられる。

れ！　残った、残った、残ったやつはどんどんゴールに行け！　野良犬がどんどん集まって来たじゃないか！　これはいったいどういうことだ」

「はい、これはきっと、『ポチとの遭遇』」

「ポチとの遭遇じゃないだろう！　いったいこれは、どういうことだ！」

「分かりました！　『オチとの遭遇』です」

This week's
Message theme

ハチマキと私

ハチマキすると？
小噺そして『芝浜』

そういえば、高校生の頃、ハチマキをしていました。誰かにもらったんですね。せっかくだから、巻いてみようと。柔道部の私は、連日柔道着にハチマキ。もぉ、映画『ベストキッド』状態。当時、不良ではなかったですが、なんというか「不良品感」はありますねぇ。

彦いち「ねじりハチマキに使う豆絞りの手ぬぐいには、祭りの喧嘩巻きとか、いろいろありますね。そういうのは落語にも出てきますが、『必勝』とか『気合い』のハチマキとはほど遠いものですね、無粋というか」

久米「粋かどうかといったら、粋じゃないもんね」

彦いち「真逆です。合わないんですよね。客席に国宝であっても『小三治』とプラカードを持った人が並ぶ……なんてないですよね。やり手のほうも『よーしっ！』というものでもない。落語の導入で、必勝のハチマキをした粋な浴衣姿の旦那が『植木屋さん、ご精が出ますね』と言っても説得力に欠けますね。今日はいろいろと検証です。小噺をいくつかやってみようと思うのですが、通常ですとこういうふうに喋っておりまして……」

「俺たち、無精者だよなぁ」
「無精者だなぁ」
「こんなに無精者が集まっちゃってなぁ。この中で誰が一番無精なんだろうね。じゃあ誰が一番無精なんだか、決めてみようか」

ベスト・キッド 昭和59年（1984）制作のアメリカ映画。弱々しい高校生が日系の空手の老師匠と出会い、修行を重ね心身ともに成長する姿を描いた。平成元年（1989）まで3作制作され、同22年（2010）にはアメリカ・中国の合作でリメイクされた。

植木屋さん、ご精が出ますね 古典落語『青菜』の導入部分での、お屋敷のご隠居さんの台詞。元は上方噺で、東京には三代目柳家小さんが広めた。

「え〜、いいよ。面倒くせぇよ」

というような素敵なお友達の小噺なんですが。これにこの「気合い」というハチマキをしてやってみますと……。


「俺たち、無精者だよなぁ！」

「無精者だよ！」

「ところでヨォ、誰が一番無精だか決めようぜ！」

「いいよ！　面倒くせぇよ！」


余韻がない。

そうなんです。これは大きな発見でしたね。

続いて、

「ねえ、ねえ、お母さん」

「なぁに？」

「うち、どうして弟ができないの？」

「ふん。あのね、あんたがね、早く寝ないからよ」

という小噺があるんですが。これをハチマキをしてやってみると……。よいしょと。

「ねぇ母さん！　どうしてうちは弟ができないの?!」

「え？　弟が欲しいの？　分かったわ！　バン！（机を叩く）父さん！　寝るわよ！」

と、こういうふうにサゲが変わるという。

別の話になる。これは恐ろしい。


「ねぇ、お姉ちゃん、そんなところでなにやってるの？」

「お化粧してるの」

「へぇ〜。お化粧するとどうなるの？」

「お化粧すると、女の人はきれいになるのよ〜」

「えー？　じゃあ、お姉ちゃんはどうしてきれいにならないの？」

と、こういう小噺がありますが、これをハチマキをしてやるとどうなるかというと、

よいしょと
小噺を生放送中実際に「必勝」のハチマキを締めた。

芝浜
「よそう。また夢になるといけねえ」という、オチの決め台詞でも知られる古典落語。腕はいいが大

姉弟殺人事件が起こるとしか思えないのですが、これは皆さんで想像してやって頂きたい。

そして、これからなにをやりたいかというと、余韻情緒たっぷりの落語に『芝浜』というのがあります。名作『芝浜』。やると30分から40分はかかるんですが、ハチマキを今、締めましたんで。締めた状態で『芝浜』をやってみたい。ハチマキをすると、余韻がたっぷりある情緒溢れる『芝浜』が、どうなるか。

「ちょいとお前さん、起きておくれよ！　私、あんたに働いて欲しい。あんたが働かないから釜の蓋が開かないのよ！　だから、『気合い』というハチマキを締めてあんたを起こしてるの！」

「そうか！　起こしてくれたのか、俺を！　よし分かった！　お前がそういう気持ちなんだったら、俺も『気合い』っていうハチマキをして働くよ！」

それから一生懸命、勝五郎は河岸などで働きます。そして3年目の大晦日の夜でございます。

「ちょいとお前さん、よく働いてくれたわね」

「そうだ、お前のハチマキのおかげだ。さ、一杯やろうぜ」

酒飲みで怠け者の魚屋・勝五郎が四十二両の大金が入った財布を拾ったことを女房に話すと、ずっと寝ていたのだから、それは夢だと諭される。自分が情けなくなった勝五郎は仕事に打ち込み、3年後の大晦日。女房が四十二両の入った財布を取り出し、夢でなかったことを打ち明ける。懸命に働いた勝五郎に酒をすすめた後、前出の決め台詞で終わる。

釜の蓋が開かない
「釜」は米を炊く釜のことを指し、ご飯が炊けないと釜の蓋も開けようがない。つまり、米を買う金がないほど貧乏だという意味。

「一杯やりましょ。さぁ、どうぞどうぞ！」

「当たりめぇよ！　飲むに決まってるじゃねぇか。いつもありがとよ！　これからも夢を見ようぜ！」

　ということで、肝心の芝の浜も皮財布も出てこないという。ハチマキを締めれば締めるほど、話が締まらなくなる、三遊亭圓朝師匠もびっくりのお話でした。

三遊亭圓朝もびっくり
『芝浜』は、三遊亭円朝が「酔っぱらい、芝浜、革財布」の三題噺として創った名作。三題噺とは落語の形式のひとつで、客から募った三つの題をその場でつづりあわせてひとつの話にするもの。『鰍沢』も円朝の三題噺の名作といわれる。

This week's
Message theme

あれ？ この人いくつだっけ？
思わず年齢を検索したくなる人

往年プロレスラー長屋

年齢って年々分からなくなります。落語に出てくる隠居さんは当時50歳くらいだったらしいです。若い！プロレスラーの方々も年齢不詳ですねぇ。昭和のプロレスラーは、エンターテイナーでした。鉄の爪で胃袋に穴を開けたり、サーベルを持った人がいたり……。

僕らが小学校の頃にテレビで観て、キラキラして憧れた世界にプロレスがありました。昭和のプロレスはすごかったんですねぇ……。まー、長屋には「貧乏長屋」、「粗忽長屋」など、いろんな長屋があるんでございますけれど、「プロレス長屋」なんかもあったりして、大変な騒ぎでございます。


「どうもごめんください！」

「おお〜、誰だい？」

「え〜、ミル・マスカラスでございます」

「おお〜、なんか元気そうじゃないですか。いくつになったんだい？」

「今年73でございます」

「ずいぶんと老けましたね〜」

「ところで、隠居さんはいくつなんですか？」

「隠居というくらいだからね、すべての家督を譲りまして、もう私はやることがなんにもない。今年で51だ」

ミル・マスカラス
昭和17年（1942）生まれ、メキシコ出身。覆面レスラーとして、華麗な空中殺法でアメリカ合衆国や日本でも人気を博した。日本では「千の顔を持つ男」、「仮面貴族」と呼ばれた。

大仁田厚
昭和32年（1957）生まれのプロレスラー、元参議院議員。「ノーロープ有刺鉄線電流爆破マッチ」は、大仁田氏が立ち上げた団体FMWで考案されたもの。有刺鉄線をロープ代わりに張って電流を流し、接触すると小型爆弾が爆発した。

天龍源一郎引退
昭和25年（1950）生まれ。大相撲の力

「若いですね！」

「まあ、隠居というのは昔はそういうものだったらしいけれど。しかし、この長屋は騒々しくて良くないね。あっ、ほらほら、またいるじゃないか。大仁田さん！　再来年、還暦なんですから、その電流爆破はやめてくださいよ。ほんとにもうー。長唄、端唄のお稽古はいいんですけれど、電流爆破のお稽古は、周りに迷惑をかけますから！　隣の天龍源一郎さんも65で引退したんですから、気をつけてください。ねっ！　そこの『気合だ！』の浜口さん！　来年70なんですから！　もう気合を落とす時期にかかってますから、そんなに気合を入れなくてもいいんですよ。ところで、ミル・マスカラスさん、先日良いことをしたとか……」

「そうなんですよ。あちこちで常習で働いていたこそ泥が、とうとうこの長屋に来ちゃってね。間抜けな泥棒ですよ」

「ほう、どういう顚末だったんですか？」

「それがね、明け方を狙うらしいんですよ。すうーっと来ましてね、うちの長屋を見たところ、中にはチャンピオンベルトだ、衣装だ、いろいろあるもんだから、これは銭《ぜに》になるってんで、そーっと踏み込んだところ、入った時間が悪かった～！　明け方、年寄りは朝が早いんだ。一番最初に起きたのが、タイガー・ジェット・シン、御

士「天龍」として活躍後、昭和51年（1976）、全日本プロレスに入団。平成4年（1992）WARを旗揚げ。平成27年（2015）引退。

アニマル浜口
昭和22年（1947）生まれ。国際プロレスや新日本プロレスのプロレスラー。引退後、『アニマル浜口レスリング道場』を開設。「気合だ！」のかけ声が有名。

タイガー・ジェット・シン
昭和19年（1944）生まれ、インド出身のプロレスラー、実業家。昭和48年（1973）以降、頭にターバンを巻き、悪役として活躍。サーベルを操った。

歳68だ。枕元にあったサーベルを持つと、ポカッと殴る。で、こそ泥が倒れる。起きたところに、御歳67のスタン・ハンセンのウエスタン・ラリアットだ。とどめはアブドーラ・ザ・ブッチャーの、地獄突き、御歳75！　それでのびてしまったんだ」

「はあ〜、そういうことがあったんですね〜」

「そうなんですよ。状況を見ると、女性用の靴があったんだ」

「なるほど！　ミル・マスカラスさん、これはなんでしょ？　ヒールでお縄《なわ》にしたなんていうことを言うんじゃ」

「は〜、うまいこと言いますね〜。プロレスラーですからね。ロープってことにしてください」

「なるほど、そっちのほうがうまいかもしれないですね。しかし、朝からそんなに騒いだら、血圧が上がってしょうがないじゃないですか」

「い〜え、根がプロレスラーですから、血糖〈決闘〉値がもともと高いんです！」

スタン・ハンセン
昭和24年（1949）生まれ、アメリカ合衆国出身。昭和48年（1973）にプロレスデビュー、同52年（1977）に新日本プロレスと契約。得意技はウエスタン・ラリアット。

アブドーラ・ザ・ブッチャー
昭和16年（1941）生まれ、カナダ出身の元プロレスラー。昭和45年（1970）、日本プロレス参戦。身長180cm超、体重140kg超の体格で凶器を駆使。得意技は地獄突。

ヒール
プロレスの悪役のこと。

This week's
Message theme

腕時計をしている理由

高価ではない機械式時計を10年以上使っています。電池がいらないなんて魅力的、と思って購入。だんだんオーバーホールの間隔が短くなって、毎度のオーバーホールの費用を合計すると、とっくに買ったときの値段を超えています。これは替え時なのかどうなのか……。

りゅうずバーへようこそ……

久米「噺家が古典落語をやるときには腕時計をしてちゃ、いけませんね」
彦いち「そうですね。装飾品は、はずすようになっているんですね。指輪、ネックレス、腕時計、まあ、あとカツラ」
堀井「ええーっ」
久米「最後は、冗談だと思いますけれど」
彦いち「腕時計は腕時計で愛好家がいたりしまして、今日はそんなお話でございます」

とある町の駅前の雑居ビルです。腕時計好きが集まるバー『りゅうずバー』。今日もオープンでございます。

カランコローン、カランコローン
「いらっしゃいませー」

「私、初めてなんですけど」

「初めてのお客さまも、当店大歓迎でございます。どうぞカウンターに座って。どうぞ、どうぞ。機械式時計を愛でながら一杯、スクリュードライバーなんて、いかがで

りゅうずバー
時計の「竜頭（りゅうず）」と、昭和62年（1987）10月〜平成3年（1991）3月までTBS系列で放送された番組『Ryu's Bar 気ままにいい夜』にかけている。番組は作家の村上龍さんをホストに、著名人、有名人を招き、ジャズバーふうのセットのスタジオで対談する内容だった。
竜頭は腕時計のネジ巻き、時間・日付調整のための部品。一般的な腕時計では文字盤側面の3時の位置にある。別名クラウン。

機械式時計
ゼンマイと歯車を主な部品とし、ゼンマイを動力に動く時計。腕時計は、竜

しょうか？」

「機械式時計でスクリュードライバー、たまんないですね！　このお店、雑誌で見て来たんですよ。楽しみにして来ました！」

「ありがとうございます。さあどうぞ、お座りくださいませ。あっ、うちのカクテルには、すべてタイムが入っておりまして、これを刻んで入れております」

「おしゃれー！　タイムを刻んで、あっ、そうですか。ありがとうございます。あのマスター！」

「いえ、私はマスターではありません」

「えっ、マスターじゃないんですか？」

「スピードマスターです」

「あっ、スピードマスター！　そうですか、スピードマスター、恐れ入ります。あちらのテーブル、結構品のいい方たちが……」

「あっ、あちらは目利きの方たちが揃っておりまして、お目が〈オメガ〉高いですね」

「あっ、あっ、そうですか。それは大変失礼しました。あの、奥のほうは……」

「奥は、お忍びでいらっしゃったりするんですけれど」

頭でゼンマイを巻く「手巻き」と、腕の動きで重りが回転してゼンマイを巻く「自動巻き」がある。

スクリュードライバー
ウォッカをベースに、オレンジジュースを混ぜたカクテル。それと、時計に使用するスクリュードライバー（ねじ回し）をかけている。

スピードマスター
昭和32年（1957）に発表されたオメガのスピードマスターは、アポロ11号の乗組員が月への飛行時に着用していたことで知られる名品。高価でおしゃれと、昭和の男性たちの憧れであり、ステイタスシンボルとして人気を博した。

「有名な方なんでしょうかね。あっ、やっぱり変装してますね、帽子を被って、眼鏡にマスクで……」

「あまり声をかけないほうがいいと思いますよ」

「あっ、そうですよね」

「以前は毎日いらしてたんですけれど、しばらくみえなかったんですね。で、ここのところまた通い始めている。毎日のようにいらしていたんですよ。いわば、日参〈日産〉してたんですが、柱時計がゴーンと鳴る頃お帰りになる……」

「あっ、なんとなく分かりました。あ、カウンターの端っこには妙齢のおじさまが。あの方は……」

「あっ、あの方はオープン当初からずっと通ってらっしゃる、ご常連さんでございまして」

「わー、品のいい！　あっ、白髪で、背の高い方。話しかけても大丈夫でしょうか……。どうも初めまして。初めて来たんですよ」

「あーそうですか。私はね、もうね、ずーっとここに通っておりまして」

「腕時計、機械式時計。そういうのがお好きなんですか」

「そうですね。私このように、見ての通り長身〈長針〉でございまして、東京に来た

日産
ゴーンと鳴る
平成30年（２０１８）11月19日、日産自動車の会長（当時）カルロス・ゴーン氏が金融商品取引法違反の疑いで逮捕された。平成22年（２０１０）からの5年間に、日産から１００億円近い報酬を得ていたにもかかわらず、日産の「有価証券報告書」には50億円弱と虚偽記載をして提出。また、私的な投資で生じた

のは単身〈短針〉だったんですが、田舎に帰ると病身〈秒針〉の母が……」

「重ねてきましたね、うわっ。そうですか、あー、そうですか」

「お客さま、はしゃいでいらっしゃらないで、そろそろなんでございますが」

「そろそろなんですか？」

「そろそろお時間でございます」

「えっ、お時間て？　来たばっかりですけれど。もう閉まる時間ですか？」

「いえ、違いますよ。分からないんですか？　時とともにずっと進んでいるんです。お時間、サゲの時間がきまして」

「えっ、サゲの時間というのがあるんですか？　それ、私が言うんですか？　うわーっ！」

「早く！　サゲの時間がきましたよ」

「えー、ちょっと。分かりました。りゅうずバーですから、りゅうずバーだけに巻きでいく」

「落ちませんね、それでは。落ちませんねー」

「えっ、それは困りましたね。こちらの店、堀井さんが分かるサゲでしたら、終わりということですよね。そうですか、ええーと、じゃ、スピードマスターさんもなにか

18億5000万円の損失を日産につけ替えた会社法の特別背任の疑いなど、会社の私物化も理由となった。

堀井さんが分かるサゲ
出演者の一人であるアナウンサーの堀井美香さんはサゲが分からず、キョトンとしていることがあるため、堀井さんが理解できることが、きちんとオチたかどうかのバロメーターとなっている。

言ってくださいよ」

「えっ、私に振るんですか。ええ、まあ、そうですね。えっ、どうした？　タイムは？　あっ、あっ、そうか、もうなくなっちゃった。ああ、タイムオーバーか？」

「足りませんね。足りませんね、マスター。より分かりやすく」

「そういう場合は、もうほっとけー〈時計〉！」

This week's
Message theme

6年前の私

ミクロの幇間

まるでSF映画『ミクロの決死圏』のような小噺。以前、SWA（創作話芸アソシエーション）で私が創った『カラダの幇間』というのを元にして、サゲを変えてぎゅっと縮めてみました。同メンバーの柳家喬太郎師匠が何度かやっていて、これがまたいいので、いつかやってもらいましょう。いよっ！　ぜひ。

幇間の一八《いっぱち》が今日も活躍しているようでして、今日はちょっと趣向を凝らしております。

「たとえ火の中水の中、もう、旦那のためだったら、どんなとこでも飛び込んじゃいますよ」
「ああ、そうかい。本当にそう言ってくれるんなら、嬉しいけれどもね。俺もうねえ、様子がいいだとか、色男だとかいろいろ言われてるんだけれども、見た目を誉められるのも飽きてきてね。まあ、遊びったら、なんかいい遊びはないかなと思ってたら、こないだもらった薬があるんだね。これね、食べるとね、なんか体が小さくなるって、人間の体ね」
「ひぇ、ひぇ、そうなんですか？　旦那、そんなものがあるんですね」
「そこでだよ。いい遊びを思いついたんだよ。お前ね、これね、飲んで、お前の体をぐーっと小さくして、で、俺の体ん中に入って、俺の体をね、ちょっとね、内側からご機嫌を伺って欲しい。いい心持ちにして欲しいんだ」

ミクロの決死圏
昭和41年（1966）のアメリカ映画。「海底二万哩」のリチャード・フライシャー監督による、人間の体内を舞台にしたSF特撮映画の名作。脳に障害を負った東側の科学者を救うため、米政府は医療チームを潜水艦ごとミクロ化させ、体内に送り込み手術する作戦を決行する。

SWA
平成16年（2004）春風亭昇太、柳家喬太郎、三遊亭白鳥、林家彦いちが旗揚げした落語創作集団。ひとつのテーマをもとに各人が創作し、2時間あまりをひとつの舞台として表現する試みを行った。平成23年（2011）

「なるほどー！　外からだけじゃあない、内から！　承りましたよ、それじゃあ、これ飲んじゃいますよ」
　ごくっと薬を飲んでしまいますと、たいこ持ちの一八の体がぎゅーっと小さくなりまして、えー、一尺を通り過ぎて、一寸より小さくなって、旦那の手のひらにぴょこーんと乗っている。
「旦那、これから体の中に入ってよろしいんですか？　中に入るのに尻からは嫌ですよ。口の中から入りますよ。じゃあ、誉めちゃいますよ。腕が鳴るねぇ。さぁ口の中に入りますよ。うわーっ、口の中、いやぁすごい口臭でございますよ、いや、これがまた嫌じゃありませんから。口臭〈公衆〉の面前とはこのことですな。結構でございますよ。歯並び、バラバラ。バラバラ、これがいいですねー。いや、歯の隙間、いや、これぐらい歯並びがバラバラのほうがいいんです。力強く生きてきたな、噛みしめてきたなという人生が見えるんでございます。それじゃあね、こう、ちょっとね、中に入って行きますからね。うわーっ、扁桃腺でございますよ。ええ？　きれいな色をしてます、旦那！　いい色でございますよ！　おおーいっ、と呼びかけてもなにも『返答せん！』。くだらないことを言っておりますな。中へ入って行きますよ。そーっと入りますよ。お、ここを通ります。おおっ、上から下までつーっと行きます

に活動休止したが、令和元年（2019）10月、活動再開を発表。

柳家喬太郎
昭和38年（1963）生まれ。平成元年（1989）柳家さん喬に入門。前座名さん坊を名乗る。平成5年（1993）二ツ目昇進で喬太郎に改名。同12年（2000）真打昇進。彦いちとは、入船亭扇辰と共に同期であり、同期会も催す。

幇間・たいこ持ち
宴席などで、滑稽な動作や言葉によって座を賑やかにして取り持ち、遊客の機嫌を取ることを職業とする男。「男芸者」とも言う。

よ。おっ、胃袋でございますよ。おおっ、入ってますよ、団子が。ひいふうみいよいつむう、あらっ、旦那ぁ！　さっき『半分ずつにしましょう』って言ったのに、1個ちょろまかしましたねー、本当に、ええ？　しかし残してますねー、胃酸〈遺産〉！　たっぷりですよー。ちょっと頂きたいですね。おっ、胆嚢は、十分に『堪能』しましたので、あはは。いえ、じゃあ、そろそろね、上に戻ろうと思いますので。ええ、ゲップかなんかしてね、あたしをね、ちょいと上にね。もうこれね、嫌ですよ。これまた下から出るって嫌ですから、お願いしますよー、ゲップして！」

「おっ、分かった」

ゲップをごぼっとしますと、おー、一八の体がすーっと上へ行って飛び出すかと思うと、

「おい、一八、どこにいるんだ？」

「へい、ここどこですかね？　あっ、あれ？　行き過ぎちゃって今、耳ん中ですよー、これ。ええ？　耳狭いですね。人の話を聞かないったあ、こういうことでございますよ、ええ。いや、しかしながら、これぐらいじゃないと旦那は務まらないっていうことですよ。しかしながら、上のほうがちょっと空いておりますんでね、ちょっと上に上がりますよ。よいしょ、こら、よいしょ、こら。ここは落ち着きますよ」

「お、どこにいるんだ？　お？　どこだ？」

「え、これねえ、頭ん中でございますよ。うわ～、声が響きますねー」

「オイオイ、俺の頭ん中は落ち着くのかい？」

「ええー、広くって。なんたって旦那の頭の中は、からっぽなんです」

This week's
Message theme

再送信！ あの読まれなかったメールをもう一度

白やぎさんへ再送信
～まどみちおさんのひつじに聞いた

まどみちおさんの『一年生になったら』の歌詞。小噺にも登場していますが、「正確には１０１人じゃないとおかしいよねぇ」というのは、作家の夢枕獏さんと行った渓流釣りの合間で、おにぎりを食べているときに出た言葉。獏さん、すいません。使わせて頂きました。

彦いち「再送信。まさに再送信なんですが、『やぎさんゆうびん』という曲がございまして。白やぎさんがお手紙もらって読まずに食べた、仕方がないので手紙を書いて、さっきの手紙のご用事なあに。そうすると、黒やぎさんから手紙が着いて、白やぎさんがまた読まずに食べたという。終わらないんです。これをふと思い出しましてですね。今回のテーマは、『いろんな未送信を読んでいって在庫がなくなるのかな』と思いきやですよ……」
久米「あのね、そう。在庫ゼロになるかと思ったら、増える一方」
彦いち「そうなんです。これはですね。リスナーさんがお手紙書いて、ラジなんさんが読まずに食べた。仕方がないのでテーマを決めて、あのときの手紙のご用件なあに、という。あの曲も終わらない歌なんだそうでございます。底に層になって蓄積されていく。この歌を作った方を調べてみると、まどみちおさんという。今年、お亡くなりになっているんです。１０４歳で」
久米「うわお」
堀井「『ぞうさん』ですね」
彦いち「そう。『ぞうさん』。名曲がたくさんありますね。その童謡には、いろいろと謎があったりなんかして、ちょっと疑問に思ったりするわけなんですけれどもね」

夢枕獏
昭和26年（１９５１）生まれ。小説家、エッセイスト、写真家。『上限の月を喰べる獅子』で第10回日本SF大賞受賞。代表作は『キマイラ・吼』『陰陽師』シリーズ。平成30年（２０１８）、紫綬褒章受章。彦いちとは20年程釣り仲間で年に何度も出かけている。

まどみちお
明治42年（１９０９）〜平成26年（２０１４）。詩人。『ぞうさん』『一ねんせいになったら』『ふしぎなポケット』などの童謡で国民的な人気を得る。平成６年（１９９４）、日本人として初めて国際アンデルセン賞作家賞を受賞。

「ごめんください」

「はいはい、はいはい。なんですか？」

「あの、まどみちおさんのお宅はこちらでしょうか？」

「はい、そうですよ。なにかご用で？」

「ちょっといくつかお聞きしたいことがありまして。あの、あなたは？」

「私は、まどの身の回りを世話している執事〈羊〉でございます。メエ」

「あ、やぎじゃなくて？」

「ええ。やぎではなく、執事でございます。私が承ります。ご用事なぁに？」

「まあ、それはいいでしょう。先生にですね、お伺いしたいことがございまして。ちょっとこちら、紙に書いてきたんですけれども。あの、先生にお聞きしたいんですよ。『やぎさんゆうびん』なんですが、白やぎさんが最初に手紙を出しますよね。あの時点で、白やぎさんが手紙を食べるという選択はなかったんでしょうか？」

「うーん、まあ、そういうことは、まどに聞いてもいいんですが。それはまあ、だって、そのとき食べたら歌が始まらないでしょう」

「ええ、そういうことですか」

「少しは考えてください」

ラジなんさん　ＴＢＳラジオ番組『久米宏　ラジオなんですけど』の略称が「ラジなん」であることから。

やぎさんゆうびん　昭和27年（１９５２）、ＮＨＫラジオ『うたのおばさん』で初放送。作曲は團伊玖磨が行った。紙の誘惑に負け、届いた手紙を食べてしまう白やぎと黒やぎが、延々と手紙のやりとりを続ける、ユーモラスな作品。

「いや、すいません、そう怒らずに。あと、『ぞうさん』もですね、母さんの鼻も長いでしょうというのは、あれはやっぱり父さんとかじゃ駄目なんでしょうか？」

「だから、それは、だって、父さんも長いでしょうけど、あなた、ちょっと、卑猥でしょうに」

「え？　それはどういうことですか？」

「どういうことって。母さんは母さんでいいんですよ。少し考えると、訳ありの母さんでも義理の母さんでも、他の意味が出てくるでしょう。母さんは母さんでいいんです」

「ああ、なるほど。あと、あれも分からないです。『一ねんせいになったら』という、あれです。私も小さい頃、よく歌ってましたよ。友達100人できるかな、と。そして、友達100人で富士山の上でおにぎりをパクパクパクパク食べるんですけれども。あれ、友達100人できたら、自分を入れたら、山頂には101人いるんじゃないかなと思いまして」

「あの、またそういう質問も、よくくるんですけれどもね。あなた、あれでしょう。ビスケットのあの歌もそう言うんじゃないですか？」

「分かりましたか？」

一ねんせいになったら
昭和41年（1966）に発表された童謡。作曲は山本直純。幼稚園の卒園式などで歌われることが多い。小学校に進学したら100人の友人をつくり、100人（自分を含めると101人）で楽しいことをやりたいという、子どものワクワクした気持ちが溢れている内容である。

「分かりますよ。叩いたら二つになるって、割れただけ、とか」

「ですから」

「その質問、よくくるんですよ。ちょっとその質問紙、見せてくださいよ。むしゃむしゃむしゃむしゃ」

「なに食べているんですか……あんた、やぎじゃ？」

「私は執事です。むしゃむしゃ」

「食べないで！　食べないでくださいよ、ちょっと！　私の質問に答えてくだささい！」

大きい声で言うと、奥のほうから窓をすーっと開けて、まど先生が優しそうなお顔で現れまして、

「先ほどからのご質問を聞いておりました。そういう質問、実はたくさんきたものですよ」

「だったら答えてください」

「答えましょう！　そういうのは……めいめいで考えてください」

すかさず執事が
「メエ！」

This week's
Message theme

リスナー消費動向調査
10連休、いくら使いましたか？

使わせぇお化け

普段節約をしていても、休日は家族と一緒に行楽地へ出かけ、そこで渋るわけにもいかないですねぇ。お父さんは大変。頑張れ、父ちゃん！　きっとお金を使わせているお化けがいるハズ。水木しげる先生の『妖怪図鑑』には出てこない現代のお化け。怖いですねぇ。

経済というのは、どういうふうに動いているのか分からないんですけれど、ご存知でしょうか。実は「使わせぇお化け」というのが存在しているようでございまして。使わせぇお化けが一生懸命使わせよう、使わせようと。そして、休日が終わると、いろんなところに行っていた使わせぇお化けが、親分のところに戻って来るのでございます。


「おい、どうした！　おい、ずいぶんと使わせたか？」

「ええ、使わせました」

「お前、どこ行ったんだ？」

「わたくし、動物園へ。今年は少し変化球でございまして」

「おー、どうしたんだい？」

「普段は子どもたちだけなんですが、今年はね、大人の皆さんにも喜んでもらおうと、お酒を売ることにしたんです」

「お酒を売った？　おー、うまくいったのか？」

「いきましたね。ぐいぐいいきましてねえ、おやっさんなんか、どんどん飲みましてねえ、奥さんの前で借りてきた猫になったりねえ。次の瞬間、虎になったり」

「うめえこと言うなー。うまいこと使わせたなー」

「使わせました」

「良かった、良かった。うまいこと使わせたから、メシでも食って行きな」

「ありがとうございます」

「ランチだろ。昼食ばい！〈昼触媒〉」

「ちゅうしょくばい!?　これ、どういうことですか？」

「夜に食ったら、夜食ばい！〈夜触媒〉」

「よるしょくばい？」

「深い意味はねえんだよ。言いたかっただけだ。さぁさぁ、次はどうしたい？」

「いろんなところに行って来たんですけれどもねえ、私は釣り道具屋でございまして」

「おお、使わせたか？」

「ええ、うまいこと使わせましたよ。彦いちに岩魚を20匹釣らしたところ、分かりやすいあの男、釣り道具屋に翌日来て、山のように道具を買っていきました」

「使わせるねえー。おい、そっちはどうだい？」

昼触媒・夜触媒
この日のゲストは、「光触媒」研究の第一人者である東京理科大学・栄誉教授・藤嶋昭さん。「光触媒」は、酸化チタンに日の光を当てて酸素を発生させると、水と水素に分解でき、それを電気に変えられる仕組み。病院や新幹線、トンネル内の照明、日光東照宮なども光触媒が利用されている。

「ええ、あたくしは、北海道物産展でございまして」

「おお、使わせたかい？」

「売りに売ったんでございます。中でもね、いくらのしょうゆ漬け。これが漬かって〈使って〉漬かって」

「使っての意味が違うねえ。みんなずいぶんといい仕事をしてるねえ。おい、そっちはどうだい？」

「ええ、あっしはね、使ってお化けとして、ちょっと毛色の違うところを見つけまして。街じゃあ、ないんですよ」

「どこ行った？」

「山のほうにね、足を延ばして」

「おっ！　お化け、幽霊が足を延ばして！　うめえこと言うな。それで足延ばして、どうした？」

「山頂でしか買えねえものってえ、これが人気なんですが、中高年がねえ、なかなかこんなことじゃ動かねえ。だからね、なんか使わせるいい方法はないかと、あっしね、いろいろ考えたんすよ」

「使わせなきゃ困るぞ」

「ええ、そうなんですよ。だからね。中高年の連中にね、夕日がこう、沈むくらいのいいときに、懐かしのあの風景を見せてあげるという、ノスタルジック作戦に出たんですよ」

「なんだい、そりゃあよ」

「あの頃の風景は変わらない。街や俺たちはすっかり変わってしまったけれども、いい風景じゃねえか、っていうのをよお、この山で見せる作戦なんですよ」

「そりゃ、なんだ」

「ええ、『山頂め〈三丁目〉の夕日作戦』」

「うめえこと言いやがったな。それで？」

「使わせましたよ、昭和の懐かしのグッズが売れる売れる。ええ！」

「『山頂めの夕日作戦』、うめえことを……。おい、そこ誰だ！　ええ？　そこで誰か聞いてるのか？」

「ふふふ……」

「おっ、お前は！　『使わせないお化け』だな。そんなところでなにしている？」

「お前らの山の話、盗聴〈登頂〉させてもらった」

「なにうまいこと言って、この野郎！　なにが言いたいんだ」

三丁目の夕日
平成17年（2005）に公開され、中高年世代を中心に、大ヒットを記録した映画『ＡＬＷＡＹＳ　三丁目の夕日』にかけている。

「お前ら、分かってねぇな。経済なんていうのは、人間のな、営みの幻の山のようなもんなんだ」

「いってぇ、それはどういうことなんだ」

「頂上現象〈超常現象〉ってことよ」

This week's
Message theme

東京オリンピック～私の提案

オリンピック新種目「寄席演芸」

「落語のスポーツ化」は、きっといろんな方からも出ていそうなアイデアですねぇ。私の頭に最初に浮かんだのは、「蕎麦団体」。あと「走り紙切り」。想像すると、なんだかニヤニヤしちゃいました。サゲの聖火は、他の小噺でも使用。いいサゲは、他でも使う。これ、小噺の鉄則。

2020年の東京オリンピック、正式種目に入ったのが、空手、ソフトボールなど5種目。単体では難しかったけど、五つまとめてということで大丈夫になりましたよね。で、もう一つまとめてお願いして可能になった種目がありまして。これ、演芸なんです。実は「寄席演芸」が正式種目になりまして。落語単体では難しかったようですけれど、「寄席演芸」としては認められたということで、今日は、強化合宿の現場にいる、彦いちさんにつながっているようで、呼んでみたいと思います。

「彦いちさん、彦いちさん！　どんな感じですかー？」

「はい、私、今、強化合宿中の浅草演芸ホールの前に来ております。あの、こちら本番の会場にもなるようでございまして、巨額の予算を使いまして、まず客席を取っ払いまして、座布団に3万円、後ろの屛風と襖に5万円、計8万円のばくだいな予算を使いまして、急に煌びやかな感じになっている訳でございます。ちょっと中を覗いてみたいと思います。……うわー、中では選手たちが懸命に、落語演技部門の饅頭部門でございますね。あ！　春風亭昇太さんが饅頭を食べております。あ、実際には食べ

浅草演芸ホール
東京都内に4軒ある落語定席の一つで、台東区浅草の歓楽街「浅草六区」にある。出演は一日約40組。落語を中心に、漫才、コント、手品など、バラエティ豊かな公演を行う。

春風亭昇太
昭和34年（1959）生まれ。昭和57年（1982）、春風亭柳昇に入門。昭和61年（1986）に二ツ目昇進し、春風亭昇太を襲名。平成4年（1992）、真打昇進。落語芸術協会会長。彦いちとは家が近所なこともあり、釣りに行ったりと多くの時間を過ごす。

ていないのでございますが、いや、おいしそうですねー。メダルの期待が高まるようですね。こちらでは、蕎麦・団体の部門です。蕎麦・団体、並んでます！　いつもなら一人でやっているんですけどね、いや、揃ってますね。ちょっとマイクを向けてみましょう」

「ず、ず、ず〜〜〜〜〜っ」

「すすってますね〜、たぐってますね〜。盛り上がっています。懸命に、険しい表情です。あ、すいません！今、中継中でございます。あちらでは、走り紙切り。今回新しく始まりました、走りながら紙を切るという、二楽さんにもメダルの期待がかかっているようです。こちらはスタート地点の様子ですね。１００ｍ謎かけ。これが結構、メダルが難しいところでございます。あ、今ちょうど始まるようですね。ちょっと聞いてみましょう」

「位置について〜。東京五輪とかけまして！」

「あ、駆け出しました！　解かないようですね。『かける』だけ。駆けて行きましたね。こちらはマジック部門。ゼンジー東京さんですね。うわー、どんなメダルも金メダルに！　そうですか、メダルの期待がかかりますね〜。日本人のメダルの躍進が、目に見えるようでございます」

ゼンジー東京　「ゼンジー北京」のもじり。ゼンジー北京は、広島県出身の手品師。昭和33年（1958）ゼンジー中村に師事。チャイナ服と片言の日本語で、観客を煙に巻くスタイルを確立。

立川流男子　昭和58年（1983）、立川談志が大半の弟子とともに落語協会を脱会し創設。平成23年（2011）、談志は死去。

金メダカ・銀メダカ　平成17〜19年（2005〜7）まで、扶桑社の文芸季刊誌で連載された立川談春師匠（180ページ参照）のエッセイをまとめた書籍『赤めだか』をもじっている。

「うぉい、お前、なにやってんだよ！」

「只今、中継中でございます」

「なんだよ、男子総合なのにさぁ、なんで、立川流男子〈談志〉チームが入ってないんだよ！　ガッテンできないね〜」

「あの……」

「おい、ガッテンできないよぉ。立川流も入れればもっと広がるじゃないか。金メダカとか銀メダカとか、いっぱい取れるだろうから」

「あのちょっと、志の輔師匠、それはちょっと、なんでございますが。そうですね、落語界が一丸となっていいと思います」

「なんだかガッテンしてきたなぁー。寄席演芸が正式種目って、なんかメリットがあるの？」

「そうですね。これやっぱり正式種目になりますと、五輪だけに、芸道精進の成果〈聖火〉が上がります、と。いかがでしょう？」

「いやぁ〜〜皆さん、今のでガッテンできましたか？」

立川志の輔
昭和29年（1954）生まれ。昭和58年（1983）、立川談志に入門。志の輔を名乗る。平成2年（1990）、真打昇進。鮮やかな構成と展開が特徴の高座は、落語の見せ方を変えたと言われる。

ガッテン
平成7年（1995）からNHKで放送する生活科学番組『ためしてガッテン！』のこと。司会・立川志の輔師が「ガッテンして頂けましたでしょうか？」と問うのがお約束。平成26年（2014）、番組名が『ガッテン！』に改題。

This week's
Message theme

オレンチのレンジ

茶碗蒸しの中心で

プリンターのテーマ（315ページ参照）と同じように、「スタジオ内に電子レンジがチン座」。生放送内で、小噺の終わりぴったりに「チーン」はなかなか難しかろうと断念。ちなみに私、電子レンジは持ってません。必要と思ったことがないんですねぇ。

本日のテーマは、電子レンジでございます。食材にしてみたら、これは大変なことだと思うんですね、調理って。僕ら人間の都合でそこに入れられてしまうわけでございます。これは茶碗蒸しの話でございまして、茶碗蒸しのあの小さな器の中に、こう、いろんな具材がトントントントンーっと入り、それぞれが思いの丈を喋ったりする訳です。いつ喋り始めるのかというと、電子レンジの中に入り、蓋が閉められる。そうすると、それぞれの声が聞こえてくるようです……。

「おーい、えー、出し汁、それからね、塩！　おい、みりん！　しっかりしろ！　もう熱が入ってんだから。もうスタートボタンが押されたぞ。ええ、今、ほら、ね、主がポンと押したんだから。スタートボタンが入ったら、こうやってね、俺たちみんなで気持ちを一つにして、しっかり完成まで温まっていかなきゃいけない訳だ。しっかりしていけよー」

「なんかさー、なんか、卵さん、リーダー気取りだよ。なんで卵がリーダーなんだよ？　だって卵なんだぜ。俺、出し汁なんてずいぶん大人だよ」

「なんか、そこ言ったか、お前？　茶碗蒸しって言ったら俺。卵がリーダーじゃねえのかよ？　適材適所ってことだ。だって、そうだろ？　それに他んとこでもリーダーやってんだからよ。オムレツしかり、カニ玉、全部俺がリードしてんだよ！」

「いやいや、カニ玉は、カニだと思いますけど」

「うるせえぞ、この野郎。野田！」

「いや、野田って言わないでくださいよ、ちゃんと醤油って呼んでくださいよー」

「お前は野田でいいだろう？　野田、こっち来い！　お前！」

「いや、そうやって、そういう呼び方は良くないですよ。だったら、塩だって、塩って呼ばないで、だってあれ、ここの人がこだわりで買ってきた、海外から取り寄せたっていう、アンデスの塩なんですよ。だったら、アンデス！って言ってくださいよ」

「んー、そうなると面倒くさいんだよ。じゃ、分かったよ。お前がそう言うんだったらそう言うよ。じゃ、分かったな、出し汁にみりん、それからね、アンデス、頼むよ！」

「はあ？　アンデス〈なんです〉か？」

「だから、面倒くせえだろ？　なーにお前、にこにこ笑って、にたにたしてんじゃやな

野田醤油
1600年代、高梨兵左衛門家が千葉県野田市で醤油造りを始め、茂木七左衛門家などがそれに続いた。その後、茂木・高梨一族、流山の堀切家が「野田醤油株式会社（現在のキッコーマン株式会社）」を設立し、野田は関東一の醤油の産地に成長。野田は気候が醤油造りに適していたことに加え、利根川と江戸川という水運があり、醤油の原料である大豆や小麦、食塩の運搬や、醤油の江戸への運搬に便利であった。

大山どり
鳥取県、島根県などで飼養されている銘柄鶏。

いよ。おい、鶏肉！　お前がリーダーじゃねえからな。鶏肉だっていい気になってんじゃねえよ。大山《だいせん》どりだからって関係ないからな。お前、ええ？　俺がねえ、厳しくやるんだからねえ。そっちの海老蔵！　お前、おとっつあん亡くなったんだから、しっかりしなきゃ駄目だよー、しょんぼりしてちゃ駄目だよ。えー、みんな、熱さが足りないよー。ほら、どんどんどんどん熱くなってきてんだから、気合いだ！」

「あのぉ……卵さん、ちょっとやり過ぎなんじゃないですか？」

「なんですか、銀杏姉さん？」

「あのね、あたし、ずっと見てましたが、熱くなる気持ちは分かります。けれど、ちょっとやり過ぎだと思いますよ、あたしはね。いえ、皆さまご活躍の場がありますけれど、あたしらにはそういう場はありません。こうやって茶碗蒸しの中に入れるっていうのは、高級焼き鳥店の銀杏の次にエリートなのよ。だから、みんなで仲良くこの時間を大事にしていきたいの」

「そうだ！　そうだ！」

「分かったよ」

「あたしも中が落ち着くまで協力するわ」

「あ、姉さん、どうもすいませんでした。じゃあ、じゃあ、姉さんがリーダーってこ

海老蔵
市川海老蔵は昭和52年（1977）生まれ。十代目市川海老蔵（十二代市川團十郎）の長男に生まれる。屋号は成田屋。昭和60年（1985）に七代目市川新之助、平成16年（2004）に十一代目市川海老蔵を襲名。團十郎との親子共演も多く、海老蔵襲名年に行われたパリ公演では、「勧進帳」で、武蔵坊弁慶役と富樫役を親子交代で演じた。團十郎は白血病を発症し、平成25年（2013）2月3日、肺炎のため66歳で死去。

とで」

「リーダーとか、そういうことじゃないの。みんなで幸せになるの、ここで交わっていけば、おいしいのができるの。でもね、あたしもこうやって、喋りながら熱くなってしまうの。でも、熱くならないのがほら、向こうにいるでしょ？　どんなに熱くなっても顔色一つ変えない、隠し味の天才、三つ葉六三郎さん。あの人が一番リーダーに適任だと思うの。三つ葉さん、一つ上に立って、よろしくお願いします」

「いやね、僕なんかでいいんですか？　いや、分かりました。はい。じゃ、みんな、どんどん熱くなってきてるようで、僕だけが冷めててすみません！　あ、よろしくお願いします。姉さんのおかげでございます。銀杏姉さん、やっぱり銀杏姉さん、お優しいんですね」

「いや、優しいって、今さらあたしになにを言ってんの？　あたしは優しいわよ。でもね、お腹にも優しいのよ」

「えっ？　姉さん、お腹にも優しいんですか？」

「そうよ、なんたってね、出身がイチョウ〈胃腸〉だからねぇ。さあさ、そろそろ、出来上がるわよ」

チーン！

三つ葉六三郎
日本食料理人の道場六三郎になぞらえている。昭和6年（1931）生まれ。『銀座ろくさん亭』『懐食みちば』のオーナー。平成5年（1993）〜同8年（1996）まで、フジテレビ系列の『料理の鉄人』に「初代・和の鉄人」としてレギュラー出演。平成19年（2007）、旭日小綬章を受賞。

This week's
Message theme

私、もうすぐ春が来ます

祝！春会議

このところ猛暑により、四季の移ろいが薄れてますね。暑かったなぁと言っているうちに、冬になる。もぉ、秋またぎ。ここは一つ、春くらいは頑張って情緒のある季節の起点になって欲しい。転校生だった私は、春の風が吹き始めると緊張していました。あっ、吹いてきました……。

新聞などで、春風と出てくると春だなと思うんですけれど、「春風」とあると、「亭」にしか見えない。「春風亭《しゅんぷうてい》」にしか見えないという、これは職業病ですね。一面に「米朝会談」とあると、「桂《かつら》」にしか見えない。桂米朝にしか見えないという。

「春」という名のつくものが、今は温暖化でいろいろおかしくなっているので、結構春のつく言葉たちが困っているのではないかと、そんなお話でございまして……。

「えー、温暖化に伴い、どうも夏と冬のみがクローズアップされているので、『春』の皆さんに集まってもらいまして、春をもう一度盛り上げたい。日本には四季がある、そして春がある、これをみんなに知ってもらいたいなと、今日は特別にお集まり頂きました。わたくし、司会の春風亭マーチでございます。第1回ということもあり、もめているようでございますね。どうしました？」

「私ね、春がつくっていうから、呼ばれて来たんですけどもね」

「招待券とかありますか？　どちらさんですか？」

「私ね、春を売る、者でございます」

「いや、それは入っちゃいけないんでございます。駄目なんですよ」

「じゃあ、買うほうは？」

「買うほうも駄目なんですよ。お帰りください」

「だから、帰れって言ってるだろ！　建設的なもの以外は帰れ！」

「怒らないでください！　春闘さん！　そんなに怒っちゃいけませんよ。さあお入りください。落ち着いてくださ い。もう本当に困りましたね」

「あの〜、春画ですが」

「ま、春画はいいでしょう。どうぞお入りください。春を盛り上げていきたいわけでございますからね」

「すみません、私はいてもいいですか？」

「どちらさんですか？」

「私、来春、なんでございますけれど、今年は関係ないかな、と」

「いえ、いいんですよ、今年があっての来年ですから、ぜひぜひおいでください。なにしろ来春はいよいよ、四代目桂春團治《はるだんじ》が誕生ですから。今日は、大阪から桂春之輔《はるのすけ》師匠、どうもありがとうございます」

春闘
正式名称は春季生活闘争。新年度となる4月に向け、労働組合が経営側に対し、賃上げなどの要求をし、交渉を行うこと。労働組合の経営側への要求が2月、経営側からの回答が3月頃となる。

春画
男女の情交や、同性愛や自慰など、性風俗をあらわに描写した絵。「春画」は、明治以降に用いられるようになった言葉で、枕絵(まくらえ)、枕草子（まくらのそうし）、秘戯画（ひぎが）などの別称もある。

「どうもありがとうございます。来春は、こう盛り上げていきたいわけで……」

「来春はわたくしが担当ではなく、春風亭エイプリルが担当しますんで、どうぞよろしくお願い致します。え〜、そちらはどちらさんですか？」

「私、サロンパスなんですけど……」

「サロンパスがこの季節にですか」

「ええ、貼る〈春〉は……」

「帰ってください、意味が違うので。関係ありませんからね」

「私はどうでしょうかね？」

「なんですか？」

「春雨です」

「そういう人が入ってください。どんどん入ってください！」

「わたくし、魚偏に春で、鰆《さわら》でございまして」

「どんどん入ってください！　どんどん入ってください、お入りください」

「春雨で一つできました」

「なんですか？」

「船底を　がりがりかじる　春の鮫」

四代目桂春團治
昭和23年（1948）生まれ。昭和40年（1965）、三代目桂春團治に入門。平成30年（2018）に四代目桂春團治を襲名。平成15年（2003）より上方落語協会幹事長、副会長を歴任。

桂春之輔
四代目桂春團治は、平成5年（1993）から平成30年（2018）に春團治を襲名するまで、春之輔を名乗っていた。

サロンパス
昭和9年（1934）より久光製薬から発売され、現在も同社の看板商品である、外用鎮痛消炎剤。肩こりや腰痛に悩む中高年に愛され続けている。

「それ意味が違いますね。それひょっとしたら、落語の、雑俳《ざっぱい》じゃございませんか？あなた誰ですか？」

「わたくし立川談春《だんしゅん》です」

「談春師匠、おいで頂きましてありがとうございます。赤いめだかとともにお入りください」

「桃の節句でございます」

「お入りください、お入りください。どんどんお入りください」

「すいません、私、いいですか？」

「どちらさんですか？」

「私、鯉のぼりなんですが」

「鯉のぼりだと、次の会合になると思うんですね。そうすると、わたくしはもう担当じゃないんですけれど」

「担当は誰になるんですか？」

「5月でしょ。担当はわたくしではなく、わたくしのメイ〈姪〉が参ります」

船底を　がりがりかじる　春の鮫
古典落語の演目『雑俳』（188ページ参照）の中で、ご隠居から「春雨」のお題を出され、八五郎が詠んだ句。

立川談春
昭和41年（1966）生まれ。昭和59年（1984）に立川談志に入門。平成9年（1997）、真打昇進。彦いちとは、2014年3月31日～同9月22日フジテレビ系列で放送された『噺家が闇夜にコソコソ』で共演。（169ページにも登場）

This week's
Message theme

発掘!? 冷蔵庫に眠る賞味期限切れ食品

冷蔵庫賞味期限切れ対局

うちも冷蔵庫を片っ端から見てみたら、ずいぶん賞味期限切れのものがありました。というか、奥に眠っていたものは、ほぼソレ。賞味期限切れのソレらが口々に喋り出したら、おもしろいだろうなぁ……という、小噺は直前にやめて、こちらにしました。

彦いち「僕らの噺のまくらでも、なんとなく伝統的にやってたりするので、賞味期限どうだろうな～とか、あるんですよね。床屋さんのまくらで、『最近はヘアーサロンなんていうのがありまして、中にはバーバーなんていうのがあって、中に入るとジージーがやっているという……』。弱冠、賞味期限切れな感じが」
久米・堀井「ハハハハハハ」
彦いち「やはりこれは弱冠、期限が切れている。噺家の皆さ～ん、これはもう切れそうですよ～」
久米「今のは切れてますね」
彦いち「切れてますね。他には」
堀井「噺にもあるんですね？　賞味期限が」
彦いち「『空席以外はみな、満席です』これも……」
久米「切れているかもね～」
堀井「切れているのばっかりでやって欲しいですね」
彦いち「ま、冷蔵庫の中の賞味期限というのは表示を見ないと分からなかったりするようでございまして。それを比べている対局というのが、実は存在していたというお話でございまして」

バーバー
英語で床屋、理容師を意味するbarber（バーバー）の語源は、ラテン語のヒゲ（barba・バルバ）に由来する。理容師は髪だけでなく、ヒゲも整えていたことがその理由で、1300年頃に理髪師を意味する英単語になったといわれる。

沖縄返還
昭和27年（1952）、沖縄は対日講和条約によってアメ

「え～、それでは『冷蔵庫賞味期限切れ対局』を行います。最高齢の山本名人、そして最年少の加藤名人との対局になっております。それでは山本名人のほうからお願いします」

「分かりました。今回はもう負けるわけにはいきませんので、冷蔵庫の奥にありました、こちら、お麩を持って来ました」

「なるほど。麩〈歩〉ときましたね。どんなものですか？」

「最初は鯉の餌にしようと思ったんですが、その後わたくしが食べようということになりまして、取っておりまして」

「それではちょっと、賞味期限を見させて頂きますよ。さすが、最年長。昭和ですね。昭和50年！　出ました！　さあ最年少の加藤名人、これどうしますか？」

「あの、私のうちの冷蔵庫の中を探したんですけれど、なんかいいのないかなーと思ってたら、奥のほうから缶詰が出てきまして。じゃ、角《かく》でいかせて頂きます」

「なるほど、角でいきますか。角はなんでしょうか？」

「こちら、角煮の缶詰です。沖縄のものです」

「賞味期限を確認させて頂きます。昭和47年、沖縄返還記念の缶詰！　加藤名人、大きく出ましたね。山本名人、これは不利になりましたよ」

リカ合衆国の統治下となった。アメリカ政府は次々に布令を発し、土地の強制収容を開始し、本格的な恒久基地建設に着手。昭和46年（1971）、沖縄返還協定が調印され、同47年（1972）日本に返還されたが、現在も日本にあるアメリカ軍基地の面積の約70％は、沖縄県に集中している。

金のエンゼル
森永製菓が発売するチョコレート菓子『チョコボール』は、パッケージ上部にある取り出し口に、金銀のエンゼルが印刷されているものがある。金なら1枚、銀なら5枚集めると「おもちゃのカンヅメ」をもらえる。

「じゃあ、こちら、冷蔵庫で眠っていた、銀でいきます」

「え〜、これは銀だらの西京漬け。半年前の！　うわっ、におってきますよ。山本名人、出しましたね、これどうするんですか、山本名人。いやいやいや、加藤名人、どう受けますか？」

「じゃあ、金でいきます」

「金というと、金目鯛の漬けかなにかで？」

「いいえ、ありました。冷蔵庫の奥の奥の奥に、うちの母親が買ったんでしょうね、そのまま置いてあったんですよ。金のエンゼルが当たったチョコボールがありました！」

「金をそれできましたか!?　山本名人、またこれ不利ですよ」

「飛車、飛車、ひしゃも〈ししゃも〉でいきましょう。ひしゃもの4年ものがありました」

「ひしゃも、が出ました。加藤名人、今度はどうしますか？」

「分かりました！　これでいきます！　これも冷蔵庫の奥の奥にあったんですけれど、吉野家の1号店でもらったというタマゴ、玉《ぎょく》でございます」

「玉で！」

吉野屋1号店
明治32年（1899）、吉野家は東京日本橋の魚市場に誕生。魚河岸で働く職人向けに牛めしを提供した。大正12年（1923）に起こった関東大震災により同15年（1926）、魚市場が築地に移転したのに伴い、吉野家も移転。昭和33年（1958）、それまで使っていた具材をやめ、牛肉とタマネギだけの「牛丼」の提供をスタートした。

「王手！　これでいかがでしょう！」

「あー、これきましたね。山本名人、これどう受けますか？」

「いやいやいや、わたくし、最年長ですが、玉がくるとは思いませんでした。これは参りました！」

「正確に言ってください」

「賞味期限が参りました」

「よくできました。じゃあ、これで詰みってことでよろしいですね？　正確に言ってください」

「冷蔵庫にたくさん残すのも、これまた罪でございます」

This week's
Message theme

日本リスタート

雑俳リスタート

小噺に出てくる遊びは、普段もやっています。年に一度、北海道の網走湖でワカサギ釣りをやっていて、集まった仲間と、そこでもこれ。さらに、釣り仲間の夢枕獏さんがどんなものにも合う「男が一人咳をする」という七・五を披露……恐るべきおじさんです。

僕ら高座に、こんな噺をしようと上がるんですけれど。これは僕に限らず、先輩方を舞台袖から見ていてもそうなんですが、出て、花魁《おいらん》の噺をしようと、「遊女三千人ご免の里、三千人からの花魁がいたんだそうでございます」と言って、なんとも食いつきが悪いときは、「かと思うと」を使ってリスタート。次に、「貧乏長屋なんていうのが出て参りまして」と。この「かと思うと」というのは、意外に便利なので、「かと思うと」を使ってみてはいかがでしょうか。

花魁の噺
遊郭を扱った落語のこと。廓噺と呼ぶ。主なものに、『明烏』『三枚起請』『紺屋高尾』『五人廻し』などがある。花魁とは、トップクラスの女郎のこと。

「今日、集まってもらったのは他でもないんだよ。おお、みんなにまた一句詠んでもらおうと思ってね」

「分かりました。五・七・五ですな」

「今日はね、いろんな彦いちに来てもらったからね。ああ、いろんな彦いちがいていいんだよ。そっちの彦いちもこっちの彦いちも集まって、集まって、集まって」

「分かりました」

「こんにちは！」

「こんにちはー」

「こんにちは」

「あのね、今日はちょっと違うんだよ。五・七・五で、ただの五・七・五じゃない」

「五・七・五じゃないんですか？」

「いや、今日は五・七・五だけじゃないんだ。ここに芭蕉の句を用意してある。そこに七・五をつけて、どんな句でも違う見え方をするという遊びをやってみようと思うんだ」

「へえ。これは隠居さん、それはどういうことですかね」

「だから、俳句の下に七・七をつける。これはな、七・七をつけることで別のものになるという遊びだ。『かと思うと』、まったく違う意味になるということ。あの、室町時代にあったたな。『それにつけても　金の欲しさよ』。これをつけると違う見え方をするんだ。『古池や　蛙飛び込む水の音　それにつけても　金の欲しさよ』」

「ああ、なるほど。違う見え方をしてきますね。いろんな名句にも、それは全部当てはまるんですか」

「当てはまるんだ。いろんな名句があってな。『松島や　ああ松島や　松島や　それにつけても　金の欲しさよ』。これ、なかなか理解できないくらい深い」

雑俳
「雑俳」とは、江戸時代前期の上方で発祥し、元禄以降に全国へ広まった、雑多な形式でのつけ句遊びのこと。八五郎は隠居から雑俳に凝っていると聞かされ、二人で詠み始める。すると、隠居の俳句仲間がやって来た。「天（最も優れた句）を決めよう」という話になり、八五郎は「初雪や　二尺あまりの大イタチ　この行く末はなにになるらん」と披露すると、隠居が「うん、それなら貂（＝天）だろう」とサゲる。

芭蕉の句
松尾芭蕉については、133ページ参照。

「深いものになるんですね」

「深いものになるんだ。そういうものをね、七・七の部分を考えてもらいたいんだ。その七・七に、句会などで句を選ぶときに、優秀な句につける『天地人』ってあるだろ。今回その一番上の『天』を決めたいと思うんだが、できた者はいないか？」

「分かりました」

「そっちの彦いち、どうだ」

「『涙が一つ　頬を伝わる』という七・七でどうでしょうか」

「ああ、なるほどな」

「『この道や　行く人なしに　秋の暮れ　涙が一つ　頬を伝わる』」

「これはなかなかいい、『涙が一つ　頬を伝わる』、いい七・七だな」

「これ、隠居さん。他の名句につけても大丈夫？」

「大丈夫ですよ」

「こちらの名句にもつけてみましょう。『スポーツカー　隣にユキさん　嬉しいな
涙が一つ　頬を伝わる』」

「これはちょっといいかもしれないな。なるほど、なるほど。それはもう広大な北海道が目に浮かぶな。いいだろう。他に七・七はないか。遊びだから、自分の好きなも

天地人
三つあるものの順位を表す場合に用いる。天を最上とし、地、人がこれに次ぐ。句会で作品ごとに点数をつける場合、天を高得点として地、人、と続け、点差をつけて順位を決める。

隣にユキさん
TBSアナウンサーの長峰由紀さんのこと。長峰由紀さんのファンである久米宏さんの妄想を表現した句。

ので詠んでみようか」

「じゃあ私！　実は車が大好きでね。セブンってあるんです。スーパーセブンって車があるんですよ。もうね、寝ても覚めても、スーパーセブンでございまして。『瞼閉じれば　スーパーセブン』で、これどうでしょうか？」

「ああ、なるほど、七・七だ。自分の好きなのを折り込むっていうのも大事なことだな。『この道や　行く人なしに　秋の暮れ　瞼閉じれば　スーパーセブン』。なるほど。これは現代との融合かもしれないな。『スポーツカー　隣にユキさん　嬉しいな　瞼閉じれば　スーパーセブン』。このときは、せめて瞼を開けていて欲しいものですな。そうですか。他にはないかい？　スーパーセブンの後は、なんですか？　そっちの彦いち」

「じゃあ、これ、どうでしょう。私ね、ラジオが好きなんですね。ですから、七・七で『土曜の朝は　永とたわむる』ってどうですか？」

「なるほど、永六輔さんのことですね。なるほど。『閑さや　岩にしみ入る　蟬の声　土曜の朝は　永とたわむる』。ああ、なるほど。これは結構きれいかもしれませんね。他に好きなもの、そっちの彦いちはどうだい？」

「私ね、高校野球が大好きでございまして、七・七で、この、『高校球児　ナインの

スーパーセブン
イギリスの自動車メーカー・ケーターハムが製造する、クラシカルなデザインのレーシングカー。

土曜の朝は永とたわむる
この放送当時の平成26年（2014）、『ラジオなんですけど』の前の時間帯に放送されていたのが、永六輔さんの『土曜ワ

涙』と。例えば、これ、どんなものでしょうか？」

「おお、『夏草や　兵どもが　夢の跡　高校球児　ナインの涙』。ああ、なるほど。これはいろんな風景が広がって、いいですな。ずいぶん調子が出てきたようだけれど、他にもないかい？」

「ありませんねー」

「ありません」

「ありませんね」

「なんなんだい。もう一声、あるだろう」

「え、どういうことですか？」

「だって、よく考えて欲しいな……スーパーセブンに永六輔に、ナインの涙。ロクが出て、セブンが出て、永と〈エイト〉が出て、ナインが出てるんだ。もうないのか。ああ、惜しいもんだ。もう一声でテン〈天〉なのに」

「えっ？」

イドラジオ東京　永六輔その新世界』という番組であった。前身である、『永六輔の土曜ワイドラジオＴｏｋｙｏ』は、昭和45年（１９７０）～約5年間、ＴＢＳラジオで放送された。平成3年（１９９１）、永六輔さんが復帰し、番組名をリニューアル、番組は平成27年（２０１５）まで続いた。

This week's
Message theme

地デジ、慣れましたか？

寄席のDボタン

出演者や噺についての解説がない寄席の世界も、Dボタンのようなものがあってもいいなぁと。唯一の演芸情報誌『東京かわら版』の噺家名鑑を持参し、お客席で演者と名鑑を見比べているお客さまもときどきいらっしゃいます。掲載されている写真が古い人はご愛嬌。

今日のテーマは「地デジ」でですね、中でも「Dボタン」。Dボタンの使い方をやっぱり知らない人が多かったようで。古典芸能やなんかね、例えば、歌舞伎に行くと、レンタルイヤホンで音声ガイダンスみたいなのがありますけどね。あれもまあ観劇の手助けをしているわけで、Dみたいなもんでございます。それで、落語にはDに相当するものがあるのか？ それはないわけですよ、どこにもない。演目も貼り出したりしないので、分からなかったりするんですけど。じゃあ、Dボタンはどこにあるのかっていうと、ないわけじゃなくてですね。実は、客席に存在しておりまして……。それはですね、「Dボタンおじさん」っていうのが必ずいるんです。各寄席に一人は。昼席あたりにいるんですね。そして、そのDボタンおじさんのスイッチを押すのはどこかっていうと、Dボタンおじさんの隣の席。そこに座ったときに発動されるんでございますねえ。

寄席が開場し、客席の扉が開きます。幕が開く前です。ぞろぞろっとお客さんが入って来ます。向こうからお客さんがちょうど入って来たようでございます。女子高生とそしてお母さんが、動物園に行った帰りにですね、ぷらっと昼席に寄ったようで

地デジ
地上デジタル放送の略。地上デジタル放送の特徴は、高精細な画質のハイビジョン番組が楽しめること。地上アナログ放送よりゴースト障害がなく、ノイズの少ない画質が得られる。平成23年（2011）、地上デジタル放送へ完全移行し、地上アナログ放送は終了した。

Dボタン
地上デジタルテレビ放送に対応した、デジタルテレビのリモコンについているボタン。天気予報、交通情報、そのとき放送している番組に関連、連動する情報などを得られる。

ございます。てくてくてくてく……あっ、いけない！　そのDボタンおじさんの隣に座っちゃいけない！　いけないのに、あっ、Dボタンおじさんの隣に座っちゃったよー。

「お嬢さん、ここは初めてですか？　あ、そうですかー。あ、今、22度ぐらいですかねえ」

Dボタンおじさんは、気温から会話に入ります。ちゃんと正確に把握をしております。

「この寄席はねー、『鈴本演芸場』といいまして、1857年安政4年ぐらいからあるんですよ」

聞いていないのに、情報がどんどんどんどん出てくる。これが、Dボタンおじさんの特徴でございます。

「ねえ、1857年ってペリーが来た頃ですから。いやぁ、あたしだって知ってるわけじゃありませんけどねえ。ええ、安政4年ですからね、ええ、そうなんですよ、売店にあったでしょう？お饅頭。ね、ええ？　お嬢さん、あったでしょう、お饅頭ね？あれも、いわゆる、餡製〈安政〉ですから」

動物園
上野・鈴本演芸場では、上野動物園に行って、帰りに寄席に入るお客さまも少なくない。

鈴本演芸場
安政4年（1857）に開設された、台東区上野にある日本最古の演芸場。『軍談席本牧亭』という講釈場が母体で、明治9年（1876）、初代鈴木龍助の「鈴」と本牧亭の「本」を組み合わせ、「鈴本」という名が誕生。落語協会所属の芸人が出演し、落語を中心に、漫才、太神楽、奇術など、番組を10日ごとに変えて公演。

聞いてないダジャレまで言う、これもDボタンおじさんの特徴でございます。

「あ、どこ行くんですか、お嬢さん？　お嬢さん、まだ話は終わって……。ああ、行っちゃった」

　Dボタンおじさんの隣の席がぽっかりと空くと、また次の人がやって来ます。営業途中のサラリーマンらしきおじさんがてくてく歩いて来ると、他に席が空いているにもかかわらず、そのDボタンおじさんの隣に……あ、また座っちゃう、座っちゃう。座ったらまた始まっちゃうんだからー、あ、座っちゃった。

「お兄さん、仕事の途中ですか？　そうですか、あ、最初に出て来たこれ、前座っていうんですよ。『前に座る』で、前座でございますねえ。元は仏教の言葉なんですよ。ええ、そうなんですよ、これからどんどんねえ、成長していく。そういうのを見ていくのも、楽しみなんです。あ、始まりました。名前が長い、そうこれ、『寿限無』っていう噺なんです。ええ、前座の噺ですからね、え？　あ、今、噺を聞いてる？　あ、すいませんね。あの、もう一つだけいいですか？　あの、隣にめくりってありますね、ええ。あすこに名前が書かれておりまして、あの、一門のね、それぞれの前座名ってのがあるんですよ、ええ。『鏡』って書いてあるのは、橘家、あの、圓蔵師匠のお弟子さんに多いんですよ。え、噺を聞いてる？　ごめんなさい。もう

寿限無
前座が最初に口慣らしとして覚える噺。息子が生まれた熊五郎は、寺の和尚へ名前の相談に。和尚は長生きする名前やおめでたい文字が良いと、次々に挙げていく。「寿限無」「五劫の擦り切れ」「海砂利水魚」……など。熊五郎は全部めでたいから選べないと、すべての名前をつける。「寿限無」の意味は「寿限りなし」。おめでたいことが続く」。

めくり
43ページ参照。

ちょっとだけいいですか？　もうちょっとだけね。あの『鏡』という名前なんですけど、楽屋に電話がかかってきますね、そうすると『はい、もしもし、はいはい、前座の鏡〈鑑〉です』って、そういうね、伝統のシャレにもなっているとか、いないとか。聞いてない？　あ、あ、あ、行っちゃった」

噺のまくらで聞いたことまで喋っちゃう始末。

Dボタンおじさんは、次から次へと話が止まりません。またぽっかり空いたその席に、今度はおばちゃんが、「落語を一回観てみよう」という気持ちになったようでございまして、てくてくやって参ります。その隣に座ろうとしている……。おばちゃん！　そこに座っちゃ駄目、座っちゃ駄目なんだからーっという、こちらの気持ちに逆らうように、そこに座ってしまいました。座っちゃった！

「落語は初めてですか？　ええ、傘、今日、いらないみたいですよ」

まず、天気の情報から入る。これもDボタンおじさんは、どの人に対しても平等です。

「あれね、次の人ね、『二ツ目』さんって言うんですよ。ええ、二ツ目さんになると、羽織を着ることができるんですねー。ええ、これから真打を目指して、一生懸命頑張っていく。噺一本でやっていくんで、前座の雑用から逃れられるってんで、あ

圓蔵師匠
八代目橘家圓蔵。昭和9年（1934）生まれ。昭和28年（1953）、七代目橘家圓蔵に入門し、竹蔵を名乗る。昭和40年（1965）、師匠の前名である月の家圓鏡を襲名し、真打に昇進。昭和57年（1982）、八代目圓蔵を襲名。

二ツ目
東京の落語界では、入門してしばらく後、「前座」という身分が与えられる。前座修業を終えると「二ツ目」となり、さらに十数年ほど修業し、実力、人気ともに上がってくると、落語家の階級の最上級の「真打」に昇進する。一ツ目、三ツ目という階級は存在しない。

の、毎日お酒ばかり飲んでいると、堕落していくんですよ」

「そうなんですか、そういうものがあるんですか」

「おお、そ、そうなんですよ！」

もう、いつになく質問されると嬉々とする、喜ぶ、このDボタンおじさんでございます。

「そうなんですか、二ツ目さんって言うんですか？　じゃあ、三ツ目とか、あの、一ツ目とかは、どうしてないんですか？」

「えっへん、んー、これ、あの、『饅頭こわい』って噺なんですよー」

知らない質問は、聞こえないふりをするDボタンおじさんでございます。

「そうなんですよ、あのね、最近ではですね、あのー、ずいぶんと江戸っ子も少なくなりましてね。ええ、東京に400人って言いますけども、江戸っ子はその半分くらいと言われてますけど、あの、あの、ちょっと、ちょっと、まだ話の途中なんですけども」

Dボタンおじさんの隣から、どんどんどんどん人がいなくなってしまいます。しかしながら、次から次へと、そこへ座ります。なぜそこに人が集まって来るのかというと、Dボタンおじさんの隣の席は、実は、いい〈E〉席だったんです。

饅頭こわい 通称「まんこわ」。有名過ぎるほどの噺。若い衆の間で、なにが一番怖いかという話になり、「饅頭が怖い」と話す男がいた。一同は唖然とし、常日頃その男に鬱憤が溜まっていた者たちは、懲らしめようとたくさんの饅頭を買って来て男が休んでいる枕元へ置くと……。

東京に400人 令和元年（2019）9月現在の東京の落語家は、真打・二ツ目・前座を合わせて606人。そのうち、出身が東京の落語家は3分の1ほど。

This week's Message theme | 決断しました！　私も先送りします！

先送り協会
～いつやるか？　そのうち！

誰だったか、「明日できることは、今日するな」と言った方がおりました。なんというか、「人は見かけによる」と同じくらい納得しております。

久米「ミスター先送りです。彦いち師匠」
堀井「ミスター先送り。なにを先送りしましたか？」
彦いち「どんどん先送りますよ、困ったことは。先送り。そんな、悪くないんですよ」
久米「悪くないんですよ。知恵だもん、だって」
彦いち「噺家の中でも先送りでちょっと愉快なことがありまして。『圓朝まつり』という、落語協会主催のお祭りがあったんですね。野外イベントで、芸人が屋台を出したりなんかして。ずっとこれはどうしよう、これはどうしようと、雨が降ったらどうするかの議題が先送りになって、ずっと残っていたんです。実行委員長である某師匠が、いよいよ答えなきゃいけない。先送りした最後の『雨、どうするんだ』に対して、『……雨は降りません！』」
久米「あはははは」
彦いち「実際降らなかったから救われましたけれども。先送りはだから、そんなに悪くないという、今日はそういうお話でして」

先送り
平成24年（2012）8月、社会保障と税の一体改革法案が成立。平成9年（1997）より5％となっていた消費税率は、同26年（2014）4月に8％に引き上げられた。その後、同27年（2015）10月より10％に引き上げられる予定だったが、安倍首相の判断で同29年（2017）4月に先送りに。さらに安倍首相の「新しい判断」により、令和元年（2019）10月に先送りされた。

「あの、お集まり頂きましてありがとうございます。本来は3月に開催の予定でございましたけれども、夏を過ぎまして秋になりまして、暮れになってしまいました。先送り協会の会議を始めさせて頂きたいと思います。先送りはそんなに悪いことではないということで、皆さんに先送りの提案をして頂くわけでございますけれども。こちらに掲げましたのがスローガンでございます。『いつやるか？』『そのうち！』。はい、そうでございます。そのうちやっていきましょうね。提案ありますか？　どんどん言ってください」

「はい！」

「はい、そちらの方。誰ですか？」

「メロスです」

「メロスっていうと、あの『走れメロス』のメロスさんですか？」

「そうなんです。提案です」

「おお、なんですか？」

「3日で走るというのが、やはりちょっとつらいので、今先延ばししているのですが、あれを一つ、2週間にして頂くというのは可能でしょうか？」

「あ、なるほど。2週間」

「2週間だと、多分走れると思うんです」

圓朝まつり
落語協会が行っている、ファン感謝デー。平成26年（2014）より『謝楽祭』と名を変え、年に一度9月に東京都文京区にある湯島天神で開催。寄席や特設舞台でのイベント、芸人屋台などが行われる。

いつやるか？
「いつやるか？　今でしょ！」は、平成21年（2009）から放映された予備校・東進ハイスクールのCMで、同校の人気講師・林修氏の名言として使われた台詞。このフレーズが流行し、平成25年（2013）12月、ユーキャン新語・流行語大賞を受賞。15ページにも登場。

「分かりました。メロスさん、2週間、と。まあ、そのうち辿り着きますからね。セリヌンティウスさんには私のほうから、時間をかけてよく言っておきますんで。そちらの方、他にありますか？」

「はい、提案します！」

「はい、じゃあ、そちらの後ろの方、どうぞ」

「あの、『80日間世界一周』なんですけれども」

「はいはい、どのような提案で」

「あれを、あの、１２０日くらいにして頂くことは……」

「分かりました。その提案もいいですね。はい、分かりました。書いておきますよ。他にはありませんか？」

「はい」

「あ、なんですか？　豚さん」

「ええ、豚なんです。『3匹のこぶた』なんですけれども。家を建てると喧嘩になっちゃうので、しばらく家建てるのいいかな、と。というか、まぁ賃貸でもいいかな、と」

「ああ、そうですか。豚の世界も大変ですね。まあ、家建てないと物語は始まりませ

走れメロス　セリヌンティウス
昭和15年（１９４０）、太宰治が雑誌『新潮』で発表した短編小説。セリヌンティウスは主人公メロスの親友で、処刑されるメロスの代わりに人質となり、メロスが約束通り戻って来るのを待つ。

80日間世界一周
フランスの作家・ジュール・ヴェルヌ［文政11年（１８２８）～明治38年（１９０５）］の冒険小説。明治6年（１８７３）刊。イギリス人のフィリアス・フォッグが、80日間で世界一周をする賭けに挑戦。汽船や象、ソリなど、さまざまな乗り物を使い、波瀾に満ちた冒険旅行が繰り広げられる。

んけれども、いいんですか？」

「まあ、そのうち始まります」

「分かりました。そのうちやりましょう。喧嘩はいけませんので。他にはありますか？　いろいろ動物の世界も大変ですね。そっちは？　イカさんですか？」

「ええ、そうです。イカなんですけれども。今年はいろいろなところでダイオウイカが上がったんですけれども。あの、実は私、きっかけを失って言い出せず、先送りになっているんですよ」

「ああ、ダイオウイカさんじゃないんですか？」

「はい、ただの大きいイカなんですよ」

「ああ、そうですか。でも、そのうち分かりますから心配はいりませんよ。他にもありませんか？　ああ、そちら、いますね。大きいお魚さんで」

「ええ、私、キングサーモンなんですが、あの、ときどき北海道に遡上してまして、今年は温暖化のために、ちょっと遡上するのを先送りしようかなと」

「ああ、そうですか。サーモンも先送りですか」

「ええ、シャケ〈先〉送りです」

「ああ、そういうくだらないことはちょっと黙って、後回しにして頂けますかね。こ

3匹のこぶた
イギリスに伝わるおとぎ話。母豚から自立を促された3匹のこぶた兄弟は、それぞれ藁、木の枝、レンガの家を建て、狼に家ごと食べられるこぶたと、こぶたに食べられる狼を描く。

ダイオウイカ
無脊椎動物としては世界最大級といわれるイカ。日本では約6m、海外では18m以上の発見記録がある。この回が放送された平成26年（2014）は、新潟県、富山県などの日本海沖で次々と発見され、話題となった。

れはこれは、次々と現れました、マグロさん！」

「ええ、私。初競りを待って頂けますか？」

「なるほどね。社会派のいろいろな方。あれ、あれあれ！　ずいぶんとこちらに、豚さん以降は、海産物が集まって来ましたよ、これ。次々とやって来ました。これはいったいどういうことですか？　そこまで海産物の声ばかり聞けませんねー。いや、分かりました。こうなりましたら、来週に迫った解散〈海産〉総選挙ですね。この物語の続き、そして壮大なオチは！」

「なんですか？」

「来週に先送りでございます」

解散総選挙
平成26年（2014）11月21日、安倍首相は、アベノミクスの継続や、消費税の引き上げ時期の延期の是非を問うとして解散。12月の総選挙の結果、自民党は291議席で圧勝、公明党と合わせ、全議席の3分の2を上回った。

サゲがないんですがね……

番組のゲストコーナーを担当していたY氏は、私よりも先輩の大作家で、師匠とは渓流釣り仲間。『彦いち噺』にはノータッチなのをいいことに、思いつきで賑やかしのチャチャを入れてくることがありました。艶福家のY氏こと山本さんがニヤリと笑ってする提案は、たいてい放送では使えない下ネタなんですが、師匠はそれさえも取り込めるんじゃないかと思案を重ね、未練を残しているときがあります。出番までもうそんなに時間がないというのに、まだもがくか？　尻にくすぶる火を屁のふいごで煽るように、消えるんじゃないぞと必死です。別の週には、出番まで残り10分を切った頃になってニヤリ不敵に、「まだサゲが見つからないんですがね……」と遠くを見る眼で余裕をかましたり。どうにも普通の神経じゃありません。SWAの頃からのヤンチャもむべなるかなのまるで「創作ジャンキー」。無手勝流で闘い続けてきた漢の、最後にゃなんとかしてみせるからよという、自信の顕れにも見えました。

サゲに向かって走れ

そうかと思えば、サゲが最初に決まるときもあるんです。メッセージテーマにまつわる駄話をしている最中に、フッと地口落ちを見つけたり。そんなときはそこに

『久米宏 ラジオなんですけど』構成作家

稲原誠

向かって組み立てていけばよい。割りとすんなり出来上がったりします。「もう一度やってみていい？」と師匠が言うので、それを何度か繰り返すとどんどん仕上がっていく。尺もちょうどいい感じに。ところが、そうやって万全のつもりで師匠をスタジオに送り出したときの方が手応えに物足りなさを感じる場合が多くて、どうやらそれは師匠も同じようなのです。準備万端だと思ったのは、もっと面白くなる余地があったのを手放したのではないか？ 逆に八割方しかカタチになってない状態（つまり未完成）の時間切れでスタジオに飛び込んで行ったときのほうが、ライブならではの爆発力があって、想定を超える展開に驚かされる。そんなことを何度か体験すると、出たとこ勝負こそが最大の武器なのでは、と思えてきたりします。出たとこ勝負の先にある至境に出会うために、最善の準備をする。矛盾するようですが、それが「彦いち噺」のブルペンの役割なのかもしれません。

四の巻へ続く

DOMOKUSHO | chapter 4

四、うつせみの章

This week's Message theme

海産総選挙〜海の幸ナンバーワン決定戦！

最後のお願い〜海産総選挙

「海産総選挙」というテーマですよ。さすが久米宏さん、そして『ラジなん』スタッフ。ひとひねりして政治をエンターテイメントに！　すると、直球で好きな海産物のメッセージが来るわ来るわ。こっちも海産物に乗るは乗るわ！という流れに。

久米「今日は『海産総選挙〜海の幸ナンバーワン決定戦』という、長いテーマ名ですね。食べたいものがいっぱい出てきました」
彦いち「食べたいものが。すごいです。もう、みんな言いたいんですね」
久米「言いたい。一言言いたいのがいっぱいいるのよ」
彦いち「もう間もなくね、投票時間がギリギリになって参りますと」
堀井「投票率高いです」
彦いち「うわっと動きが早いです。ギリギリになると、応援とか街頭演説の声も高らかになりまして、聞こえてくるわけでございます」

「最後のお願いに、最後のお願いにやって参りました。よろしくお願い……」

「あれ、なんか聞こえてきたよ。聞こえてきたよ。やっぱりギリギリになるとこうやってね、街頭演説も増えてくるね。声の張りも違って声も枯れてきたりなんかして、一生懸命なんだ。マニフェストをちゃんと聞かなきゃいけないからね。ちゃんと聞こうじゃないか」

「最後のお願いにやって参りました。どうぞよろしくお願いを致します。最後のお願

海産総選挙
解散総選挙をかけている。平成26年(2014)11月21日、安倍首相が衆議院を解散したことによって総選挙となった。消費税率の再引き上げの延期、アベノミクス政策について、国民の信を問うこととなった。総選挙はこの放送の翌日、12月14日に投開票が行われ、結果、与党が議席数の3分の2を獲得した。

いでございます。シングルマザーのことについて、一生懸命皆さんと考えていきたいと思います。一生懸命お願いを致します。子どものための教育。子どものための政策。シシャモと、そしてイクラとともに考えていきたいと。私も先ほど卵を産みました。サンゴ〈産後〉でございます。なにとぞ一票を。清き一票をよろしくお願いします。よろしくお願い致します」

「おお、次々と新人が出てくるね」

「よろしくお願い致します。比例にはカレイとお書きください。比例にはカレイ。カレイには比例。よろしくお願い致します」

「おい、次から次へと出馬するねぇ。おっ、向こうから音とともに陽気に歌いながらすべり込んできたねぇ」

「♪サバダバサバダバ♪」

「もう分かっちゃったよ、これ」

「♪サバダバ♪」

「分かったよ。落ち着いて」

「僕らのサバ、僕らのサバでございます。皆さんとともに歩んで行きたいと思います。皆さんの周りにもいつも存在していたじゃございませんか。一緒に頑張っていき

比例代表
衆議院と参議院の選挙で導入されている制度。各政党の得票率に応じて議席数が決まる。

ましょうよ。サバでございます。いや、ともに歩いて行きます。もう『足が速い』なんて言わせません。どうぞよろしくお願いします。よろしくお願い致します」

「おいおい、なんだか続々やって来て、おもしれぇな。ほら、いよいよこれは本命の。ほら、やって来た。面構えが違うね。厳しいなぁ」

「どうもカニでございます。カニでございます。もう一声、もう一声でございます。本当にイカに任せていてよろしいのでしょうか。もう一歩、もう一歩でございます。もう一泡吹かせたいと思いませんか、皆さま。もう、そうでしょう。あぶく銭の世の中。もう私はそんな世の中を諦めました。一生懸命、右肩上がりの横ばいで頑張っていきたいと思います。なにとぞ、なにとぞよろしくお願い致します。あっどうも、イカさん、ご健闘をお祈り致します」

「ああ、どうも、こちらこそ。スミに置けないイカでございます。皆さまのご好評を頂きまして、熱いご声援、ありがとうございます。まあ、大人気ということで、それに甘んじてはいけないと思います。皆さまのご声援、ありがとうございます。足の数だけ公約を増やしていきたいと思っておりますので、どうぞよろしくお願い致します。よろしくお願い致します」

「うわぁ、すごい闘いだ。やっぱりイカかね」

「いや、カニだよ」

「向こうから、なんか。あれ、見慣れないね」

「あの、私を忘れてませんか。メヒカリでございます。まだ1票も入っておりません。なにとぞよろしくお願い致します。あの、『深い海の党』からはアンコウのみが、今、入っております。もう一議席、欲しいと思います。私が当選した暁には、ダルマに目を入れて深い海から開眼したいと思っております。どうぞよろしくお願い致します。よろしくお願い致します」

「次から次へ。あ、向こう！　女性の。え、なんか、色っぽいよ。お詫びって、誰だろう」

「あの、私、『新鮮な党』からやって参りました。みずみずしさが売りでございましたけれども、あの、よろしくお願いを致します。いや、この度はお詫びでございまして。みずみずしいアワビ、また美しい輝きを放つワカメ。そして、じわーっとしたハマグリ、色っぽい数の子。頬を赤らめ法に触れたということでございまして。あ、紅色〈公職〉選挙法違反ということでございまして。またこの度はご迷惑をおかけしまして、申し訳ございませんでした」

「うわあ、すごい。これはデッドヒートだ。熱いね。でもさ、あれ、まだ出て来てな

公職選挙法
公職選挙法とは、衆議院議員、参議院議員、地方議会議員および自治体首長の選挙について定めた法律。昭和25年（1950）に制定。

いよ。うちの」

「なにが？」

「なにがじゃない。アジだよ、俺たちのアジが出て来てないのはおかしいよ。だって、サバもそうだけど、アジだよ。アジ、どこへ行った？」

「なんかね、さっき、そこにいたはず」

「投票時間はすぐなんだから。おかしいじゃないか。あ、いたいた！　アジさん、なにやってるんですか。そんなところで横になって。早く街頭演説やらないと」

「いや、俺、これでいい」

「これでいいって、もう時間がないよ」

「いや、この通り、もうお開きなんだよ」

This week's
Message theme

あなたの街のガソリンスタンド

空き地のガソリンスタンド

なんだか、「ハイオク満タン！」っていい響きです。居酒屋でも、夕日の見える丘でも、『火曜サスペンス劇場』に出てくる断崖絶壁の海岸で叫んでみても平和です。どうしてでしょう。今度落ち込んだときにつぶやいてみよう。

僕の場合、ガソリンスタンドはいつも決まったところへ行ってるんです。違うところへ行くと、サービスも違っていたりしますが、同じところへ行くと、何周年記念かのサービスで、箱ティッシュを3箱、毎回くれるのです。それが6箱になって、次には9箱と……。今、トランクがティッシュでいっぱいでして。サービスというのも、なんていうんでしょうね。小さいサービスが結構過剰になってきていて、競争も激しくなっているのではないかという、とある幹線道路の近くの「都市伝説ガソリンスタンド」のお話でございます。


「聞いたー？あの噂。夜だけやってるって」

「そうなんだよ、聞いたよ。なんかさ、あの、すごいサービスやってるって。いや、俺も行ったことないんだけどさ、いや、俺の周りでも行ったことない奴ばっかりなんだけど、噂なんだよー。ほら、細い路地入ったところ？」

「そう。じゃあ、今日がチャンスだよ」

「あ、この時間だったらやってるかもしれないから、ちょっと車で行ってみようよ」

すっと細い路地を入って行きまして、広大な空き地があります。で、その脇をこう

ハイオク
ハイオクガソリン、または、ハイオクタンガソリンの略。ガソリンにはレギュラーガソリンとハイオクガソリンがあり、ハイオクガソリンは、エンジンが異常燃焼（ノッキング現象）を起こしにくくする、ガソリン性能の評価指標の一つである、オクタン価が高い。

通って行くと、

「確か、このあたりなんだよなー。ガソリンスタンドの明るい赤い灯りがさ、見えるはずなんだけれども」

「あれっ、あれじゃない？　うす灯りで」

「ガソリンって、書いてあるよ」

「へー、入ってみようよ」

ブーンと入り、中にすっと車を停める。

「これ、セルフサービスかなあ？　だってさ、なんのサービスがあるのか、よく分かんないよなあ？」

「あっ、おじいさんが出て来た」

「あっ、ああ、人がいるんだ。あ、どうも、こんばんは」

「はい、どうもいらっしゃいませ。お待ちしておりました。いや、こういう世知辛い世の中でございますから、サービスを心がけているんでございます」

「やっぱりそうだよ」

「ええ、どうぞどうぞ。あの、お茶でもどうぞ」

「あっサービスってお茶なんだ。あの、いい、いいですよ、ガソリンだけで」

「ああそうですか。世知辛い世の中です」

「あ、それは分かりました」

「そうですか。サービスを心……」

「いや、それも分かりました」

「あのー、まあ、年寄り一人でやっておりますんで」

「いや、急いではおりませんので、それほどね。大丈夫ですよ」

「えーと、サービスを心がけておりまして。ガソリンスタンド、年寄り一人でやっておりまして、これすなわち『オイル〈老いる〉』ということで。えー、これが、サービスでございます」

「ええ？　今のがサービスですか？　あ、そういうサービスなんですか。そうですか」

「どうぞどうぞ、おいでください」

「俺たちが予想してたサービスとはちょっと、違うんじゃないか」

「どうぞどうぞ、お入りくださいませ。あっ、ボディがへこんでおりますよ」

「あっ、すいません。恥ずかしながら、こないだちょっとぶつけちゃったんですよ」

「そうですか。これはガソリンスタンドのですね、ええ、サービスでございます」

「えっ？　これ、やって頂けるんですか？」

「そうですよ。ええ、ガソリンスタンドに昔からある、おまじないでございまして」

「え、だってさ、え、手のひらサイズのキズを直すのでいくらって時代だよ。それをサービスって、嬉しいな！　お願いします！」

「分かりました。それではいきますよ。アーブラカダブラ、アーブラカダブラ、アーブラ!!　はい、サービスおしまい」

「ちょっと待ってください。言うだけですか？　へこみ、なにも直ってないですけど。あっ、そ、そういうサービスなのか……。まぁ、いいやいいや、じいさんがやってくれたんだからさ。え、じゃあ、あの、レギュラー満タンで」

「レギュラー満タンだけでいいんですか？　そのコースでいいんですか？」

「え？　他にコースがあるんですか？」

「ええ、90分入れ放題っていう」

「入れ放題っておかしいですよね。いやいや、そういうの変でしょう。タンクの量も決まってますので、結構です」

「そうですか。分かりました。入れますからね。あのっ、あの、お連れさんはお友だちですか？　そうですか。もともとお友だち？　古いお友だちですか？　そうですか、古いお友だちですと、実は10円引きになるんです」

「すごいサービスだな。そういうサービスがあるんですか？」

「ええ、『旧友〈給油〉の仲』サービスと言いまして」

「なるほど、いろんなサービスがあるんですね。じゃあ、今のは嬉しいよね」

「あっ、それからね、ご職業はなんですか？」

「職業割引ってのがあるんですか？」

「いや、よくそういうことを聞かれまして。分かりましたよ、やりましょう。職業なんですか？　えっ？　バーを経営？　そうですか、水商売でございますね。水と油でございますから、20円増しになります」

「増えるんですか？　それ、こ、こ、困ります」

「冗談ですよ、これも10円引きでございますから、はいはい。分かりました。じゃ、1万円。これサービスでございますね、ここで一句」

「いりませんよ」

「まあまあ、つき合おうよ」

「『ガソリンを　入れて忘れる　お釣りかな』」

「ちょっと待って、ちょっと待って。お釣りはもらわないと困るんで、はい。ありがとうございました」

「でもこれでさ、ええ？　リッター20円引きってていいよなー。また来ます！」

「また、どうぞおいでくださいませ」


しばらく経った頃、偶然その近くを通りがかる。

「あっ、そうだ。この間のガソリンスタンド、確かこのあたりだったよなあ。えーっと、空き地があって、あれ？　このあたりだよなー。えー、ここだよ、確か。草がぼうぼう生えていて、向こうに、なんだよ、古ーい、誰も住んでいないようなボロボロの家が一軒建ってる。あれっ、あのじいさん出て来た。じいさん、じいさん！」

「はいはい、どうも」

「いやー、ここ、ガソリンスタンドですよね」

「ガソリンスタンドでございます」

「だって、ガソリンスタンドっぽくないですよ」

「いいえ、この通り、ハイオク〈廃屋〉です」

This week's
Message theme

イチイチイチイチ…の
書き出しで始まるメールを送ってください！

イチイチひと目上がり

落語演目『ひと目上がり』。パロディとして何度か使わせて頂きました。一つずつ上がっていくというのは、普遍的な面白さです。こんなトントン拍子に景気のいい言葉遊び、ビジネスシーンでもぜひ使って頂きたいです。

今日は、1111（イチイチイチ）なんでございますが。今日も長屋に人が集まりますと、噺が始まるというのが、落語の定番でございます。


「しかしなんだね、お前さんたちは、いちいちいちいちなにかっていうと、私のところにこうやって来るが」

「そりゃそうでしょう。長屋の連中が、いちいちいちいち隠居さんのところに集まって、話が始まるんでございますから」

「しかしなんだ、今日はどうした？」

「今年も残り少なくなりましたから、少しばかり、今年のことを総括し始めようかと思いまして」

「ほほ〜、そうかい、そうかい」

「今日はね、隣町からも、その隣町からも、その隣の隣の町からもいちいち人が集まっておりましてね。今年もいろんなことがありましてね」

「ほ〜、そうかい、そうかい。で、誰から話すんだい？」

ひと目上がり
古典落語の演目の一つ。熊五郎は、掛け軸を見たら「結構な賛〈三〉です」と褒めるようにと隠居から教わる。大家の家でその言葉を使うと、「いや、これは詩〈四〉だ」と諭される。次に手習いの師匠の家で掛け軸に、「結構な詩〈四〉だ」と言うと、「これは一休の語〈五〉だ」と。一つずつ上がっていくと見当をつけ、友だちの半公の家へ。大勢の人が舟に乗った絵を見て「こいつはロク〈六〉だな」と言うと、「ばか、七福神の宝船だ」。「古池や蛙飛び込む水の音」「結構な八ですね」「芭蕉の句〈九〉だ」。

「はい。私はね、あちこちでいろいろ話題になりましてね」

「へえ、どちらさん？」

「ひふみでございます」

「あ、加藤一二三さん」

「はい、久米シーシー（宏）さんにも呼んで頂きまして、久米シーシーさん」

「ほぉ〜、加藤一二三さんから話が始まるなんて、幸先がいいですね。え？　久米ヒーヒーさん？　久米シーシーさん？　お、宏さんをシーシーさんと。お、これは、一二三さんに始まって、シーシー……これはひと目上がりになっているじゃないですか。今日はひと目上がりといきますか。一二三さんから始まってシーシー。一つ、二つ、三つ、四つときましたね。他に今日は来ていませんね。ひと目上がりになるような人はいませんか？　はい、そちらから手が挙がりましたね。どちらさんですか？」

「どうも。ひろみです」

「お、どちらのひろみさんですか」

「♪言えないよ〜♪」

「分かりました。十分です。あ、それ以上言わないで頂きたいですね、分かりました

加藤一二三
元プロ棋士。昭和15年（1940）生まれ。昭和29年（1954）、当時史上最年少の14歳7ヶ月でプロ入りし「神武以来の天才」と呼ばれた。平成29年（2017）引退。その愛らしいキャラクターが受け、テレビなどで活躍。「ひふみん」の愛称で親しまれる。

ので。順に、順に行きますね。五〈郷〉が出たところで、他にはどうですか？」

「どうも、籠池でございます」

「あ〜、いろいろ大変でしたね」

「ろくでもありませんよ！　ろくろく寝てもいませんし、ろくろく調べてもらってもいませんからね。困るんですよ」

「はぁ〜、ろくが揃いましたね。三つ、四つ、五つ、六つときましたか。もうないですね。……お、この曲はなんですか？」

「♪セブン、セブン、セブン〜〜♪」

「なんですか、長屋にこの曲が流れるってのは、おかしいですね」

「ヤー、ヤー、ヤー、ヤー！」

「お、蝮《まむし》さんが入って来ました」

「あ、あたしの曲ね。昔は出てたんだよ。セブン、セブンときたら、ヤーヤーヤーヤーと、毒蝮が登場する。まむちゃんだ、まむちゃんだ、って」

「やー、そうなんですよ。今日は人が集まるっていうから、隠居さん、私、応募葉書を出したんですよ、TBSラジオ『ミュージックプレゼント』に！」

「おー、そうでしたか。お、となると……集まりましたね、五つ、六つ、セブン、セ

籠池
平成29年（2017）2月、大阪府豊中市の国有地が、学校法人森友学園に格安で払い下げられたことが発覚。理事長・籠池泰典氏が安倍晋三首相の熱心な支持者で夫人の昭恵氏を名誉校長に迎えていたことから、安倍総理夫妻の関与が疑われた。平成30年（2018）3月、国会での追求回避のため、財務省の公文書の改ざんが発覚したが、未だ疑惑の完全解明はされていない。

蝮さん
毒蝮三太夫は、昭和11年（1936）生まれ。昭和23年（1948）、12歳で舞台デビュー、高校卒業まで東宝、大映の青

ブンで、ヤーヤーヤー」

「こんなジジィばっか揃えやがって、くたばり損ない！　救急車呼びやがれ！」

「お！　キュウまで、九つまできましたね。なるほど、とうとう十《とう》になりましたね。おめでとうございます」

「はぁ～、しかし、隠居。いちいちいちいち毎週、サゲをつけるねぇ」


春映画に出演。日本テレビ『笑点』出演中に、立川談志の助言で、本名の石井伊吉から芸名を改名。愛称はまむちゃん。『ウルトラマンセブン』に本名で出演している。

ミュージックプレゼント
TBSラジオで昭和44年（1969）から放送されている公開生放送の番組。パーソナリティは初回から毒蝮三太夫が務める。店舗、会社、工場などを訪れ、観衆とトークを行う。「ヤーヤーヤー」と声をかけながら登場するスタイルがお馴染み。まむちゃんは愛を込め、高齢者の観衆に「ジジイ」「ババア」と毒づいて呼びかける。

This week's
Message theme

大脱走・小脱走

実録！
脱走！
新聞奨学生

小噺にもさまざまな形があります。この小噺は、「ドキュメント噺」。この形でいくつか語っております。そんな中でもっともパンチがあるものを残してみました。生きているといろんなことがありますねぇ。面白くとらえちゃえば、怖いものなし。

彦いち「脱走でございます。我々の世界、前座時代に時々脱走するやつがおりまして、うちの弟弟子に『林家ひろ木』というのがいまして、前座の頃に脱走したんです。師匠の家のポストに百万円を入れて、脱走。『お世話になりました』って」

久米「良心的だねー」

彦いち「去年真打になりまして、〝脱走のひろ木〟と呼ばれています」

私は前座時代、逃げたりはしませんでした。逃げた経験ないな、と思っていたんですが、思い出したらありました！　前座になる前の大学時代。当時、新聞奨学生をしていたんですね。これはなにかというと、奨学金を新聞社が出してくれる、学費を払ってくれるというシステムなんですね。そこで自活してやろうと、住み込みで働いたんです。パンフレットを見ると、「朝4～5時に起きて、朝刊を配り、夕刊を配り、健康的な生活」と書いてありました。

いざ入ってみました。場所はMちだ、というところでございます。とある新聞社の販売所でございます。実際働き始めましたら、朝2時起床なんです。そして2時半か

林家ひろ木
昭和54年（1979）生まれ。平成14年（2002）、林家木久蔵（現・木久扇）に入門。平成17年（2005）二ツ目昇進、平成29年（2017）、真打昇進。

大学時代
彦いちは、国士舘大学文学部史学地理学科で地理学を専攻。中退後、噺家の世界へ。国士舘大学は大正6年（1917）、柴田徳次郎によって、私塾として創設。

新聞奨学生
大手新聞社系列の新聞販売店に住み込みで働き、給与と奨学金の支給が受けられる、働きながら学ぶ制度。

ら配ります。パンフレットと違うんです。で、6時までに終わらせて欲しいという要望もあり、6時前に配り終わったら、販売所の人は一度寝ます。そしてお昼過ぎ、14時頃から夕刊のチラシ折り込みが始まりまして、夕刊を配ります。配り終わったら、パンフレットにはなかった、集金、勧誘という業務があります。で、勧誘も「新聞です」と言うとドアを開けてくれないので、諸先輩方から、「宅配便です」と言って開けてもらうという技を教わりました。

本日は告発小噺です。事実を伝えております。

それで仕事が終わるのが、なんだかんだで23時なんです。そうして、また2時に起床なんです。で、あることに気がついたんです、「あっ！　学校に行く時間がない」と。それなら仕事を辞めようと思って。私、こう見えても大学は成績が良く特待生だったので、授業料はいらなかった……今日の話はドキュメントなので、卑下することもせず、感じが悪くてすいません。

なのでお金はどんどん貯まってきたので、辞めよう！と。「辞めさせてください」と言いましたら、今で言うところのブラックですね。パンフレットとも違う訳ですし。「辞めさせない！　いくばくかを払え！」となった訳です。正確にいうと、数十万円でしたが、なんで払わなくちゃならないのか、弁護士事務所に相談しましたら、「退職願」というものを書けば、我が国では仕事を辞められる、という法律があることを知りまして、退職願を書きました。「これで辞めさせてください」と言ったら、目の前でビリビリビリ〜と退職願を破かれまして、桃太郎侍のようにバッと撒き散らして、ヒラヒラヒラ〜と舞ったんですね。「ひとーつ！」と始まるかと思ったほど。この日に決意しました。「これはもう夜逃げだ！」と。住み込みの2階の小さな三畳間でした。三畳間ですから大した荷物ではありません。しかしながら、私は空手をやっていました。体力をつけるために三畳間にベンチプレスを置いていたんであります。それが一番厄介でした。重くてしょうがない。

さっき言った通り、夜も時間がない。皆さん、23時まで起きていらっしゃるんですね。いつ逃げればいいんだ？　そうだ朝の8時に逃げよう、と〝朝逃げ〟をしたんですね。ちょっとずつ、ちょっとずつ運んで、ベンチプレスも運び出しまして、配達に使うYAMAHAのメイトに乗りまして、ダダダダッと近くのアパートに全部運び出しました。

その日に全部部屋をからっぽにしまして、「私、辞めさせて頂きます」「いや、辞めさせない」「いいえ、私は行きます」、そうするとおかみさんが「どこ行くんだい」と。あっちは逃がさないようにするんです。そこで、未配達のものが一つあった、

桃太郎侍
山手樹一郎の時代小説で、これまで何度も映画化・テレビドラマ化された。昭和51年（1976）から、同56年（1981）まで、日本テレビ系列で全258回放送された、高橋英樹さん主演版は特に人気が高く、高橋さんの当たり役となった。

ベンチプレス
上半身を鍛えるためのウエイトトレーニングの一つ。ベンチにあお向けの姿勢になり、両手でバーベルを胸から真上に押し上げる。

これを不着《ふちゃく》と言うんですが、「不着を届けに行って来まーす！」と言って私は飛び出し、それを某植物園に届けに行った切り……という朝逃げを致しました。

なぜここまで私に逃げる力があったかというと、空手をやっていたので、逃走〈闘争〉本能があった⁉　という、告発小噺でございました。

YAMAHAメイト

ヤマハ発動機が昭和40年（1965）〜平成20年（2008）まで製造販売した、ビジネス用オートバイ。

This week's
Message theme

リスナー国民調査
アベノミクス５年、貯金は増えましたか？

預金残高家族！
残高探訪

計画的な貯金とは無縁で、ここまできました。なので、分からないですね。いつか大人になったら、こういうことに詳しくなるんだろうなぁ、と思っていたら今年50歳です。もぉ、きっとこのままですねぇ。なので、できることをやる。できないことは、できる人にやってもらう！　これでいいのだ。

人がどのぐらいお金を持っているのか、というのは気になるところではあります。そういう番組があったんじゃないのかな、いや、ある訳でございます。


「さぁ、今週も始まりました、『預金残高家族～、残高探訪～！』。この時間がやって参りました。早速、このコーナーからいってみたいと思います。それではどれくらいのお金が貯まっているのか、気になるところでございますが、今日のリポーターさんを呼んでみたいと思います。今日はどちらに出かけてますかー？」

「はいはい！　私、今、金町に来ております。縁起がいいですね。お金の町で金町です。これから少し行ったところで、どのぐらいお金が増えているんでしょうかね、お邪魔してみたいと思います。見えて参りました、表札に、『田丸（たまる）』と書いてありますね。田丸さん、いいお名前ですねー、お金が増えていきそうでございますね。それでは田丸さんのお宅にお邪魔したいと思います。ピンポーン。お邪魔致しまーす」

「はい、どうぞ、お待ちしておりました」

「すみません、『残高探訪』でございます。お邪魔致します。ちょっと壁を触らせて頂きます。あー、いい壁でございますねー。こちらは風水とかではなく、いろんなところに珍しいものがあると伺っていますが。ちょっと履き物を脱いで、奥に入らせて頂きます。あ、水琴窟！　これです、この音を聞きたかった！　マイクを近づけてみます。……『チョキーン、ヨキーン』。あー、いい音ですねえ。お金はこういう方のところに集まるんでしょうか。あっ、リビングで子どもたちが遊んでいるようでございます」

「さぁさぁ、ほら、お客さまがいらしたから、ちゃんとご挨拶して」

「あ、3人のお子さんたちが並びましたね」

「リリーッ、礼！」

「利率！　いいですね〜、礼儀正しくっていい挨拶ですね〜。えっ？　キリッ（起立）と聞き間違いました。あ、今度は子どもたちが、かくれんぼ。いいんですよ。私、日常が見たいんです。レポートしたいので、そのまま遊んでください。お姉ちゃんが隠れました。しかし、妹さんが大きな声で、『ミーケタ！』。三桁！　いい言葉ですねー。お姉ちゃんが出て来た妹に、おっと、ぶつかりそうでヨケタ。三桁ときて、四桁！　お兄ちゃんがバタンとコケタ。五桁まで出ました！　お兄ちゃんは中学生、

水琴窟
日本庭園の技法の一つ。手水鉢の下の地中に甕（カメ）を埋め、手水後の排水の水滴が、カメの中に落ちるときの反響音を楽しむ。琴のような音を響かせることから名づけられたともいわれる。

そうすると四桁、五桁ときたので、そろそろムケタ。なにを言ってるんだかなぁ、すいません、すいません。あ、奥さまはそろそろお出かけで……」

「すみません、私ちょっと出かけるもので。あの、あなた、お願いね、子どもたちのこと」

「ああ、いいよ。お前、今日はどこに出かけるんだ？」

「話してたでしょ、友だちと『フエルサブルータ』に出かけるって」

「いいですねー。また増える感じですね～～。こちら、ペットのお猿さんですか？」

「いえ、マンキーです」

「マンキー！　あらこれ、いい家族だ。え？　そろそろ時間？　まだいたいのに。では、どうもありがとうございました。スタジオさん、今日は桁違いの田丸さんのお宅から、お届けしました」

「リポーターの阿藤快さん、ありがとうございましたー！」

「はい！　ザンダカ〈残高〉なあ～」

フエルサブルータ
アルゼンチン発の体験型エンターテインメントショー。パフォーマーたちが天井から舞い降り、壁を駆け上るなど、重力を超えた世界を表現。日本での初演は平成26年（2014）。平成29年（2017）に再来日し、「WA（和）」をテーマにした公演が行われた。

阿藤快
昭和21年（1946）～平成27年（2015）。大学卒業後、俳優座養成所を経て役者の道へ。数々の映画やドラマに出演する一方、旅番組やグルメ番組のリポーターとして活躍。口癖は「なんだかなあ～」であった。

This week's
Message theme

私の 2018 年問題

寄席外国人向け昼公演

小噺に出てくる、海外公演での『初天神』のくだりは実話です。海外で落語をやる場合、食べるシーンで音を立てるのは失礼だと思う日本人も多いと思うのですが（私もそう思ってました）、ところがそんなことはなかったということが実体験で分かりました。

前々から、寄席の午前の部を、外国人観光客向けに間口を広げようという話がちらほらあるんです。紙切りの師匠方とか、ジャグリングとか、太神楽など、見る芸はいいのですが、これが話芸となると、なかなか難しかったりするわけでございます。そんなことがもしも決まったら、というお話。


「師匠、お呼びでしょうか」

「寄席の午前の部を、ついに海外の観光客の方に見てもらおうと、落語協会と寄席が動き出したからな。師匠方からも弟子に、少しぐらい英語できるようにしておきなさい、ということなんだな。だから、君たちにも頑張ってもらいたいんだ」

「彦いち師匠も、海外でおやりになったことがあるんでしょうか？」

「私は、結構あるな」

「なにをおやりになったんで？」

「あれだ、『初天神』をやった。天神に行くというのが伝わりづらいから、『フェスティバル』に変えたんだ。飴玉は『キャンディー』でいいんだが、団子を買いに行く

ジャグリング
球やナイフなどさまざまなものを複数、空中に投げたり取ったりを繰り返す曲芸。

初天神
寄席の定番の一つの古典落語。「あれ買って、これ買って」と言わない約束で息子の金坊を連れ、初天神に出かけた熊五郎。しかし、「飴買って、団子買って」とうるさい。団子はあんこにしておけと言うが「蜜がいい」と言い張る。しまいには「凧買って」。特大の凧を買わされることに……。

シーンで、団子が伝わらないかな、と思ったから、『グリルド・チキン』に変えたんだ。蜜をつける、あんこをつける、あれを、『ソルト・オア・照り焼きソース』にしたんだな。そしたら、『初天神』でもなんでもなくなっちゃった」

「はあ、そんなのでも大丈夫なんですか?」

「大丈夫、大丈夫。お前はなにをやろうと思ってるの?」

「私、『時そば』をやろうと思って」

「エライ!『時そば』ね。でもね、だいたいで大丈夫だから、だいたいで」

「じゃ、『いらっしゃいませ』は?」

「着物着て座ってるんだから、『ウェルカム』。ウェルカムで大丈夫」

「『時そば』っていうと、一番最初は、『今夜は冷えますねー』っていうのがありますが」

「あれはな、『トゥナイト・イズ・コールド』。いや、もうね、雰囲気だからね、『ぶるぶる』でいい」

「ぶるぶる、でいいんですか?」

「ぶるぶる、で十分だからな。一番大事なことは勘定。勘定を間違えるところが見せ場だからな。『今、何時《なんどき》だい』ってきっちり言わないといけないからな。ほんとは

時そば
落語の代名詞的な噺。夜鷹蕎麦(238ページ参照)で男が蕎麦を食べながら、蕎麦屋に世辞を並べ立てる。勘定の際、十六文を一文ずつ数え、店主に渡す途中で「今何時だい?」と尋ねると、「九つで」。その後、「十、十一……十六」と一文誤魔化して帰る。これを見た男が自分も真似しようと、次の日蕎麦屋へ。勘定の際、一文ずつ店主に渡し、「一つ二つ……七つ八つ、今何時だい?」「四ツで」「五つ六つ七つ……」と逆に多く払うことになる。

二八の十六、十六文ってところだけど、『16ドル』ぐらいに言っておけばいいから。それでうまくやるんだぞ」

「はい、師匠。分かりました。一生懸命やりますー！」

あっという間に本番の日がやって参ります。初めての午前中の公演でございます。たくさんの外国人観光客の方々が、寄席の午前の部に入って大入りでございます。幕が開く。出囃子が鳴る。太鼓と三味線に、ノリに乗る客席。ヘイ！と言ってみると、ヘイ！と声がかかる。こりゃいいな。舞台袖からも大勢の仲間が見ている。彦いちの弟子が高座へ。

「あー、ウェルカム、ウェルカム」

「オーッ！」

「どよめいてる、どよめいてる」

「えー、タイム・ソバ！」

「タイムソバ？『時そば』？」

「えー、ナイト・クライング・ソバ！」

「始まった、始まった。え？　夜鳴き蕎麦？　直訳にもほどがあるよ」

「ヘイ！　マスター！　オー、ぶるぶる、オー、ぶるぶる」

出囃子
噺家が高座に上がる際に、楽屋で鳴らす音曲。二ツ目以上の噺家ごとに特定の曲がある。

夜鳴き蕎麦
夜に蕎麦を売り歩く商人のこと。夜鷹が常連客だったことから、「夜鷹蕎麦」ともいう。

「お、伝わってる、伝わってる！　すごいね！　体と気持ちで伝わるもんだね。なんか客席がざわざわしてるよ。うわっ、うまくいってる、一応伝わってるようだぞ。あっという間にサゲにいった」

「ヘイ、マスター、ハウ・マッチ？」

「16ダラー」

「お、見せ場だ、見せ場だ」

「ワン、トゥー、スリー、フォー、ファイブ、シックス、セブン、エイト、ワット・タイム・イズ・イット・ナウ？」

ざわざわしていた客席から、一人の金髪の白人女性が立ち上がりました。

「ちょっと、ちょっと！　日本語でやってもらえないかしら。座布団の上で喋る着物のストーリーテラーの日本語が聞きたいの、日本語を聞きたいからここに来てるのよ、私！　そうよね、みんなもそうよね？」

「そうだ、そうだー！」

そう言って騒ぐ客席。それを見ていたお席亭が、

「はぁ……、ちょっとお客さんの状況を読み間違えた。明日からは午前中も通常営業だ！」

お席亭
寄席の経営主のこと。

This week's
Message theme

あなた、なにグループに属してますか？

俺達!?一匹狼だ

噺家は、それはそれは、もちろん一匹狼です。一匹狼の師匠がいて、兄弟弟子の狼がいて、一匹狼の弟子もいて、寄席の楽屋には一匹狼の仲間がいて、落語協会に所属して……、というところからできた小噺。

落語に『サゲのグループ』っていうのがあるんですね。オチがどう分類されるか。今日は、そのグループを、小噺とともにお届けしたいなと思ったりする、その、グループで一番の、最大派閥でございます、「地口オチ」から始まる訳でございます。

「俺たち、一匹狼だからなー」
「よしっ、じゃあね、俺はもう単独行動だ。一人で出かけるぜ」
「ええっ？　でも、一人で出かけるったって、そんなに厚着したり、そんなにマフラー巻いたり。それで出かけるんですか？」
「うん。俺は一匹狼なんだ。群れない〈蒸れない〉んだ」

これが、あの、「地口オチ」でございます。

続いては、「逆さオチ」でございます。逆さオチというのは、足下をすくわれると

サゲのグループ
昭和18年（1943）に刊行された渡辺均の『落語の研究』では、落ち（オチ）の種類を11種と定義している。また。昭和31年（1956）に刊行された、今村信雄の『落語の世界』では、文中のオチの他、回り落ち、見立て落ち、トントン落ち、はしご落ち、ぶっつけ落ち、とたん落ちなどの12種を挙げている。
桂枝雀は、著書『らくごDE枝雀』の中で、サゲを「ドンデン」「謎解き」「へん」「合わせ」の四つに分類している。

いうかですね、逆になったりなんかするんでございますねえ。

「俺は一匹狼。今日もバーバリーのコートに、ゼロハリバートンのアタッシュケース。そして、フェラガモの靴。決まってるぜー。そして時計は……あーぁ、会社に遅れる！」

次に、「考えオチ」というのがありまして、これがまあオチの中で、僕は大好きでございます。楽屋の隅っこで、にやっと笑ったりなんかする、これがもう大好きでございまして。

「一匹狼、一匹狼の権利を勝ち取るぞー！」

「オオーッ！」

はい、これが「考えオチ」でございますね。堀井さんが分からないようなので、もう一つ、考えオチを。

「おい、写真見てくれよ。見てよ、俺の若い頃。俺が若かった頃の、そうだよ、一匹狼だった頃の集合写真なんだよ」

……。考えオチをじゃあ、もう一つ。

「俺は一匹狼。行くぜー！　最初はグー」

This week's
Message theme

3月11日、6年が経ちました

水音スケッチ
～かっぱの親子

いつもの感じで堀井アナが「3月11日、6年が経ちました。で、小噺です」と。いやいや。『彦いち噺』の直後が黙祷というタイミングだったのです。自分なりに小噺がどこまでできるのかなと。真正面から向き合ってみました。

彦いち「ちょうどあの日、この時間。鈴本演芸場で喋り始めたら、どーんと来たんですね。照明がかなり揺れたので立ち上がりまして、『落ち着いてください』と言っている私が一番落ち着いていなかったんですけれど。で、ちょっと収まって。おばちゃんたち、冷静ですね。僕もなにをどう喋っていいのか分からず、どうしましょう!?と言ったら、腹が据わったおばちゃんが『落語!』と」
久米「ははははは。寄席に来ているんだ」
彦いち「そりゃそうだ。『携帯電話の電源を入れてください』って言ったら、その腹の据わったおばちゃんが電源を入れて、最初にやったのは、私の写真を撮ると。順番そっち? カッシャーンって。
うちの2番目の『きよひこ』という女性の弟子がいるんですが、6年前、新卒ですぐに石巻で無料タクシーのボランティアをやったらしいんですね。被災地は本当にプライベートな場所がない。そういうのも彼女は初めて目にしたんですけれど、唯一の個室がタクシーらしく、いろいろな話が……。集団だと、隣の人との共通の会話がほぼないというんですよ。片方は亡くなったり、片方は生きていたり。『生きてて良かった』と言うのも不謹慎だし。『亡くなったスナックのママとうちの旦那、実はできてたの』という話も、そこで聞くわけですね。そのボランティアをしばらくやっていて、福祉の仕事に携わり、震災の

林家きよひこ
昭和63年(1988)生まれ。平成28年(2016)、林家彦いちに入門、彦いちの二番弟子となる。前座できよひこを名乗る。

無料タクシー
平成23年(2011)の東日本大震災による津波被害が、特に甚大であった宮城県石巻地区を中心に、移動困難な住民のために、病院などへの送迎を無料で行うボランティア活動が現在も行われる。

ボランティアを始めてから6年後、噺家の見習いをやっているという」

久米「彦いちという流木につかまったんですね」

彦いち「いつなんどき起きるか分からないという。僕らは非日常に備えて、日常を捨てるわけにはいかないので日常をやり続けるわけです。明日は北海道の定山渓温泉《じょうざんけいおんせん》で『かっぱ寄席』という落語会がありまして。本当に美しいところで、昼夜公演をやるんですが。かっぱ伝説はいろいろなところで、いろいろな由来があります。おぼれた子どもが水の神さまになってかっぱになったという、かっぱの親子の物語を小噺で。それでは、『ネタウォータープレゼンツ、彦いちの水音スケッチ～かっぱ親子編』でございます」

「1分間くらい、静かにしなきゃだめだろー、お前。えー、じっとしなきゃ。ここで亡くなった人がいるんだから、こうやって目を閉じて」

「ねー、そういうことできないよー。お父ちゃんさー、相撲しよ！　相撲。相撲、相撲。俺さ、稀勢《きせ》の里《さと》やるから」

「静かにしなさい、静かにするんだ。1分間ぐらい、黙っていられないのか」

「だってさー、だってさー、ボリボリボリ、ボリボリボリ」

ネタウォータープレゼンツ水音スケッチ
月～金曜のTBSラジオ『ジェーン・スー生活は踊る』内で、12時27分頃から放送されている、ドキュメンタリー番組。「水と音の親和性」をテーマに「日本の水風景」を、水音と堀井美香さんのナレーションで伝えている。メタウォーター(株)がスポンサーで「メタウォーターpresents」の冠名がついている。

「かかない、かかない」

「じゃあさ、じゃあさ、かっぱの集まりでやったじゃん、すごいウケたの。新人賞取ったの、やっていい？　これ水かきだろ、水かきの両手を首のところに持って来て、ほら！　エリマキトカゲ！」

「それで新人賞って、レベル低くないか⁉　静かにしなさい」

「父さん、いつもだったら笑ってくれるのにさー。ねえねえねえねえ、じっとここで1分間じっとしていたらさ、かっぱのさ、頭の皿の水が乾いちゃうんだよ」

「だったら、そこらへんに落ちているペットボトルがあるだろ。それをどぼどぼどぼどぼ、ときどきかければいいから。言うことを聞けば、後でキュウリをあげるから！　1分間ぐらい、静かにしなさい！」

ぺしっ！

「殴らなくったっていいじゃないかよー。亡くなった人、亡くなった人って言うけどさー、じゃあ、ここで誰が亡くなったの？」

「お前だよ」

「えっ？」

「だから、お前が死んだんだよ。なっ！　だから、お前みたいに波にさらわれたり、

稀勢の里
昭和61年（1986）、茨城県牛久市生まれの元大相撲力士。田子ノ浦部屋所属。平成29年（2017）の初場所で初優勝し、第72代横綱に昇進。春場所の日馬富士戦で土俵下に落ち重傷を負うが、連続優勝を果たす。完治しないまま夏場所に出場するものの、怪我の影響で途中休場。その後も厳しい場所が続き、平成31年（2019）初場所4日目に引退を発表した。

土石流にさらわれたりする人が今後二度と出ないように、毎年ここでこうやってお祈りしているんだから、静かにしなきゃ駄目だって言ってるだろ！　ほんとに！　今度、言うこと聞かなかったらな、ゲンコツだぞ！」

「ゲンコツはだめだよ！」

「どうしてだよ」

「だって、頭の皿が割れるだろ。もう、さらわれる〈皿割れる〉のは、こりごりなんだよ」

かっぱ伝説
古来、日本各地に存在や伝説が知られている想像上の妖怪。川や沼などの水辺に棲み、大きさは人間の子どもくらい。口が尖り、体の色は緑または赤。頭には水で濡れた「皿」があり、皿が割れたり乾いたりすると力を失い、最悪の場合死に至る。いたずらをしたり肝を食うために、馬や牛、人間を水中に引きずり込んで殺す、「尻子玉」を引き抜き殺すなど、土地によりさまざまな伝承がある。キュウリが好物。

This week's
Message theme

ラジなん白状委員会　私も記憶違い

どんどん忘れる
みょうが玉！
ラジオショッピング

高校の頃、育ちざかりだったのでしょう。お腹が空いて2時間目の数学の授業中、弁当を食べたことがあります。たまたま廊下を通った校長先生が突然入ってきて、「立てぇ！」と怒鳴られたことがありました。あれ、英語の授業だったかな……。

記憶というのは、曖昧なほうがいいのかもしれないと思うときがあります。夫婦だったり家族であるとか、ひょっとしたら、記憶が曖昧なほうが救われるのではないかというお話です。

「続いての商品は、曖昧なほうがいいという方におすすめでございます。昔から、みょうがを食べると物忘れが激しくなると言われております。それを逆手に取った商品でございます。茨城県産の新鮮なみょうが、3キロ分をぎゅーっと1粒に込めた『みょうが玉』を今日はご紹介したいと思います。忘れたいあなた、細かいことを忘れたいあなた、いろんな声が届いております。ラジオの放送作家をやっていらっしゃるYさんからの声も届いております。こういうときに必要だったりするんじゃないですかね。

『ちょっとテレビ観てみ。この寿司屋、お前と行ったよな？』

『いや、行ってない。ねえ！誰と行ったの？』

そんなときに、みょうが玉！　これを飲むと、ぼんやりとした記憶になります。

『ほら、この寿司屋、行ったよな。行ってないか？』

『行ったような気もするけど行ってない。あら、良さそうじゃない、ね、行く？』

『じゃ、一緒に行こうよ』

という楽しい展開になります。みょうが玉、ぜひおすすめです。記憶というのは曖昧です。正確にしようとするとおかしなことになったりするんで。本屋さんに行きまして店員さんに……。

『すいません、君の心臓を食べたい！』

『えっ、どちらさまですか？』

『欲しいんですよ、君の肝臓を食べたい！　いや、膀胱？』

『店長！　おかしな人が来ています』

こういうふうになるんです。記憶というのはぼんやりとしていたほうがいいんです。ですから、本屋さんに行くと、『君のなにかを食べたいという……』、『それは膵臓ではありませんか』、こういうふうになる訳です。こういうふうにするためにも、ぜひ、このみょうが玉、必要です。食べてみてはいかがでしょうか。通常ですと7800円のところを3200円。これで販売しております。『忘れな草の種《たね》』もついております。ぜひお求めくださいませ。私も常用しております。なんか度も繰り返さ

君の心臓を食べたい　作家・住野よるのデビュー作『君の膵臓をたべたい』のもじり。高校生の主人公「僕」と膵臓の病気により、余命いくばくもないクラスメイト・山内桜良が心を通わせ、成長する姿を描いている。平成27年（2015）に刊行され、「泣ける小説」として人気が広がり、累計書籍発行部数260万部を突破。実写、アニメーションで映画化され、それぞれ大ヒットを記録した。

せて頂きます。こちら7800円。大型のものもありますね。1万2000円のものが、あれ、いくらでしたっけ、いくら？　あれ、あれ、私、飲み過ぎたのかしら。大型のものもあります！　1万5000円、5000円じゃない、なになになに？あっ、すみません、生放送でございました。飲むだけでいいんです。飲むだけでいいんです。石川遼くんも……、えっ、飲んでない？　飲んでない。すみません。あっ、いつものしか出てこない。えっと、『痛みが散るお湯』と書いて、みょうが玉。いや、違う、違う。えーっと、『飲むフレグランス、吐息はみょうが玉』、違う、違う、どうしたら、どうしたらいいのかしらー」

「っていうさー、コマーシャル懐かしいよね〜。昔あってさ、ナレーターがさ、生放送でそうそうそうそう、とぼけてさ、ごちゃごちゃになっちゃって。飲み過ぎちゃって。あれから母さん、ずっとみょうが玉飲んでるよな。そうだよな〜、母さん、このCM懐かしいよね〜」

（シーン……）

「あんた、誰？」

石川遼
プロゴルファーの石川遼は、「聞くだけでいいんです」のフレーズで、英語がマスターできるという英会話教材『スピードラーニング』の広告に出演していた。

痛みが散るお湯　飲むフレグランス
「痛みが散るお湯」は、再春館製薬所の『痛散湯（つうさんとう）』のこと。「飲むフレグランス」は、トランス・コスモス株式会社運営の「日本直販」で通信販売する、ローズオイル含有食品『吐息は薔薇』のキャッチコピー。『痛散湯』と『吐息は薔薇』は、TBSラジオのラジオショッピング番組で扱っている。

This week's Message theme

自主トレ、始めました

史上初!? 量子!? 小噺

我々は移動しながら落語の自主トレをやると、立派な不審者になります。電車の中で、「花魁、年が明けたら身請けするから」「本当かい」「本当だとも」。隣で聞いていたら、少なくとも現世で生きていないのでは……と思われてもしょうがない。

これは、これは、やはりもう、寄席の世界でも、人それぞれの個の笑いってのがありますけれども、いわゆる「粒」の。やっぱり、「波」のような笑いが空間をつくりますね。その日のお客さまとの相性もあります。師弟間でもときどき話題になったりするわけでございます。


「おいっ、そこにいるんだったら入りな」

「えー、どうも。師匠、すみません」

「おい、ツブ吉。こっち来なさい。こっちへ、こっちへ」

「えぇー」

「あのね、うちの前をね、ウロウロするんじゃあないよ。玄関の前で、缶コーヒーは飲むは、タバコを吸うわで、無沙汰してるんだったら、無沙汰してるでもいいんだから、遠慮せずに勇気を持って入って来たらどうなんだ」

「あ、どうも。すみませんでした、師匠。これはあれでございますね、師匠は、やはり『量子』に詳しい方でございますから、私がこうやって来るのも、入りづらそうにしているというのも、やっぱり、こう、感じたんでございますか？」

量子のツブと波
この日のゲストは量子コンピュータの開発に取り組む国立情報学研究所の根本香絵さん。「量子」はアインシュタインをも悩ませたという難解な世界。放送では「量子とは物質のことではなく、概念・考え方」「物質にはあまねく量子的な性質がある」という量子論の入口が分かったところで時間切れとなった。

「窓から見えたんだ」

「あ、そうでございますか。それは、大変失礼しました。あの、窓から見えているのであれば、私の振る舞いも、少しは変わったんですが」

「お前は、少し、量子を分かってるようだなぁ。おぉ、そうかそうか！」

「いや、でも、師匠が量子に興味があるってことは、師匠が興味あることに、弟子はしっかり、ついて行かなければいけないっていうことでして。そこであの、『ツブツブ』ということでございます。まぁ、なんていいますかね、私らはちょっと凡人で分からないんですけれども、えっと、イクラみたいなもんですかね。ツブツブって。ツブツブで、これが、薄皮が剝がれて、びちゃーっと」

「違うなぁ。あぁ、どんどん離れて行っているかもしれないなぁ」

「うぅーん、でも、難しいんですよ」

（パンッと手を叩く）

「あっ、私はね、師匠に喜んでもらいたいと思って、あの、それね、自主トレしましたから、あの、風桶みたいなもんですよね」

「なんだ、風桶って？」

「あの、『風が吹くと桶屋が儲かる』という」

私の振る舞い
量子物理学用語「量子の振る舞い」のもじり。

「お、はぁー、『風が吹けば桶屋が儲かる』か、少しはお前も勉強しているようだな。しかしな、お前まだ古典の域を出ていないな。風が吹いて桶屋が儲かって、そんなの古典で、理屈で分かってるじゃないか。それを超えるところに量子は存在してるんだ」

「はぁー？　どういうことですか？」

「だから、まぁ、なんていうかな、風が吹けば、えー、なんていうかな、もっと意外性のある、桶屋が来ちゃう」

「来ちゃうんですか」

「それくらいのことが、起きる、ということよ」

「さすが、師匠となると、違いますね」

「そもそもな、お前に言いたかったのはな、あの、寄席の世界だってそうだ。こういうものが、昔っから存在しているんだ。難しく考えようとするから、お前も良くないんだ。寄席に行ってみなさい。お客さんの『笑いの波』というのがあるだろう。これはな、不思議なことで、伝わるんだ。浅草演芸ホールで、笑いの波がブワーッと起きたら、どういう訳だか、新宿末広亭で笑いの波が同じ時間に起きるんだ」

「はっ、師匠、それね、『バタフライ効果』」

「おっ、少しはお前も勉強しているようだな。しかしながらだな、その波が伝わるのはいいが（パンッと手を叩く）、その波をお前は止める。だから、駄目なんだ。笑いの波は、後の出番の人に、そっと渡していかなけりゃいけない」

「またお小言だ。す、すみませんでした」

「そういう、波というのを大事にしなければいけないんだ」

「師匠すみませんでした。あの、分かってきました！　そういう、細い目で睨んだりするのは、あの、それも、……量子ですか？」

「これは凝視だ」

「あぁ、すいません。それはあの、あんまり怒ったりすると、体に悪くて、病気で死んでしまう。それも量子ですか？」

「それは病死だ。このようにな、番組冒頭の漫才が小噺にも影響してくる。これが、バタフライ効果だ」

「はぁ、そういうことでございますか。すみません」

（ドンドン）

「どうも、ごめんください。ごめんください。えー、海鮮丼のかずさ屋でございます

バタフライ効果
バタフライ・エフェクト。ほんの些細なことが、さまざまな要因を引き起こし、だんだんと大きな事象へとつながるという考え方。似たような日本のことわざに「風が吹けば桶屋が儲かる」がある。

番組冒頭の漫才
一時期、番組の冒頭で、久米宏さんと堀井美香さんがやっていたことがある。台本は、久米さんが作り、執筆していた。

けれども」

「はいはい、どうぞ」

「えぇ、あの、ご注文のイクラ丼をお持ちしました」

「はい、ご苦労さん。ほらツブ吉、お前食べて行きなさい」

「師匠、私がイクラ丼を食べたいっていうのが……」

「あのなぁ、私にゃあ、分かるんだ。お前がこの、お昼時に来るというのは、お腹がすいているだろう。お前が食べたいというのを察して、あっという間に頼んでしまう。これが、量子デリバリーだ。どんなコンピュータよりも早いだろう。あぁ、ちょっと持って来てくれたまえ」

「師匠、ありがとうございます。開けていいですか。うわぁ〜〜、イクラが！　あれ、これ、イクラが少ないですけれども、これはどういうことですか？」

「分からんのか！　これが並〈波〉だ」

This week's Message theme

ミニスカートと私

ミニスカート由来の一席

他の小噺は忘れても、この回は忘れられません。第一回、絞り出すように。これは、誰かに「一席もの」としてやって欲しい話ですね。

イギリスでは、ファッションが労働者階級から広がって行くというお話がありましたけれども。まあ、ものの由来というのは、なかなか分からないわけでございまして。そんな中から、これはイギリス、マンチェスターの裏長屋のお話でございます。


「ちょいと、お前さん。起きておくれよ」

「なんだぁ、あぁー。寝てられねぇじゃねえかよ」

「寝てられねぇじゃないわよ。働いてちょうだいよ！」

「働いてちょうだいなんて言うけれども、このところ仕事なんかありゃしないんだ。お前だってアレだ、遊びに行くなんてふらふらしてるだろ。昨日は芝居だ、その前はアフタヌーンティーだとか言ってるだろ。こっちのことも少しは考えろってんだよ。芝居ったって、男のストリップで、『フルモンティ』とかいうやつだろ。そんなのに行ってる場合じゃないって。アフタヌーンティーだって、あれだよ、おばちゃんたちが集まってお茶飲んでるだけだろ。そういうとこに行くもんじゃ、俺のことも……」

「あんたのことを考えてるからあたし、行ってんのよ。そういうとこ行って情報交換

イギリスのファッション
イギリスファッションの歴史上、重要な役割を果たしたのが、ファッション、映画、音楽、建築など、1960年代におけるロンドンのストリートカルチャーを指す『スウィンギング・ロンドン』。反体制意識や、特権階級に対し反発意識を持つ若者たちにより新しいスタイルが生まれ、庶民のファッション観が変化した。

マンチェスター
ランカシャー地方の中心にある商工業都市。産業革命期に木綿工業で繁栄し、「世界の工場」と呼ばれた。二十世紀の不況後に再開発が行わ

をしてるのよ！　情報ってのが大事なの。芝居なんか役に立たないって言ってるけど、悔しかったらね、あんたもその『フルモンティ』で働いたらどうなのよ！」

「よく亭主にそういうこと言えるな、お前。俺が働いてみろ、大変だぞ！　俺のモノはでかいから……お客が集まる」

「バカなこと言ってないで、働いてちょーだいって言ってんの！　ね、そんなことより着て行くもんがないのよ」

「着て行くもんがない？　じゃ、昨日とおんなじもんでいいじゃないか」

「だからあんた、まだ分かんないのねー。同じものを着ているると笑われるのよ。だからあたしだって工夫ってもんをしてるのよー。服には税金がかかるの。お金がないから、考えるでしょ？　ね、子どもの服は税金がかからないっていうから。あ、そうだ！　子どもの服だ。子どもの服を着ればいいんだわ」

「なんだお前、自分で言って気づいちゃったのか。どういうことだ？」

「えっと、子どもの服は……こっちのコレを……」

「って、お前どこ行くんだ。おい！　娘のものを手に取るんじゃないの。だから、子どもの服を着るんじゃない！　どうしてお前、娘のスカートを履いているんだ。短すぎるじゃないか、太ももがあらわになってるぞ。それじゃあ腰巻きじゃないか。中が

れ、活気を取り戻す。サッカープレミアリーグに所属の『マンチェスター・ユナイテッド』と『マンチェスター・シティ』の本拠地。

アフタヌーンティー　イギリスで、16〜17時くらいに紅茶と菓子、軽食を楽しむ優雅なお茶会のこと。3段式のケーキスタンドに、フィンガーサイズのサンドイッチ、ジャムなどを添えたスコーン、ペストリーと呼ばれるミニケーキが並ぶ。19世紀半ば、貴族の夫人たちの間で、社交を目的に始まった習慣といわれる。

見えてる。ほら。だから、ぷにゅっとした尻にその、ほくろも、ほくろから一本毛が出てる！　みっともないだろー。お前、そんなんで表に出るんじゃないよ。そんなんで表出てみろ、おい、俺の恥どころじゃないよ。町内の恥になるんだから。そんなんで、お前、表に出るんじゃないぞ。そんな格好でどこへ行く！」

「いいじゃないの。税金のかからない子どもの服を着るのよ。これを履いてね、大衆はこれを着てるんだってのをね、お上《かみ》に知らせるのよ！」

「だから、それで、表に行くんじゃないよーぅ！」

　おかみさんがトントントントーンっと外へ出て、そのアフタヌーンティーの現場に行きますと、まあ評判になりまして、さすがは情報交換の場です。

「まぁ、いいのを着てるわね」

「それ、娘さんの？　あらま。それ、おしゃれねぇ」

「いいわねぇ、じゃあ、あたしも着ようかしら」

「そうよ、娘のものを着たらいいのよ」

　奥さま方が、娘さんのスカートを履くようになる。

「ああ、あたしは持ってないわっ」

フルモンティ
平成9年（1997）に公開されたイギリス映画。イギリス北部のシェフィールドを舞台に、生活のため男性ストリッパーを目指して悪戦苦闘する、6人の男たちの姿を描いたヒューマン・コメディ。

子どもの服には税金がかからない
日本の消費税にあたるイギリスの付加価値税（VAT）は20%だが、新聞や雑誌を含む書籍、食品、14歳未満の子ども服は対象外になる。

「だったら、うちの娘のを着てみて」

私も私もと、糊屋のばあさんまで腰に巻いたもんですから、これは大変な騒ぎで。

そうすると町内でも評判になります。これを黙って見ているわけにもいかない、驚いたのはお上でございます。

「おいおい、これはどういうわけだ」

「恐れながら申し上げます。うー、どうにも、世の女どもが、今、短いスカートを履くのが流行っております。これは、税金は子どものものにだけかからない、だから子どものスカートを履き続ける。どうだ、とそのような反発を起こしているのでございます。こういう大衆の原理というものがありますから、ここは一つ、大人の服にも税金がかからないようにするようなことは……」

「んーっ、よし、分かった。じゃ、大人の服にも税金はかからないようにしよう！」

「あ、決断が早いですね」

「ん、これが本当の、多勢に無税〈無勢〉」

こうして、大人の服にも税金がかからなくなりました、と申します。短いスカートがどんどん、どんどん広がりまして、えー、のちには、イギリスの大衆車でありま

糊屋のばあさん
糊屋とは、洗い張りに使う姫糊（ひめのり）を売る商売のこと。落語にはしばしば、長屋に暮らす「糊屋のばあさん」が登場する。

す、『ミニ』というところから、「ミニスカート」という名前がついたとも言われます。諸説ありますが、その中からの、一つ。ミニスカート由来の一席でございました。

イギリスの大衆車
MINI（ミニクーパー）は昭和34年（1959）、イギリスの自動車会社BMCが販売を開始し、世界中で愛された大衆車。平成6年（1994）、ドイツの自動車会社BMWが販売権を獲得した。現在のミニは、イギリスデザインのドイツ車となっている。

This week's
Message theme

私とコートジボワール

サバンナのシロウサギ

この日も、堀井美香さんの美しく淡々とした声で、『彦いち噺』、今日は『私とコートジボアール』です。お楽しみに」という、もはやSFの世界ですね。でも、こういうときにはその国の文化人類学の本を探すと、日本にはなさそうな「お噺」が埋もれているんです。

「私とコートジボワール」でございますけれども。もれなく僕も接点がないわけでございまして……。コートジボワールの民俗学者の方の書いている本がありまして、そこに我々の落語に似た口伝の物語があって、これがまた不思議な話で。日本にもあるようでない、ちょっと不思議なお話なんで、今日はそのお話をしてみたいなと思うのでございます。

コートジボワールのサバンナ、西アフリカのサバンナ地方で語られているという物語。動物と人間が出てくるんですね。ある男が仕事が終わって家に帰る途中、草原を越えて歩いております。一つ目の草原が火の海に包まれていて、これは大変だと。遠回りをしなければいけないとパッと見ると、ワニが困っているんですね。これは、このままでは焼け死んでしまうので、助けてやろうと。仕事帰りなので、仕事で使った大きい麻袋があって、それじゃ、これに入れて助けてやろう。

「おい！　ワニよ！　こっちに入りなよ」

ガサガサガサッと、ワニがこれに入る。麻袋の口を縛り、肩に担いでせっせせっせと次なる草原に向かう。そうすると、さっきの草原の火事から逃げた動物たちが湖の周りにたくさんいるんですね。

じゃあ、ここでいいだろうといって、麻袋をバサッと落として、「じゃあ、行きな」と言うと、ワニが湖のほうにとっとっとっと歩いて行くのですが、パッと振り返って、「お前を食べる。腹が減ったから」と言うんですね。

「なに言ってるんだ！　俺がお前を助けたのに。どうしてそんなことを言うんだ。おかしいだろう」

「俺は腹が減ってるから、食べるのは普通のことだ」

「いや、それはお前が言ってることがおかしいよ。ちょっと聞いてみろ」

火事で逃げて来た、ロバ、ウサギ、シマウマなどいろいろな動物がいる。聞いてみたら、ロバが「そうだな、そう思うよ。腹減ってるんだったら、食べていいと思うよ。だって、人間は俺たちに荷物を運ばせたりなんかして、なにもいいことしない。お礼もなにもしないいんだから、食べていいと思うな」

「ちょっと待ってくれ、君たち！」

すると、他の動物たちも口ぐちに「食べていい、食べていい」と。

「ちょっと待ってくれよ」

声が聞こえてきた。ふと見るとウサギがいる。我が国の因幡の白ウサギもそうですが、ウサギはどの国でも知恵者として知られているので、ウサギだったらなんとかしてくれそうだ！

「ウサギよ、ウサギよ助けておくれ!!」

するとウサギが、

「分かったよ、じゃあ、俺に任せておいて」と。そして、「本当に火事でそこから逃げて来たのか」とワニに尋ねるんですね。

「俺、逃げて来たよ」

「どうやって逃げて来たんだ」

「だから、男のこの袋に入って逃げて来たんだよ」

「本当か？　だって、お前が入れるほどの大きさではないじゃないか」

「いや、入って来たんだよ」

「どういうふうに入って来たんだ？」

「だから、こういうふうにして入って来たんだよ」

ガサガサとワニがまた袋に入ったら、「今だ！」と言って袋の口をぐるぐるっと締めて、そこにある棒で叩き、ボコッとワニを殺してしまうんですね。「これは獲物だ」と言って、その男はワニが入った袋を肩に担いで「ウサギ、助かったよ。お礼をした

因幡の白ウサギ
『古事記』にある出雲神話の一つ。ワニザメを欺いて海上に並ばせ、その背を渡ったウサギが、最後のワニザメに悟られて皮をはがされてしまう。大国主命（おおくにぬしのみこと）の兄・八十神（やそがみ）が潮を浴びるよう教えるが、教え通りにしたウサギはいっそう苦しむ。痛くて泣いていたところ、大国主命が治療法を教える。救われたウサギは、兄の八十神ではなく大国主命が八上比売（やがみひめ）と結婚すると言い、その予言は的中する。

い」と伝えます。

「うちにヤギがいるから、そのヤギの肉をお前にご馳走したい」

「ありがとう」と言って、ウサギを従えててくてく家へ帰ると、家がちょっと騒がしい。どうしたんだ?と中を見ると、ヤギが看病しているんです。自分の息子を!

きっと、メー〈名〉医ということなのかなと、僕は察するんですけれども。

ヤギが看病しているんです。「息子を助けるには、二つ必要なものがある」とヤギが言う。一つはワニの血だと。

「あ、ワニの血! ちょうど良かった。用意できる」

男が、「もう一つはなんなんだ?」と聞くと、ヤギがバッと振り返って、「もう一つはウサギの肉だ」と答えた。ウサギの肉が必要なんだ。

「そうか……ウサギの肉か……」

「どこかにあるかな?」

その男は、バッと振り返りながら、「小ぶりだが、少しならあるよ」

This week's Message theme

大晦日。今、なにしていますか？

2016 吉例!? 山号寺号。

古典落語『山号寺号』。ここ数年、年末の最後のオンエアの際にはその年の出来事を織り込んでのソレです。東西の対決にしたこともあれば、とにかく山号寺号を言い続けるという量産型の年もありました。

今日（大晦日）は恒例で昼から一門で集まってお蕎麦を食べたりして、明日元旦からの作戦を練ります。そして、これからお年玉づくりですね。前座さん、お囃子さん用の。すでに用意してあるピン札を丁寧に折るんですよ。お札のここに赤い判子があるんで、判子に端を合わせて折るときれいな三つ折りになる。

まー、暮れといえばなにをしているかというと、「ラジなん長屋」の連中はやることが決まっている訳でして。なんだか集まって、わさわさ喋っていたりするんじゃないですかね。

「集まってもらったのは、他でもないんだ。今日は大晦日だ。うちでお餅をたんとついたから、持って行って欲しいんだけれど。まー、ただ持って行ってもらうっていうのもなんだ。暮れだ、分かっているだろ？」
「おっ、どうも！」
「こんにちは！」
「こんにちは」

山号寺号
落語演目の一つ。「山号」と「寺号」は、仏教寺院につける称号。幇間・一八は浅草の観音さまに出かける商家の若旦那に、どの寺にも『山号寺号』があると教わる。若旦那は「この場にもあるなら一円やる」と言う。一八は次々に披露し、金を巻き上げる。若旦那は一八の財布を取り上げ「一目散随徳寺」と言って逃げる。すると一八が「南無三、し損じ」。

成田山新勝寺
金龍山浅草寺
成田山新勝寺は千葉県成田市にある真言宗智山派の大本山。金龍山浅草寺は、東京都台東区にある聖観音宗の総本山。

「こんにちはー」

「みんな、集まってるね。大家さん、分かってますよ。なんか言葉遊びをして、お餅を頂けると」

「そうだ、よく分かってるね〜。それでちょっとやって欲しいんだよ。やって欲しいのは、成田山《なりたさん》、新勝寺《しんしょうじ》、金龍山《きんりゅうざん》、浅草寺《せんそうじ》、山と寺とつく、山号寺号の遊び。これは暮れ恒例だからね。これをやってもらいたいんだけどもね。じゃあ、こっちから順番にね」

「これどうでしょう？　『TBSさん』、といきます」

「おお、熊さんできたか？」

「ええ。『TBSさん、逃《に》げ恥《はじ》』、どうでしょう？」

「なるほど。さすが。餅、持って行きな、餅、持って行きな」

「それがいいんでしたら、じゃあ、こういうのはどうでしょう。ラジオを聴いていたら、久米宏さんも踊ってたというんで、『ガッキーさん、星野源さん、恋路』というのは……」

「なるほど、なるほど、持って行きな。二つ持って行きな」

「今年の記念といえばですね、私ね、ウルトラマンが大好きで」

逃げ恥
平成28年（2016）10月〜TBS系列で放送した、新垣結衣、星野源主演のドラマ『逃げるは恥だが役に立つ』のこと。海野つなみさんの同タイトル漫画が原作。

円谷英二
昭和期の特殊効果撮影監督、映画監督、「円谷プロダクション」の創始者。明治34年（1901）〜昭和45年（1970）。同12年（1937）東宝入社。同29年（1954）怪獣映画『ゴジラ』の特撮で世界的評価を得る。同38年（1963）に円谷プロを設立し、『ウルトラマン』などを手がけた。

ゲス不倫
平成28年（201

「ああ、たつんべさん。好きだね、たつんべはウルトラマンが。ウルトラマンさんといくかい？」

「そうはいきませんよ。こういうのはどうでしょう。『円谷さん、英二《えいじ》』」

「そのまんまだねー。少しひねったらどうだ。餅、あげるわけにはいかないね」

「じゃあ、こういうのはどうでしょう。今年はいろいろありましたんでね。『ゲス不倫さん』」

「ああ、それはどっかで入れてくるんじゃないかと思ったけどね。なんだ？」

「『ゲス不倫さん、袋小路』」

「なるほど、なるほど。三つ持って行きな、三つ持って行きな。もう少しね、社会派のものはないかい？」

「今年は都知事、という『じ』がありましたけれど」

「都知事でいくか。二人いるから、どっちのほうでいくかい？　小池さん？」

「私はちょっとひねりますんで、『豊洲さん』といきましょう」

「おっ、豊洲さんときて、なんといきますか？」

「『豊洲さん、築地』」

「うまいね〜。ひねって、ひねってきたね。持って行きな、持って行きな」

6）、タレントのベッキーさんとロックバンド『ゲスの極み乙女。』の川谷絵音さんのスキャンダルをきっかけに、「下劣な不倫行為」の意味で用いられた表現。

都知事
平成28年（2016）7月31日、舛添要一氏の東京都知事辞職に伴う東京都知事選挙が行われ、元防衛相の小池百合子氏が初当選。初の女性都知事が誕生した。

公開生放送断固固辞
平成28年（2016）12月17日、『ラジオなんですけど、リスナー国民投票』を放送。『ラジオなんですけど』は公開生放送すべきかを問うリスナー国民投票を実施し、否決された。

「私ね、ラジオが好きで、こういうのもあったんですよ。『久米宏さん』と」

「なるほど、そっちに〝さん〟をつけますか。えー、なんだい？」

「『久米宏さん、公開生放送断固固辞』」

「長いね！」

「あれ、国民投票で決まったんだから。一方的に固辞したわけじゃないから」

「それがあるんだったら、『堀井美香さん』、というのがあります」

「堀井美香さん、できたかい？」

「『堀井美香さん、日経デュアル連載記事』」

「これも長いねー」

「でも、これ、どうしても言いたかった」

「まぁいいでしょう。心揺さぶられるのお願いしますよ」

「心に届いたのがあったんですよ。広島にね、あのオバマさんが来た」

「オバマさんでいくかい？」

「『オバマさん、メッセージ』」

「なるほど。これは心に響いたからね」

「大統領でいくんだったら、『トランプさん』で」

日経デュアル連載
堀井美香さんが、日経新聞社のWEBメディア『日経デュアル』で、「私の足あと」を連載。連載期間は平成28年（2016）12月～翌年7月。

広島にオバマさんが
平成28年（2016）5月27日、オバマ米大統領は広島の平和記念公園を訪れ、原爆死没者慰霊碑に献花。戦争と核の廃絶を訴え、演説した。

パク・クネさん
韓国の朴槿恵大統領は平成28年（2016）、韓国国会によって弾劾訴追され、大統領を罷免。翌年3月30日、親友の崔順実（チェ・スンシル）被告と共謀し、サムスングループから約30億円の賄

「できたかい？」

「『トランプさん、一言《いちげん》居士《こじ》』」

「なるほど、一言言いたい、しょうがないね」

「もう一つ、大統領で行きますか。『パク・クネさん、悪事』」

「なるほど、持って行きな、四つ持って行きな、四つ持って行きな」

「私は『名横綱さん、千代の富士』」

「これはきれいだね。持って行きな、持って行きな」

「『カープ赤ヘル軍団さん、切れ味』」

「なるほど。良かった、良かった、優勝だったね」

「私もできましたよ」

「なんだい、目の下にクマをこさえてどうしたの？」

「『電通さん、消灯22時』」

「22時に消さないと大変なことになるからね。揃ったね。持って行きな。この後ね、私もやることがあるから。『彦いちさん、小噺終わって、家路』」

　ということで、２０１６年お開きでございます。


賂を受け取ったなどの疑いで、検察に逮捕された。

千代の富士
平成28年（２０１６）7月31日、元横綱千代の富士（九重親方）が膵臓がんで死去。

カープ赤ヘル軍団
平成28年（２０１６）、広島東洋カープは、25年ぶりのリーグ優勝を果たした。

消灯22時
平成27年（２０１５）12月、広告代理店・電通の新入社員の女性が、過重労働が原因で自殺。同28年（２０１６）、過労死と認定された。電通は、22時以降の残業を原則禁止とし、22時～翌朝5時まで全館消灯、残業の上限を引き下げるなどの新ルールを策定した。

四ノ巻

『彦いち噺』のこさえかた

最後の難敵、堀井美香

そんなふうに知恵をしぼってみる毎週ですが、やっちまったか~という失敗もいくつか記憶にはあります。この本に収められている「彦いち噺」はどれも名作ですが、放送直後には、師匠はともかく私は、「しまった、そうだったな」と消え入りたくなることも何度かありました。それに当たる噺がどれなのかを想像しながらもう一度読み直してみるのも楽しいかもしれません。

「彦いち噺」の仕上がり具合を判定する基準となるのが、堀井美香アナウンサーのリアクションです。サゲの意味が分かっていなくても笑ってくれる優しい堀井さんですが、判ってないときの笑いはすぐに分かってしまうのです。誰よりもそこに敏感なのが堀井さんの正面に座る久米さんですから。ラジオから堀井さんの「ポカ~ン」が聴こえたとき、やっちゃった、と反省モードが襲ってきます。「考え落ち」の回にそんなケースが多めだったと記憶しています。やはり、ブルペンで作り込み過ぎてしまう自己満足はよくない。でもそんな時も師匠はちっともへこたれず、「うまくいかない方法をまた一つ見つけたぞ」と胸を張って、命知らずの冒険家のようなのです。さすが、大師匠。

「堀井さんに伝わるか」がラジオの向こうのリスナーに伝わっているかの物差しになる。これは久米さんが言い出した基準ですが、堀井と一緒にすんなよ、というリ

『久米宏 ラジオなんですけど』構成作家
稲原誠

スナーさんがこれを読まれていたらごめんなさい。

そしてまた次の現場へ

午後2時46分。とにもかくにもやり切った師匠は、重い扉を押し開けスタジオの外へと無事帰還。そこで迎える私と短く言葉を交わすのが常なのですが、師匠はとにかく毎回楽しそうです。重責からの解放感、やり切った感。五十のイタズラ小僧が笑顔で近づいて来て、そこまでのヒリヒリした時間にケリをつけ、尻火の鎮火を確認してる。その様子を見るたび、なるほどヤミツキになる稼業なのだろうと納得させられてしまうのです。

そこらに転がる「オモシロイ」の素、全部かき集めて呑み込んで咀嚼し吐き出せば、自分にしか創れない一回きりの笑いが興せる。そしてまた手ぶらのまま次なる現場へ。

毎週土曜にアップデートし続ける落語家・林家彦いちの、危なっかしいから目が離せない最先端が「彦いち噺」にはあります。落語家生活三十周年だそうですが、貫禄はそこそこに、イタズラ小僧の笑顔を忘れず、誰もやったことがないという無茶ぶりへの誘惑にはコロリとそそのかされて挑戦し続けてくれる姿を応援していきたいと思っています。

長島から昇った月が満ちるのは、もう少し先でもいいんじゃないでしょうか。

＊長島から昇った月＝彦いちの自伝的創作落語『長島の満月』のこと

DOMOKUSHO | chapter 5

五、にんまりの章

This week's
Message theme

気になっている世界の出来事

気になる会議K20

東京の面積の何倍もの広さが山火事で燃えて、地球の酸素が不足することも視野に入れるというニュースには、もぉ唖然とするのみです。この日のゲストは上柳昌彦さん。うえちゃん。私の殴り書きの並んだ紙を見て「ほんとにここで作ってんですね、すごいね」と。びっくり。そして嬉しかったのです。

さっきエベレストのメッセージを頂きましたけれど、僕が行ったのは4年前ですが、そのときも混んでいました。Ｗｉ－Ｆｉはバンバン飛んでまして、なにがすごいかというと、スタート地点の街・ルクラは標高２８００ｍなんですけれどもスターバックスコーヒーがあります。ただ、現地の人はニセモノだと言ってましたね。で、ナムチェバザールという最大の都市があるんですけれど、そこにもスタバがあるんですけれど、ニセモノです。

エベレスト街道の、クムジュンという集落の「イエティ伝説」。クムジュンはシェルパの村なんですけれど、そこの寺院にイエティの毛皮があるんですよ。最大のロマンですね。僕らのチームのガイドさんにイエティの頭皮が見たいんだと言ったら、３７００ｍのところで、ガイドさんが片言の日本語で「あれは、ヤクの毛皮です」。これは真実かどうか分かりませんが……どっちに転んでも気にはなるところです。

気になる会議というのが今日も開かれているようでございまして。

「さあ、気になるできごと会議K20〈G20〉。今日も始めて行きたいと思います。気になることをどんどん言ってくださいね。そちらのほう、どうですか？」

上柳昌彦
昭和32年（１９５７）生まれ。同56年（１９８１）ニッポン放送入社。看板アナウンサーとして、数多くの人気番組のパーソナリティを担当。平成29年（２０１７）、退職後もフリーでアナウンサーを続けている。

イエティ伝説
ヒマラヤの雪深い山中に住むと信じられている、謎の未確認動物。

G20
令和元年（２０１９）6月28・29日、大阪でG20サミットが行われた。

「はい！　やはり、この節、オレンジの関税、そして乳製品の関税が」

「あ〜、それは気になりますね。ただ、この会議ではオレンジは気になりますけれど、乳製品は気にならないですね」

「えっ!?　乳製品は気にならないですか？」

「オレンジは気〈木〉になるだろう？」

「どういうことですか？　私、全然分からない」

「乳製品は木にならないだろうよ。オレンジは……、2回も言わせるんじゃないよ！ね、これで察して。この距離感が1ｍ20㎝なんだ」

「言っていることがよく分からないんですけど……」

「他になにか、気になることはありませんか？」

「え〜、こちら非常に気になるんですけれど。日本でもずいぶん使われているアップル製品ありますね。このＭａｃの製造工場が全部中国に移った。これは大変な出来事だと、気になる」

「それは気になら……」

「気になるなぁ〜」

「えっ、それ気になるの？」

オレンジの関税、乳製品の関税
TPP参加国に対して、農林水産物は、8割以上の品目で関税が撤廃される。乳製品では、バターと脱脂粉乳について、TPP参加国を対象にした新たな輸入枠を設ける。オレンジは、国産温州みかんが最も出回る12〜3月は、段階的に関税を減らして8年目に撤廃するが、輸入急増に対するセーフガードを設置。4〜11月は段階的に減らし、6年目に撤廃。

1m20㎝
この日のゲストは、アナウンサーの上柳昌彦さん。以前ニッポン放送の特番で上柳さんと共演した際、久米宏さんが上

「アップルは木になるだろう？」

「いやいや、ちょっとまだ分からない……。あっ、だんだん分かってきましたよ！　分かってきました！」

「分かってきたか？　君たち。じゃあ、こっちからいってみようか。鹿児島実業。スポーツで優秀なところだ。男子新体操。このニュース気になる？　気にならない？」

「新体操、気にならない、気にならない。議長、気になりません！」

「違う！　分かってないな〜。木になるだろう。鹿児島実業だ。鹿実〈果実〉だろ？」

「まだよく分かんないですね。気になると気にならないの境目が……。あっ、議長！　分かりました！　ようやく分かりました！　信号機！」

「おっ、分かったようだね！」

「焦っちゃいけない、焦っちゃいけない。赤の次、はい、なります！」

「さ〜、残念だったな〜。それは青だったな。青の次に黄になるだろう？　順番が間違っている」

「うわ、難しいな〜。議長さん、どうしましょう」

「じゃあな、最後にもう一つこっちから聞いてみよう。アナウンサー、気になるか

柳さんの話し方について、「リスナーと遠すぎず、近すぎない1m20㎝くらいの、ちょうどいい距離感」と評した。

Macの生産工場
令和元年（2019）6月28日、米日刊経済新聞ウォール・ストリート・ジャーナルは、アメリカのアップルが新型「Mac Pro」の製造拠点を米国から中国に移し、上海近郊にある広達電脳の工場で製造を拡大させていると報じた。

な？」

「アナウンサー、あんまり気にしたことないよな〜」

「気になる？」

「気にならない？」

「え〜、上柳昌彦さん、久米宏さん、気になるか？」

「私は気にならない……」

「気にならないし、そして木にもならない」

「すみません、我々、話がまとまりました。気になりません！」

「まだ分かってないな〜。上柳昌彦さん、久米宏さん、そして堀井美香さん。今後のアナウンサー、すべてのアナウンサーの指標になるということなんだ！」

「えっ!?　それはいったいどういうことなんですか!?」

「これからのＫＥＹ〈キー〉になるんだよ！」

ヨイショ！

鹿児島実業
男子新体操は1940年代に日本で発祥した競技。鹿児島実業高等学校は、サッカーや野球など、スポーツ強豪校として知られるが、近年は男子新体操部も注目を集めている。演技のユニークさでたびたびテレビ等で取り上げられ、男子新体操自体の知名度も高めている。

This week's
Message theme

こうなったら『おじいさん』、ああなったら
『おばあさん』〜高齢者の定義、私の提言

昔話身体検査

おじいさんとおばあさんの定義は、年々難しくなります。きっと誰か基準になる人が存在していて、その人が、毎年おじさんとおじいさん、おばさんとおばあさんの境目をずらしているのでは……と考えております。

昔話の主人公というのも、時代が時代なら、働きたい人は働けて動きたい人は動けるわけです。時代とともにどんどん変わってくるので、見直しが必要なのではないかという、そんなお話が始まります。


「え〜、昔話身体検査においで頂きましてありがとうございます。最初の方、どうぞお入りください」

「よろしくお願い致します。わたくし、見直しが必要でしょうか？」

「どちらさんですか？」

「わたくし、花咲かじじいでございます。まさしく、見ての通りのじじい、でございます」

「ちょっと待ってくださいね。いろいろ噂は聞いていますけど、木に登って種を蒔いたりできるんですね？」

「できるんですよ。毎年、桜の木にぱぱっと登ってささっと蒔くと、花がわーっと咲きましてね〜。そこに女どもが集まって来て、胸元が見える。これが実は楽しみで」

高齢者
平成29年（2017）、日本老年学会と日本老年医学会は、国に対し、現在65歳以上とされる高齢者の定義を、75歳に引き上げるよう提言。その理由は現在の高齢者の心身は、10〜20年前の高齢者に比べ、5〜10歳程度若返っているからだという。

准高齢者
高齢者の定義を75歳以上に引き上げることによって、これまで高齢者と定義されていた65歳〜74歳は、准高齢者と位置づけるとした。

「そんなあなた、高齢者じゃありません。若い証拠です。准高齢者で、これからは花咲かおじさん、もしくは、花咲か兄さんになってください。もうおじいさんと名乗ってはいけません。分かりましたね」

「はい！　灰！」

「そういうダジャレを言っているうちは、立派なおじさんですから」

「実はポチのほうがもう年寄りです」

「もうそういうことはいいですから、行ってください。分かりましたね、見直しが必要ですからね。お次の方、どうぞ」

「わしはもう、ばあさんなんですがね」

「噂は聞いていますよ。砂かけばあさん。砂かけばばあ、ばばあって言ってますけど、足はしっかりと大地について、砂をぶわーっと撒く力強さ。まだまだ若い証拠ですよ」

「わしは、でもばあさんで……」

「いえいえ聞いてますよ、いろんなところで泣かしているらしいですね。中でもじいさんを、子泣きじじいを。北千住で。砂をかけるんじゃなくて、粉かけてるらしいじゃないですか。だめですよ。それはまだまだ若いってことですからね。これから

砂かけばばあ
奈良県、兵庫県、滋賀県に伝わる妖怪で、民俗学者・柳田國男氏の著書『妖怪談義』にその記述がある。和服を着た老婆の姿をしており、人に砂を振りかける。

子泣きじじい
老人の姿をした妖怪で、夜道で赤ん坊のように泣いている子泣きじじいを抱き上げると、その体が次第に重くなり、放そうとしてもしがみついて離れない。最後には人の命を奪ってしまうとされる。『ゲゲゲの鬼太郎』の中では、砂かけばばあとともに、正義の妖怪として活躍する。

は、砂かけ姉さんでいきますから。あー、それからそこの雪女さん。ぼーっと立ってちゃいけません。分かってますよ。足がぐらぐらして、いつも斜《しゃ》がかかったところにいるから隠れていますけれど、あなたはもう雪女じゃありません。中に、ヒートテックをいっぱい重ね着して履いてるのを知っていますよ。ですからもう、雪ばばあ、雪ばあさん、分かりましたね。次から次へと、こりゃ分けるのが大変だな。あっ、それからなんですか？」

「どうも～、ゼペットじいさんです」

「はいはい、こちらも噂は聞いてますよ、ピノキオの。次から次へと試作品作ってるらしい。最近は、木製の車椅子を作ったっていう」

「ええ、いろいろ作っておりまして」

「まだまだ働けるクリエイターさんは、じいさんになることはないです。起業してやってください。あなたはゼペットじいさんではありません。これからは、ゼペットCEO（シーイーオー）になってください。分かりましたね。はい、次の方！　あなたはなんですか？」

「おう！　わしは、はははは、超高齢のデーモン閣下じゃ。わしの年は、10万……」

ゼペットじいさん
イタリアの作家、カルロ・コッローディ氏［文政9年（1826）～明治23年（1890）］作の児童向け物語『ピノキオの冒険（明治16年（1883）刊）』の登場人物。ゼペットじいさんは貧しいおもちゃ職人で、木製操り人形のピノキオを作る。ピノキオはいたずらっ子で、家を飛び出し冒険を重ねるが、いい子になる努力をし、人間の子どもになるというストーリー。

デーモン閣下
自称紀元前9万8038～。世を忍ぶ仮の名（本名）は小暮。悪魔、アーティストとしてだけでなく、大相撲解説者など、

「あっ、54歳ですね。こっちに来てください。言うまでもないですから」

「わしは超……デーモン！」

「しつこい！　聞いてますよ！　久米さんの大学の後輩なんですからね。年を追い越しちゃ駄目です。で、はい54歳、行ってください。もうしょうがありませんね。だいたい振り分けできましたか？　振り分けできましたね。じゃあ、ちょっと締めの言葉をですね、青春を奪われた、そしてあの時代を返してくれということで、この度、おじいさんからおじさん、准高齢者になった浦島太郎さんにお願いしたいのですけれど。お開きの言葉を、どうぞよろしくお願い致します」

「分かりました。どうも、浦島太郎でございます」

「それでは、お言葉お願いします。お開きの言葉でございます」

「分かりました。お開きの言葉でございます。わたくし浦島太郎でございます。あー、やめときます。開くのは、もう、こりごりです」


さまざまな分野で活躍する。久米宏さんと同じ早稲田大卒。平成29年（2017）放送の自身出演CMで、「今年で10万55歳」と語った。

振り分け
日本老年学会と日本老年医学会による、年齢による高齢者の定義と振り分けは以下の通り。65歳〜74歳＝准高齢者・准高齢期、75〜89歳＝高齢者・高齢期、90歳〜超高齢者・超高齢期。

This week's
Message theme

あの駅と私〜
我が心のキーステーション

山手線間の駅

以前ある雑誌で、暮らしの豊かさのランクづけを「駅名」でしていて驚いたことがあります。そういうことではないはず。ただ、車のナンバーの場合、東京ナンバーの車より、地方ナンバーの車のほうが運転が荒いと感じることがありますねぇ。その駅周辺は荒れているのか……。

それぞれ思い出の駅があるようでございます。リニアモーターカーがやって来るということで、田町の車庫のあたりが騒がしくなっているようです。駅名をなににしようという会議が、今日も水面下で開かれております。

「はい、お集まり頂きまして、ありがとうございます。田町と大崎の間にやって来るリニアの駅名でございますけれども。『新田町』という案が出たんですけれども、そもそも田町という駅が山手線の名前の中にあることを知らない人が多く、大崎の先にあるので、『もっと先〈崎〉駅』というふうにつけようと思うんですけれども。皆さん、いかがですか？」

「ちょっと待ってくれよ。ええ？『新田町』でいいじゃねえか。そもそも、もっと先？崎？どっちにしても、そんないい加減な名前じゃ駄目だよ」

「おいおい！そういう名前がいいとか、悪いとか、時代とか、関係ないんだよ。こっちから行ったらもっと先でも、向こうから行ったらもっと手前になるじゃないか」

リニアモーターカー リニア中央新幹線とは、東京から名古屋を経由し大阪までの約438㎞の区間を、時速500㎞で走れる超電導リニアによって結ぶ新たな新幹線。東京―名古屋間を最速40分で、東京―大阪間を最速67分で結ぶ予定。東京―名古屋間は最短2027年、東京―新大阪間は、同2045年（8年短縮を検討）に開業する見込みとなっている。

「なるほど。そうですね。じゃあ、もっと手前、ところに書いておきましょうね。それからですね、この駅名。いろいろ募集したんでございますけれども、地名の場所柄というものがあるんでしょうね。落語協会さんと落語芸術協会さんから、『芝浜駅はどうだ』となったんでございますけれども、JR東海さんがですね、『リニアが夢になるといけねぇ』ということで、却下になりました」

「なに、おかしなことを言ってるんだい。うまいこと言ってるつもりかもしれないけれど、落語の『芝浜』を知らない人には分からねぇじゃねぇか」

「まあまあ、落ち着いてください。これは一案でございますんで。それから会議の続きでございます。山手線の間に駅を造ろうという、その会議の続きでございます。駅と駅の間に駅を造ることで人がスムーズに流れて行く。そして、最寄りの駅が増えていくことはいいということでございますので、こちらも皆さんと話し合いが必要ということでございますけれども。五反田と目黒でございますね。問題になっておりまして。しかしながら、アンケートの結果、五反田の北側の人はですね、『目黒の南側に住んでいる』と、人に言っていることが分かりましたので、『南目黒』というふうにつけようと思います。それから、原宿〜渋谷間でございます。これは若者のファッションの街でもございますので、これは話し合いの結果、思い切りまして、原宿〜渋

落語協会
一般社団法人落語協会。東京の落語家や講釈師などが組織し、362名が所属。古典落語の継承及び、研究発表会や観賞会などの開催、後進の育成などの活動を行い、古典落語・寄席芸能の普及・向上を目的とする。会長は四代目柳亭市馬。彦いちが所属。

落語芸術協会
公益社団法人落語芸術協会。東京の落語家や講釈師などが組織し、263名が所属。落語を主に、寄席芸能の向上普及を図る。落語の創作及び、研究発表会、観賞会の開催、後進の育成他を行う。会長は春風亭昇太。

芝浜駅
駅名案が公募されて

谷間の駅は、『パタゴニア～コロンビア』ということで」

「ちょっと、ちょっと！　他の国から持って来てどうしようっていうんだよ。誇りなさ過ぎじゃねぇかよ」

「それからですね、原宿～代々木間でございますけれども。これも思い切りまして、シンプルに『予備校』にしてしまおうということでございますので、よろしくお願いします。それからですね、『髙島屋』という駅がありまして」

「それはどこなんだい？」

「新宿と代々木の間でございます。これは思い切って『髙島屋』という駅にしまして、『新宿出口』、そして『予備校出口』というふうにやっていこうと。それからですね、『小さん』駅というのを造ろうと」

「『小さん』駅って、それはどこに？　どういうことですか？」

「これはですね、五代目小さん師匠が目白の師匠としても知られておりました。目白と高田馬場の間に駅を造りまして、発車のベルを高田馬場駅の『鉄腕アトム』に対抗して、出囃子の『序の舞』をかけようと」

「ちょっと待てよ！　乗る人が戸惑うじゃねえか。それに駆け出しづらい」

「それからですね。北側のほうもいろいろ案がありましたが、やはり日暮里、大塚、

いた当時、落語家や落語ファンが、落語の演目『芝浜』にちなんで、話題にしていた駅名。文中の「リニアが夢になるといけねぇ」は、落語演目『芝浜』のオチにかけたもの。

パタゴニア～コロンビア
JR山手線の原宿～渋谷間の線路に沿うように走る明治通りの裏手遊歩道に、アウトドアスポーツ店『コロンビア』があり、そこから約300mほど渋谷寄りに、競合する『パタゴニア』の店舗がある。

目白の師匠
五代目柳家小さんのこと。東京・目白に自宅があったため。小さんの出囃子が『序の舞』であった。

鶯谷。このあたりの間の駅はみんな『下町その一』、『下町その二』にしていこう」

「ちょっと、ざっくりし過ぎだろ！　それもおかしいよ。さっきから聞いてれば」

「加えて、合併の案がございまして、御徒町と上野駅は一つにしてしまおうと。それで『上野駅口』、『動物園パンダ舎出口』、そして『御徒町口』。中央をですね、『アメ横中央口』にしようと。そして駅名は『上野駅』改め、『ああ上野駅』に」

「ちょっと、いい加減にしろっていうんだ！　さっきから聞いていれば。え？　駅名、間の駅名って大事なもんなんだよ」

「そうよ。いい加減にしなさい。『予備校』駅ってどういうことですか。いい加減にしてください！　あたしは反対よ！　情けなくって涙が出てくる」

会議をしている脇を偶然通った人が、

「怒ったり泣いたり、喜んだり、大変なんですねー。これ、なんの会議をしているんですか？」

「あっ、これ、環状〈感情〉線の会議なんです」

原宿～代々木間
代々木ゼミナールは、駿台予備学校、河合塾と並び、日本の大学受験における3大予備校の一つ。本部校は、代々木～新宿間にある地上26階の高層ビル。さらに線路を挟んだ反対側には、タカシマヤタイムズスクエアがある。

高田馬場駅の『鉄腕アトム』
『鉄腕アトム』の原作者である漫画家・手塚治虫氏が高田馬場に事務所を構えていたことから、平成15年（2003）からJR山手線の発車メロディーに『鉄腕アトム』の主題歌を使用。

This week's
Message theme

24時間営業と私

体内24時間革命！

たまの早朝の海での船釣りのとき、午前4時頃におにぎりが買えるとか、こんな寒い明け方の海で温かいコーヒーが飲めるなんて、もぉ、感謝しかない！と思ったことも。もぉ、私には分かりません。

人々が疲れており、人材不足なんで、もぉ休もうという動きが出てきている。それは、人間の体内でも同じじゃないかなと。今日お届けするのは「彦いち、やすらぎの時」。体の中からも悲鳴が聞こえているので、ちょっと休ませてあげようということでございます。

寝静まった後、体の中から声が聞こえてくるようでございます……。

「さあさ、皆さん、24時間、働いてきましたね。お疲れさまでした。ちょっと働き過ぎなので。これからは少し休んでもらいますから。ご就寝となりますよー。上から順にいきますね。食道さんどうですか？」

「はい、食道、からっぽです」

「からっぽで。もう皆さん帰ったということですね。じゃあ、ゆっくり休んでください。順番でいきますと、次に誤嚥が……なかった？ 良かったです。その後は、こちらいつも言うこと聞きませんけれど。今日はいかがですか？」

「はい！ 気管〈聞かん〉支です！」

「ゆっくり休んでくださいね」

誤嚥
この放送の2週間前の4月6日のゲストが、世界初の「とろみ自動調理機」を開発した株式会社アベックスの商品開発室長・石原豊史さんだったことにちなんでいる。加齢により飲み込む筋力が衰えた人の誤嚥を防ぐには、食べ物や飲み物にとろみをつけることが非常に有効であるとされている。

「はい〈肺〉！」

「一生懸命息吸って、吐いて、吸って吐いて。働き過ぎなので、これからは8割減でいこうという話になりまして。分かりましたね」

「はい！」

「いつも返事がいいですね。元気がいいですね。さあさ、順番に行きましょうね。あなたも結構疲れてますが、24時間働いていますか？」

「ええ、十二指腸です」

「12？　12ですか？　24時間じゃなくて？　市長〈指腸〉も町長〈腸腸〉も十二分に働いていますね」

「ええ、私、ずいぶん前から十二指腸です」

「皆さんも、その12の気持ちでいくようにしてくださいね。えーっとね、この方ずいぶんいろんなのやってますからね。そちらどうですか？」

「超〈腸〉大変です！」

「腸さんも頑張ってますけれど、どうでしょう？　休めそうですか？」

「ずっと働いていたんで、今さら休むなんてことは言えないんですが」

「でも、今回は休むことにしたので、休んでください」

「分かりました。これからは、断腸の思いで休みます」

「なるほど、うまいこと言いますね。肝臓さんもね、お酒飲んでいるから……。疲れてますか？　どうですか？」

「……」

「疲れてますか？　どうですか？」

「……」

「なるほど。『もの言わぬ臓器』というのは、こういうことですか、なるほど、なるほど。皆さん、休んでいきましょうね。おっ、上からどっくんどっくん、いっていますね。あなたも休んでくださいね。大丈夫ですか？　しっかり休んでくださいね。働き者ですか？　働いていますか？」

「はい。働いています」

「働いています？」

「はい。働いています。心臓〈晋三〉です」

「ひょっとして心臓さんですか。心臓さんは、そんなに働いて大丈夫ですか？」

「ええ。消費税は、本当は、上げません」

「そういうことですか。ずいぶんとなにを言われても平気ですけれど、どうしてそう

消費税
平成27年（2015）に消費税が10％に引き上げられる予定だったが、同26年（2014）11月、安倍首相は消費税再増税を先送りし、衆議院を解散。さらに同28年（2016）6月、参議院選挙の1ヶ月前になって、増税を延期すると表明。引き上げ時期は令和元年（2019）10月になるとした。20ページ参照。

なったんですか？」

「ええ。すっかり心臓に毛が生えました」

「そういうことですか。なるほど、なるほど。じゃ、皆さん一斉に、休んでいきますからね」

さあ、みんなが休み始める。そうすると、

「大変です！　臓器さんがみんな休み始めると体が動かなくなり、硬くなりました。大変です！」

「えー、ここで、確率の問題です。臓器が動かなくなると、生きる確率はなんパーセントでしょうか？」

「0パーセントです」

「正解です！　皆さん、すみません。動いてください！」

一斉に臓器がわーっと動き始める。そうすると、もの言わぬ肝臓が一言。

「うわぁ！　肝を冷やした」

This week's
Message theme

セルジオ越後さん登場！
W杯を見る理由・見ない理由

パス回し！
アディショナルタイム小噺

高校の頃、野球、サッカー観戦音痴の僕に、同級生が「大人になったら、野球の話とかサッカーの選手とか、分からないと仕事していけねぇよ」と、言われたことがあります。詳しくないまま大人になり、楽しく仕事してます。

２０１０年、南アフリカのパラグアイ戦でＰＫ戦がありましたよね。中継をラジオで聴いていたんです。実はその後の『ＮＨＫラジオ深夜便』で僕の落語が流れる予定だったんですが、ＰＫ、ＰＫ、ＰＫとどんどん延長戦で延びていって、これはいったいどうなるのだろうと思っていたら、あるとき、結果が出て、わ――――！と盛り上がって、プッと切れたら、「林家彦いちさんの『天狗裁き』をお送り致しました」と。そこにつながったことがあったんです。びっくりしました。普段サッカーも見ない、落語も聞かない人が偶然聴いていたとしたら、あの壮大な戦いは、『天狗裁き』だったのかと、すごい裁きだと思ったとか思わないとか……。ああいうものがあると、気分が高まるわけでございます。そういうものが、落語という古典芸能にも導入されるような時代がやってくるのではないか、というお話だったりするんですけれども。

「師匠、なんでございますよ。とうとう落語界もアレが導入されるらしいですよ」
「アレって、なんだ」
「アレって、アレですよ。アレが導入されたら、もう、大変ですよ」

アディショナルタイム
サッカーの試合中、選手交代、負傷選手の手当てやコート外への搬出などで浪費された時間を、試合の前後半それぞれの規定時間終了後に追加すること。
平成30年（２０１８）のW杯ロシア大会1次リーグ最終戦の終盤、日本はポーランドに1点負けていたが、自陣で延々とパスを回し0対1で敗北。日本はセネガルと警告数の差で上回って2位となり、1次リーグ突破。このパス回し戦略について欧州メディアは「アンチ・スポーツ精神だ」と、一斉に日本を批判した。

「おぉ、アレか。アレが導入されたら、そりゃ、便利じゃないか」

「いやいや、便利ですかね？」

「不便か？　いや便利だろ。ほらブイ……」

「師匠、それ以上言っては駄目です。それ以上言ったら、話が始まってしまうじゃないですか。もうお分かりだと思いますが、今パスを回しているところですから、今日はゆっくり、ゆっくり、ゆっくりですよ、師匠！　残り時間2分半ですから」

「あ～、今日はそういう手でいくのか。ブイ・エー……」

「だから、言ったら始まってしまうじゃないですか。今、丁寧に私と師匠でパスを回しているんですから、このまま逃げ切る作戦です」

「いやいや、でもそれはなぁ。じゃこういうのはどうだ。一つポーランドの小噺なんてのは」

「お、また引っ張りますねー。ええ、例のカメラの件はひとまず置いておいて。どうぞ」

「ポーランドの小噺があるんだな。牛のお乳を搾るのに、ポーランド人が五人必要だっていうんだな」

「はぁ、どういうわけで？」

南アフリカのパラグアイ戦
平成22年（2010）に開催されたサッカーのW杯南アフリカ大会での、日本対パラグアイの試合のこと。日本は決勝トーナメントでパラグアイと対戦。一進一退の攻防の末、延長戦にもつれ込むが、0対0で終了。パラグアイがPK戦を制し、日本は準々決勝進出を逃した。

ラジオ深夜便
NHKのラジオ第1放送とFMラジオ放送、ラジオ国際放送で、毎日生放送されている深夜放送番組。内容はクラシックや映画、懐メロなどの音楽、話芸、インタビュー、教養講座など。大人が聴け

「一人が牛の乳首を持ってシューシューッと搾るんだ。残りの四人が牛を持って、上下させるんだ。ポーランドでは大爆笑！」

「また、すごいところの小噺を持ってきましたね」

「ところでブイ・エー……」

「だから、始まっちゃ困りますから」

「じゃあな、こういうのはどうだ。ベルギーの古典小噺だ。この帽子、ドイツんだ？オランダ！」

「そもそもベルギーが出てきませんね。わ、オーディエンス、すごいブーイングが出てますよ。これ、いいんですか？」

「いいんだ、ブーイングが少しぐらい出てもいい。今日は逃げ切る作戦だからいいんだ。だからブイ・エー・アール……」

「あっ言っちゃいますか？」

「言っちゃ良くないけど、残り1分となった。やむを得まい。寄席にブイ・エー・アールが導入されたらなぁ。やはり、サゲの判定で使おうという。サゲを決めた顔をしているけど、実は微妙にはずしたとかいうものをカメラ判定するんだ。そろそろ我々もサゲだから、パスを回すぞ。どうだい、こういうのは。サッカーだけに、小噺

る静かな番組として、眠れぬ中高年に愛されている。

VAR（ブイ・エー・アール）
ビデオ・アシスタント・レフェリー（video assistant referee）のこと。サッカーの試合で、主審や線審の他に、映像で確認する審判員とその制度のこと。

にケリ〈蹴り〉をつける、なんてのは」

「はい、オチてませんね。良かったです。なんとか引き延ばして、あと20秒です」

「じゃあ、関係ない話をするとな。実はサッカーのまくらを作ろうと思っていてな。週休〈蹴球〉二日なんつって……」

「うわっ、そういう角度からきましたか！　キラーパスですね。私の番ですか？　ほら、ブーイングですよ、ブーイング！」

「いいんだ、いいんだ、逃げ切る作戦で。さぁゴールしろ！　さぁ、パスを送ったぞ」

「どうして私にパスを回すんですか！　今度は師匠ですよ！」

「なに言ってる！　今度はお前だ！」

《ピッピッピーッ！》

「はぁ〜、逃げ切った」

ピッピッピー
放送中、実際にスタジオで審判用の笛を吹いた音。

This week's Message theme

プレゼントの応募メールを読みます！

『ゴルゴ13』番外編〜『時そば』暗殺計画

以前は、定期的にレーティング（聴取率週間）というのがあり、その翌週はお約束で「プレゼントの応募メールを読みます」というテーマ。とはいえ、関連があれば自由に作れるので、今回は久米さんが全巻読んだという『ゴルゴ13』の外伝!?

スタジオに入るといろいろな情報が入ってくるんですけれど、久米さんが『ゴルゴ13』を日々読み込んでいる方だとは、まったく知らなかったもので。『ゴルゴ13』は、番外編がたくさんあることでも知られています。番外編がもう一つあったという、そんなお話を今日はお届けできればと思うわけですが。舞台はお馴染みの落語長屋でございまして。


「さあさ、みんな来てくれた。ゲンちゃんも熊さんも、お入りよ。お前もお前だ。お茶を出したりするんだ。そろそろ来てくれると思うからね。あー、悪いねえー、忙しいところ。デューク東郷さん、こちらへお上がり」

「ああ」

「どうぞお座りください」

「座る必要はない。立っていても話は聞ける」

「さすが、そうでございます。どうぞ、どうぞ、前のほうに」

「後ろに人がいると不愉快だ」

デューク東郷
昭和43年（1968）から、小学館で発行されている青年コミック誌『ビッグコミック』にて連載されている、さいとう・たかを作の漫画・劇画作品『ゴルゴ13』の主人公。超一流のスナイパーで、国籍、本名、年齢、経歴などは不明。アニメ化されている。

デューク更家
昭和29年（1954）生まれのウォーキングトレーナー。気功や運動生理学などを

「そうおっしゃらずに」

「早く本題を言ってくれ」

「せっかくいらしたんですから、お茶の一杯でも。どうぞ粗茶でもお上がりください」

「粗末な茶など飲みたくない。人を信用していない」

「まま、ゲンちゃん、早く！　早く！」

「あ、どうも初めまして、デューク東郷さん。一つ握手を」

「その必要はない。利き腕を人に預けるほど、人を信用していない」

「すごいね、まだ、ぴりぴりしているから、喜んでもらおう。ほらほら熊さんも」

「せっかく来てくれてるんだから、シャレの一つでもって。モナコで手をぎゅーっと組んだデューク東郷さんが、手をそのまま上に上げると、デューク更家さんになるって考えたんですけど。どお？」

「どこが面白いのか、まったく分からない」

「ほら、なんか良くない空気に。それあんまり良くないですよ。もっと、『よしなさいよ！』とか笑ったり、『なんだぁ、それは！』とかって言ったり、感情をあらわに」

「私は感情を出すのが得意ではない」


取り入れた独自のエクササイズを考案。平成5年（1993）からレッスンをスタートし、爆発的な人気を博した。その後、日本とモナコを拠点に、講座やイベントを開催。また、ヨーロッパを中心にした世界中の顧客に、ウォーキングの指導を行う。

感情を出すのが得意ではない ゴルゴ13は、冷静沈着で無口。感情を表に出すことは稀で、作中でも喜怒哀楽の表現はほとんど見られず、無表情のゴルゴ13の台詞が「……」と表現されているシーンが多い。

「ほら、お前もなんか言ってやれよ」

「私も？　私も喜んでもらおうかな。デューク東郷さんを笑わしたら、大変なことになるでしょ。ね、私やってみるわ。寝ないでお仕事をしてらっしゃる方ですから、睡眠の小噺を一つ。『ちょっと、ちょっと、お前さん！　お前さん！　起きておくれよ。そろそろ睡眠薬を飲む時間ですよ』」

「気持ちは分かる。でも、笑うわけにはいかない。早く本題を言ってくれ」

「分かりました、分かりました。言いますよ。今回の依頼はですね、落語長屋に厄介なやつがいてね、蕎麦の勘定をごまかしているんですよ。食べに来ては小銭で払うんですが、十六文《もん》でしょ。蕎麦は十六文……」

「文？」

「ああ、江戸ですから、文なんですよ。ひー、ふー、みー、よー、いつ、むー、なな、やー、って言うと、蕎麦屋のご主人に『今、何時《なんどき》だい？』と聞いて、『九つです』と言うと、『十、十一、十二、十三、十四、十五、十六』と。あいつをねえ、やって欲しいんだ」

「だったら、それを最初から言えばいいじゃないか」

「やって頂けるんですか？　ありがとうございます。どうぞゴルゴさん、よろしくお

蕎麦の勘定をごまかしている
落語演目『時そば』の噺の内容にかぶせ、ゴルゴ13に蕎麦代をごまかす客を「やって」欲しいと依頼している。ちなみに仕事を依頼した場合に支払う報酬額は数万〜20万ドルとされているが、アニメ版では300万ドルに増えている。

ゴルゴさん
「ゴルゴ13」はコードネームで、作中では「デューク東郷」または「東郷十三」などと名乗るが、いずれも偽名の可能性が高い。

願い致しますー」

あっという間に当日がやって来る。だんだんだんだん日が暮れていく。ゴルゴはM16を片手に、いつでも出せる状態になっている。夜もしんしんと更けてくる。

「そばー、うー」

ざっざざっざっざ。その勘定をごまかす男が今日もやって来る。

「いや〜、冷えるね、今晩は。的に矢が当たっている。当たり屋、結構でございますね。花巻にしっぽく。ええ、頂きますよ、しっぽく。すいませんねえ。ちゅうちゅちゅ、うん、うまいね〜、ちゅちゅちゅちゅ、はあー、ごちそうさん。銭《ぜに》がこまけえんだ、悪いねえ。十六文だろ。分かってる、分かってる。ひー、ふー、みー、よー、いつ、むー、なな、やー。おっ、ご主人、今、何時《なんどき》だい？」

「サーティーン」

「えっ、十三？　じゃあ、十四、十五、十六」

と、ぷいっと行ってしまう。いつも以上に五文、損をした。そのお客の背中をじーっと見ながら、蕎麦屋の格好をしたゴルゴは
「ああー、俺は勘定〈感情〉が苦手だ」

M16
ゴルゴ13が主に使用する武器は、アーマライトM16変形銃。スミス&ウェッソン38口径リボルバーや、ヘンメリー・ワルサー30・60口径スペシャル、アンシュッツ22口径他、ナイフや弓矢、ダイナマイトも使用する。

花巻にしっぽく
細かく切った焼き海苔をたっぷりと載せた蕎麦のこと。上に散らす浅草海苔が「磯の花」と呼ばれていたから、蕎麦の上の海苔の様子が花のように見えるから、など諸説がある。

This week's
Message theme

北朝鮮についてあなたが思うこと

北町のめ組『ゴルゴ13』〜北朝鮮に思いを馳せて

この週も、この方に登場して頂きました。

北朝鮮は小噺に限ります……。落語長屋が出てくる、ある国の物語が始まったりするわけでございますけれど。


「隠居さん、隠居さん！　大変です！」

「どうしたんだい、八っつぁん」

「北町の、め組の野郎でございますよ。頭《かしら》が変わったじゃないですか。三代目ですよ。先代も結構乱暴だったんですけれど、最近ねえ、世間に火事が少ないって、自ら火ぃつけて回っているって話を聞いて」

「ああ、私も噂は聞いたよ。そんなことされたら、たまんないなあ。先代、二代目も結構乱暴者だったからな」

「私も聞いてますよ。らち〈拉致〉があかなかったって、あれでございましょ？　なかなかあかないらち、聞いてますよ。三代目も結構乱暴で、自らね、そういうことをやりかねないから。今、みんなね、ひやひやひやひや北のほうを見張っているんですよ。風向きがこっちでしょ。そうなっちまうと大変……」

先代、二代目、三代目
先代は朝鮮民主主義人民共和国を建国した金日成のこと。二代目はその息子の金正日総書記、三代目は金正日の三男で、現在の最高指導者の金正恩。

「八っつぁん。興奮するんじゃない。私もね、いろいろ対策は考えているんだよ。だからね、今日はね、実は助っ人を頼んでいるんだ。助っ人！　すまないねえ、忙しいところ。こちらへお上がりよ。どうぞ前のほうに腰掛けてくださいよ」

「いや、座るわけにはいかない。俺の後ろに人を立たせるわけにはいかない。握手をするほど、利き腕を人に預けるほど、俺は人を信用していない」

「今週も登場ですか？　デュークこと、ゴルゴ13さん」

「私に、今日はなんの用だ」

「今日はですね。北町のめ組の三代目がどうしてもやりかねないんでね。なにがって、結構横暴で、気に入らないことがあると威嚇して火をつける、それもちまちまっけるんじゃなくて、爆弾なんてことを言ってるんで、それを一つ食い止めてもらいたいんですよ」

「おうそうか。分かった。私がそれをやればいいんだな。分かった」

「だけどね、急がないといけないんですよ。爆弾っていうくらいだから。今日が北町の記念日だから、9日でしょ、今日。9日に落とすに違いないんですよ。ね、隠居さん」

「なにを言っているんですか。爆弾はね、翌日ですよ。9日じゃありません」

今日が北町の記念日
北朝鮮は平成28年（2016）9月9日、建国記念日に核実験を行ったため、翌年の同日にも核爆弾を発射するのではと、報道されていた。しかし実際には9月3日に6回目の核実験を行っていた。

「えっ、どういうことですか？」

「爆弾投下〈10日〉って言うだろう」

「なにばかなことを言っているんですか。ふざけてる場合じゃないんです。10日はいいんですけれど、11日はどうするんです」

「だからね、私は隠居として考えましたよ。なにか用意しなければいけないと。11日に対応できるように、選りすぐりの、〝火消しのイレブン〟というのを用意したんだ」

「なるほど、〝火消しのイレブン〟を用意しましたか。そういう訳でございましてね、ゴルゴさん、明日、明後日、ってことになりますと大変でございますから、今夜中に〈12〉お願いします」

「お、今夜じゅうに、ときましたか。じゃ、ゴルゴさん、よろしくお願いしますよ」

「サーティーン……」

「いやいや、ゴルゴさん、カレンダーみたいに埋めていくことはないんでございますから。ねっ、よろしくお願い致しますよ」

あくる日になる。今夜中に、なにかを考え動いていたようです。

たったったったーと、八っつぁんが駆け込んで参ります。

「隠居さん、大変です！」

火消し
火災を消すこと、また火災を消す人のこと。江戸の町人たちが担っていた火消しの組織は「いろは48組」と呼ばれた。め組はそのひとつで、文化2年（1805）、力士たちとの間に起きた「め組の喧嘩」で有名になり、歌舞伎の演目にもなった。

「おー、どうしたんだい？」

「爆弾は落ちませんでした！」

「ああ、そうだろう。こっちも噂は聞かなかったけれど、ゴルゴさん、うまくやってくれたの？」

「うまくやったも、さすが、さすが、ゴルゴの親分！　デュークの親分が乗り込んで行ってね、こっちと向こうの組が丸く収まりましたよ！」

「どういうことなんだい？」

「無事に、統合〈東郷〉致しました」

This week's
Message theme

プリンターを買うべきか買わざるべきか、
それが問題だ

アナタ、複合機屋を信じますかぁ〜?

この日は、スタジオに複合機プリンターが置いてあり、「プリンターって必要なのか」というテーマ。そりゃもぉ、サゲに電子レンジは使えなかったのですが、プリンターは使えそう。こういうことは、高座ではできないことの一つなのでやってみました。

彦いち「落語の世界はよく考えたら、紙の台本のない、口伝《くでん》の世界なんですね。だから、速記本っていうのはあるんですけれども、人によって違うので。残らないから語り継がれることもあり、お客さんも会場に足を運んでくれる」
久米「でも、考えたら落語家さんって、つまり、活字で頭に入ってるわけじゃないってのが、面白いですよね」
彦いち「そうですね。物語として入ってますね。
さて、今日のテーマは『プリンター』です。『紙との遭遇』というお話です」

口伝
師が弟子に、宗教、学問、武芸、芸能などの秘事や作法などを、言葉で伝えること。口授（くじゅ）、口訣（くけつ）ともいう。

「誰か来たよ。こんな師走の、もう、こんなせわしないときに。はいはい。えーっと、どちらさんですか？」

「防災対策委員会から参りました」

「なんか、町内会の人かなー？　ちょっと開けますね。はい、はいはい」

「あっ、どうも、どうも初めまして」

「初めまして」

「防災対策委員会と申したんですけれども、あの、今日は、なんでございますね、毎日火を使うときが多《おお》ございますので、一つ、商品の説明だけでもさせて頂きたいと」

「ちょ、ちょ、ちょっと待ってください。ということは、あなた、なんですか、ええ？　セールスですか？　セールスマン？」

「はい、セールスです！　そう言うと、開けてくださらない方が多いもんですから。すいません」

「それで、防災対策って？　そういうの良くないですよ」

「いや、正直に言いますと、今日は実は、プリンターの販売で」

「ちょっと待ってくださいよ。いろんなことが突然過ぎですよ！　なんですか？　プリンターって？」

「中でも、複合機でございます。いや、そんなに嘘はついていませんよ。最近の複合機にはいろんな機能がありまして。いや、防災対策もそうでございますよ。当商品、こちらのパンフレットにいろいろ並んでおりますけど。最近ね、この、消火器つきというのもあるんでございますよ。プリンターから火が出たら、自分で消すこともできるんです」

「そんな、訳の分からないもの、そういうのはいりません！」

「いやいやいや、最近、時節柄というのか、この時期、非常に売れてるんでございいます。この、スキャナーの上がですね、あの、電磁調理器になっておりまして、どうですかねー？　あの、これ、友だちとプリンターを囲んで楽しめるというものでして、いかがでしょうかね？　友だちと熱々の鍋を囲みまして、あの、これ、ヘイブラザーズってところから出ているんでございますけれども。どうですか？　悪くないでしょ。お友だちと仲良く、ヘイ！　ブラザー！」

「あなた、なにしに来たの？　売る気あるんですか、ほんとに？」

「もちろん！　こちらの商品なんかどうですか？　こちらも時節柄の商品でございまして、お友だちと鍋を囲んだ後はもう、ね？　お写真を通信でパッと送ることもできて、便利なんでございますよー。これ、この12月限定の商品でございまして、あの、これを開こう〈赤穂〉とするとキラッ〈吉良〉と光る、『通信蔵』という商品でございます。こちら、いかがでしょうか？　12月14日特売日」

「あの～、ふざけてんですか？」

「いえいえ、なにをおっしゃいますか！　ちゃんとパスワードもあります。当社の『通信蔵』は全部、〝山〟と出たら〝川〟と入力すればいいだけです。いかがでしょう？」

「いりませんよ。そもそもね、私はね、紙が嫌でね、もう。紙を買って来るのも面倒

ヘイブラザーズ
ブラザー工業株式会社をもじっている。同社は明治41年（1908）、輸入ミシンの修理業から始まった企業。昭和7年（1932）、家庭用ミシンの国産化に成功し、1950年代には攪拌式電気洗濯機、扇風機、冷蔵庫などの生産を開始。80年代には情報通信機器分野にも進出し、90年代に小型複合機を開発後、複合機のトップメーカーとして商品開発・販売を行う。

通信蔵
『忠臣蔵』をもじり、「開こう」は赤穂、「キラッと光る」は、吉良上野介、「通信蔵」は、忠臣蔵にかけている。討ち入りが12

だし、もう紙が嫌でファックスを捨てたぐらいなんです」

「あっ、紙が!?　そういう方がいらっしゃるんですよ。そういう方のためには、こちらのほうにこういう商品がありまして。こちら、ご主人さまがいない間もずーっと、紙そのものを作ることができるんでございます。ま、その代わり、上のほうから材料となるパピルスを入れるんでございますけど」

「いりません!　そんなの」

「いらないっすか?　ずっと紙を作れるんですよ?　ええ?　お父さんがいない間でも。あ、商品名聞きたいですか?　聞きたい、そうですか。商品名は、『パパルス〈パパ留守/パピルス〉』と」

「いりません!　お帰りください、お帰りください!」

「なんですか、そういう冷たい言い方はないんじゃないですか」

「さっきから聞いてれば、あなた、売る気ないですねー。さては、セールスマンでもないかー。あなた、なに者なんですか、本当は?　ひょっとして、別のなんかの勧誘じゃないんですか?」

「あっ、私がなに者か、聞きたい?　分かりました。申し上げましょう。

　せっかくなので、私がなに者か、じゃあ、この複合機のこれね、ボタン押しますん

月14日だったことから、「12月14日特売日」としている。『忠臣蔵』とは、元禄赤穂事件を元にした、人形浄瑠璃や歌舞伎の演目『仮名手本忠臣蔵』の通称。

パパルス
文中の『パパルス』に「パパ留守」と「パピルス」をかけている。パピルスは、カヤツリグサ科の多年草で、北アフリカや熱帯アフリカが原産。古代エジプトでは、パピルスの繊維を加工し紙が作られた。英語のpaperの語源といわれる。

で、ええ。（ウィーンウィーンという機械音）これね、あの、なかなかないんでございますよ。私の正体、すなわち、史上初小噺のサゲがプリンターから出てくる。こういう者でございます」

（ウィーンウィーン、ガッタンガッタン）

「だから、あなたは、あなたはいったい、なに者なんですか？」

「はい。（紙がペランと出てくる音）

そこで一言、『あなたは、神〈紙〉を信じますか？』」

This week's Message theme

明日生きるためのモチベーションはなんですか？

モチベーション屋

「モチベーションが上がらない若者が多い」と言われてますが、なんと年配の方でも上がらないご時世。便利になり過ぎてしまったのでしょうか。なにかが足りないくらいがちょうどいいのかもしれません。

まあ、売り声というものがございましてですね。昔はいろんなものを売って歩いたんだそうでございます。金魚売りなんてものは「♪きんぎょー、え〜、きんぎょ♪」。なるほどこれは、風情がありますねぇ。いろんなものがその時代で売られていたんだそうでございます。

時は流れて現代でございます。現代では、あるものが歩いて売られているなんていう、不思議なお話でございます。

売り声
道で品物を商う大道商人などが、客寄せのために商品の名などを大声で言う声、またその文句のこと。

「えー、いかがでございましょうか。いりませんか？　えー、モチベーション売っております。えー、いかがでございましょうか。モチベーション、いかがでございましょうか。モチベーション。いつもだと評判がいいんだけどねぇ。えー、どうでしょう、モチベーション、お、そこのお兄さん。あ、モチベーションに満ち溢れているねぇ。売れないねぇ。えーっと、モチベーションはいかがでしょうか」

「あのー、僕、ちょっと、モチベーションないんです。欲しいんですけど、いくらですか？」

モチベーション
物事を行うにあたっての動機づけ。意欲、やる気。

「おっ、少年だねー。いくつだい？　小学校6年生。おお、モチベーションがないのかい？」

「そうなんです。うち、すっごい金持ちで、全部、あるんですよ。なんか、ないものないのかなーって思ったら、モチベーション？　頑張るモチベーションみたいな？　それがないなーみたいな感じ。モチベーションだけがないんっすよ。で、ないってことはどういうことかっていうと、明日生きていなくてもいいのかなー、だからもう死んじゃおうかなって思ったんすけど、死ぬモチベーションもないので。モチベーション売ってるっていうから、金で買えるんだったらちょうどいいかな、と」

「ほーっ。モチベーションないのね、君。名前は？　まさし君。モチベーション、ないんだ？」

「ない。ないなあ」

「ああそう、欲しいものは全部、手に入って？　ああ、そうかいそうかい。じゃあ、今からおじさんが話をしよう。それによって金額を決めようじゃないか、うん。あるところにね、じゃあ、まさし君ときれいなきれいなお姉さんが、偶然一緒に住んでいました」

「へー、自分の姉さんじゃないの？　ふーん。そうなんだ」

「君が一番きれいだと思うお姉さんと暮らしてることになってんだな。まだ暮らし始めて3日目だ。まさし君、君はお風呂に入っていた。じゃぶじゃぶじゃぶじゃぶお風呂に入っていた。そこにね、ずぶ濡れになったお姉さんが帰って来てねー。『あの、濡れちゃったからお風呂に入っていいかしら?』。そうするとまさし君が『あ、ごめん僕、今上がるから』、『いや上がんなくったっていいの、今からね、あたしが入って行くから』。さささささーっと濡れた服を脱ぎ、すっと下着を取って、『今から入る……』。『ちょっと、今入って来られても、僕今、だって裸ですから』。『いいじゃない、お風呂だからさ、お風呂だから着ていてもしょうがないじゃない』と、すっとお風呂の扉を開ける。今日の小噺は、R15でお届けします」

「僕、12歳だよ」

「今日は特別だ。それで、ぽとん、ぽちゃん、ぽちゃん。音が聞こえる。まさし君、君が目を開けると、そこにはふくよかな、そのきれいなお姉さんの全裸が。『いや、もう、ちょっとやめてくださいよ、お姉さん。僕どうしよう』。『なに、なにを言ってんのよ、まさし君。いつまでもさ、子ども、子どもって言ってる場合じゃないからさ、こういうのを覚えておくといいのよ。ほら、ほら、触ってごらん』。『ええー、そんな。そんなとこ。そんな! そんなあー!』。(手を打つ)はい! まさし君、今日

R15 映画や芝居などの舞台を観覧の際に設けられている年齢制限のこと。また、その区分。「R」はrestricted(制限された)の略。「R15+」は、15歳以上であれば観覧できるとされる。日本の映倫規定により、12歳未満の場合に保護者の助言や指導が必要とされる「PG12」、18歳以上が観覧できるとされる「R18+」がある。

はここまで」

「えーっ！　それ、その後、僕どうなるんですか？」

「そう、その問いこそがモチベーションだよ！　正確には、マスターモチベーションだよ。これは今、言おうか言うまいか、迷ったんだよ。じゃあ、私は行くからな」

「明日、必ずここで待ち合わせだよーっ！」

「ちゃんと来るんだぞー」

「分かった。明日が楽しみになってきた。絶対来るから。もう死ぬモチベーションなんて言わない。明日へのモチベーションが上がってきた」

すーっと行ってしまう。

「えー、モチベーション屋でございます。モチベーション屋でございます。下町のほうがいいな。下町ね、きっとモチベーション下がってるはず。あっ、あのね、首をだらんと傾けたね、パチンコ帰りのあのお兄さんなんかがいいね。え、お兄さん！」

「ちくしょう、負けたー。明日は絶対取り戻すぞっ！」

「ん、なんか、明日へのモチベーションたっぷりだね。下町だったらいいと思ったのになあ。おっ、競馬に負けたあの人、モチベーションないよ。あの人だったらモチベーション買ってくれるよ。あ、お兄さん、ええ、あのね、モチベーション、いかがでしょうか？」

「ちっくしょう。明日はね、大金入ってくるんだ！きっと！　これまで一生分、全部ね、取り返してやるから。大金持ちだー！　なんか用かい？」

「いや、なんでもないです。すごい、根拠のないモチベーションでいっぱいだー。すごいな下町って。こっちのさびれた商店街、なんかいい感じだ。モチベーション下がってるに違いない。えーっと、なんだ？　カレーライスとスリッパと合わせて200円って、めちゃくちゃな商売してんなー。こっちの八百屋は『マッサージ始めました』って手書きの紙が貼ってある。なんだ？　下町って意外にモチベーション高いなー。そうなるとこっちの商売上がったりだなー。駄目だ……。あたしのモチベーションがだんだん下がってきた」

This week's
Message theme

町の蕎麦屋

調子のいい蕎麦屋

諏訪湖ほとりにある『山猫亭』というお蕎麦屋さん。蕎麦はもちろん、カレーライスもうまいんです。町の蕎麦屋さんなんですが、ここの主人はエベレスト街道・カラパタールピーク（５５４５ｍ）に出前を届けた辺境蕎麦屋です。真似してはイケマセン。

打ち上げもお蕎麦屋さんが多いですし、出番の前後で食べるのもやっぱりお蕎麦ですね。浅草の『尾張屋』さんとかに入ると（僕らの楽屋内で「博打蕎麦」といわれているんですけれど）、開けると誰かしらいるんです。先輩だったらごちそうになります。後輩だったら、かっとこっちを向いて「兄《あに》さん、ごちそうさまです！」と言われる。前座の頃、湯島の『更科』に初めて連れて行ってもらったときは、親子丼がうまくてうまくて。お蕎麦屋さんの親子丼がたまらなかったのを覚えています。

いろいろなお蕎麦屋さんがあるわけでございまして。
「いやー、浅草は、いろんな蕎麦屋があって面白そうだなー。あっ、『調子蕎麦』。いいなー。調子が上がってくるような感じだから、この店にちょっと入ってみようかな。どんな店なのかな。やっぱり浅草だから、職人さんがいたりして、中にはシャレの分かる職人さんで『ごちそうさん！　今、何時《なんどき》だい』って、あれが使えるかも。いいねー、あれ一度やってみたいねー。使ってみたいよねー。どうもごめんください！」

浅草の尾張屋
浅草の雷門通りに二つの店舗を構える、幕末創業の老舗蕎麦店。器からはみ出すほど大きな海老が2本入った天ぷらそばが名物。

湯島の『更科』
かつて浅草演芸場の裏手にあった蕎麦店で、現在は閉店。噺家が多く訪れ、彦いちも前座時代に通った。

「へい、いらっしゃい！　あのね、券売機でチケット買って」

「あっはい。分かりました、券売機で。かけ蕎麦で」

「ささささ、座って。あっ、いいなりしてるね。かけ蕎麦でいいの？　かけ蕎麦でね。でも様子がいいからね。一杯やっていったらどうだい？」

「調子がいいんだね。あっ、ひょっとしてその銚子？」

「なに言ってるんですか、お客さん。どうですか一杯、一杯」

「じゃあ、一本つけましょう。なるほど銚子〈調子〉をつけましょう」

「銚子の調子ですよ」

「嬉しくなりますね。気分が上がってきますよ」

「それからね、6月限定の蕎麦をやっているからね」

「えっ、かけとかもりじゃなくて」

「冷たい蕎麦にだしをどろんとかけちゃう、つゆ蕎麦っていうのがある」

「あっ、つゆと梅雨をかけちゃった。うまいですね。じゃあ、それも頂戴致します」

「こちらの方にお銚子。それからね、板わさつける？　嬉しいねー。食べて食べて」

「調子がいいなー、この人は。それじゃあ、頂きます。キュキュキュキュキュキュー。コシがあってうまいですねー」

かけとかもり
「森友学園」と「加計学園」にかけている。平成29年（2017）1月、獣医学部を新設する「国家戦略特区」の事業者に、学校法人加計学園が選定された。しかし加計孝太郎理事長が安倍首相の長年の友人であったことから、特別な便宜があったのではないかと疑われた。「総理のご意向」と記載された文部科学省の文書が発覚するなど、官邸の圧力が疑われたが、首相は関与を否定。「森友学園」問題については224ページの注釈「籠池」を参照。

「いい食べっぷりだねー。噺家さんみたいだね。へい、いらっしゃい！　あ、自民党の団体さん。テーブルに6名。もりとかけ、お願いします」

「えっ、まだ続いているの？」

「ええ、もりとかけ、たっぷりとお願いしますよ。あっ、後ろから、こりゃ東京都の小池さんじゃないですか。どうもいらっしゃいませ。緑のたぬき、今、用意しますね。たぬき、一杯ね。いらっしゃい、いらっしゃい」

「揚げ蕎麦もありますんでね。つゆ蕎麦の前に揚げ蕎麦をぽりぽりってやりながら、キュッキュッてやってください」

「嬉しくなります。調子がいいですね」

「いらっしゃい！　これまたお子さんが。どうぞどうぞ。小さいね。坊や、なに食べる？」

「○△□※～」

「分かんないね。子どもにはどうだい？　山菜〈3歳〉蕎麦というのは？　えっ、3歳じゃない。5歳！　5歳となるとどうかね。分かった！　ちょうど良かった、うちの前のカミさんね、出て行っちゃってね、今の奥さん、いるんだよ。作ってくれるんだよ、後妻〈5歳〉蕎麦って。あっ、子どもには分かんないね」

緑のたぬき
小池百合子東京都知事のイメージカラーが緑色。「化け上手で政治的に信用できない」と評されることから「緑のたぬき」と揶揄された。

「調子がいいね、この蕎麦屋さん」

「どんどん食べて、どんどん食べてー。おかわりいかが。おかわり、おかわり、おかわり、持ってって、持ってってってー」

「調子がいいから食べちゃうね」

「おっ、これは久米宏さんじゃないですか！　海老、二つつけて、海老二つ！　この海老がぬけちゃいけないんだから。サクサクッとしたところをお願いしますよ」

「いや、嬉しいですね。調子が上がる」

「そうだよ、揚げ玉、揚げ玉、揚〈上〉がる、揚がるっていってね。どんどんやってください！」

「キュッキュッキュッ、嬉しいですねー。このつゆ蕎麦、わくわくしてきましたよ！」

「ちょっと待ってください、お客さん、もう一声欲しかったね。つゆ蕎麦だよー、つゆだけにうきうき〈雨季〉ぐらい言ってもらいたいねー」

「うまいこと言いますね。うっうっ、はあー、ごちそうさまでした～」

「はいよ！　お勘定！」

「え、お勘定？　ちょっと……。ちょっと、高過ぎやしませんか？　ちょっと見せて

海老二つ
海老は久米宏さんの大好物。

くださいｏえーこの、南蛮蕎麦なんて頼んでないですよ。おかしいですよ！　これ詐欺〈サギ〉ですよ！」

「分かんないのかい？　お前さんはカモ〈鴨〉なんだよ」

南蛮蕎麦
ネギを「南蛮」と呼ぶのは、江戸時代に来日した南蛮人（スペイン人やポルトガル人）が、健康や殺菌のため、ネギを盛んに食べていたことに由来。蕎麦屋ではネギの入った蕎麦のことを「南蛮蕎麦」、鴨肉とネギが入った蕎麦を「鴨南蛮」と呼ぶ。

This week's
Message theme

白髪、気にしていますか？

染物屋奇談

白髪にも、いろんな意味合いがあるだろうと調べてみたところ、海外に小噺の素のようなものが一つ見つかりました。場面を江戸に変え、サゲの設定もちょっとずつ変えたら、江戸小噺のようになったとか……。

久米「坊主頭。彦いち師匠」
彦いち「ゴマ坊主、彦いちです。あのですね、『この人こう見えて、白髪があるんですよ』っていうような男女がいたら、この二人、怪しいんじゃないかなと、こう、なるんじゃないかと」
堀井「親しい人じゃないと、『抜いて』とか言えないですよね。だって、頭皮を見せるわけだから」
彦いち「例えば、そこで、それこそ白髪の取りっこ始まったら、もう、見てられないっていう」
久米「あら、ここにも？」
彦いち「うっひゃひゃひゃひゃ」
久米「お一つー？」
彦いち「なんて。なんか、そんなね、お話ありそうだなあ～と思ったんですけど、探したら、『イソップ寓話（童話）』にありました。一人の男が、二人の女性を、ま、好きになって、求愛するんですねえ。一人は白髪好き、一人は黒髪好きの、女性だったりなんかする、というお話。これを江戸小噺にすると、どうなるんだろうという試みでございまして。物語が始まったりするわけなんでございます」

イソップ寓話（童話） 古代ギリシャのイソップ（アイソポス）の作と伝えられる寓話集。紀元前3世紀頃に成立したといわれる。その多くが動物を主人公に、人間社会を風刺的に描き、イソップ自身の逸話なども書かれている。よく知られた話として、『アリとキリギリス』、『北風と太陽』『ウサギとカメ』『金の斧、銀の斧』などがある。

染物屋の大旦那でございます。今日も、皆さんの仕事が終わったのを確かめて、表へ出かけようとしている。おかみさんのほうが、

「ちょっと、あなた！　どこに出かけるんですかー？」

「うー、ちょっとね、まあ、出かけるんだから、いいじゃないか、構わないでくれよ」

「いえ、どっかに行くんでしたら、誰か、お供の者をつけさせませんと。これだけの大店でございますから、なにかあったら大変です」

「いいんだ、ほっといてくれ、構わないでくれ。一人になりたいときがあってもいいじゃないか」

す〜っと出かけて行く。仕事ではございません。黒板塀のきれいな家の前まで来て、

「おい、俺だよ。（トントン）俺だよ。（トントン）俺だよ」

「あらまあ、もう。遅いじゃないのさぁ」

お妾さんでございます。

「お入りになってくださいよぅ、もう。お酒がさ、ちゃんとつけてあるんですから。ちょいと上がってくださいい。ご苦労が多いんじゃないですか、旦那。白髪が増えましたねぇ。ご苦労が多いんですね。じゃ、ちょっと、私が取って差し上げましょうか。

染物屋
藍で布を青く染める業者のこと。紺屋ともいう。

黒板塀
柿渋と松煙を混ぜたものを塗装した黒い板塀のこと。粋なものとされ、妾宅の家の塀は、黒板塀と半ば決まっていた。

これ、この辺に……」

「いたっ、痛い、痛い！」

「いいから。そう、そういうふうにすると、若く見えるんでございますから。こうやって白髪を」

「痛いっ！　痛いっ、痛い」

抜いてしまう。そうすると、黒髪が増えていくたびごとに白髪を抜いて若く見せようってんで、お妾さんが抜く。そうすると、黒髪が増えているわけじゃないんですが、まあたくさんあるように見える。すると、店や近所のほうでも、

「最近、あの人、黒髪が増えたよ」

「旦那の髪が増えた。他に女が、若い子がいるんじゃないか？」って、噂になる。

まあそうなると、黙ってはいないのが本妻、おかみさんでございます。

「ちょっとー、あなた、聞きましてよー。なんか、嫌な噂が出てますのよ。そう黒髪がたくさんあるからいけないんですよ。白髪がたくさんあるほうが、押さえが利くってなもんでございますから、こういう黒髪がいけないんですからね。ちょっと、あたし、黒髪抜いていいかしら？」

「なんだ？」

「だから、いいから。あたし、その黒髪を抜いていいかしら？」

ぐぐ、ぐぐっ、ぐぐぐぐぐっ、ぐすっと黒髪を抜いてしまう。

「まーあっ」

ま、この頃のことでございますから、おかみさんも、お妾さんも、毛を抜くと毛根が激しく傷つくということを知りませんので。

もうそりゃあ、おかみさんは黒い髪、お妾さんは白い髪だけを、ぐっぐ、ぐっぐっ、交互に抜いておりまして、あっという間につるっつるになってしまう。まあ、そうなると、お妾さんは愛想を尽かしてどっかへ行ってしまう。おかみさんのほうも口をきかないわけでございます。まあ、毎日見ていれば気にもならないんでしょう。

久しぶりに遊びに来た人が、

「あらっ！　大旦那、どうしたんですかー、その髪の毛！」

「いやもうね、あたしゃねえ……」

「なにをしょんぼりしてるんですか？　なんかまた、しくじったりなんかして？」

「まあ、そんなところですよ。しくじってこの通りね、反省してるんですよ」

「こんな、大店の大旦那がなにをしくじるって言うんですか？」

「うちは染物屋だよ。色でしくじったんだよ」

This week's
Message theme

私、アンチ〇〇です！

オリジノォー（脳）ル

この小噺を元にして、後日一席作ってみました。親子での自然な会話なので、多少無理な設定でもいけますね。不思議議×不思議議は、落語の場合は無理が生じるという経験値。

噺を作ったりする中で、「アンチ・パクリ」ということでやっているのでございますけれども。しかしながら、やってみるとなにかに似ているなとか、ダジャレに至ってはすでにあるものも多く……。音楽でもインスパイアとか、リスペクトとかオマージュとか、いろいろありますね。今日はそんなところが題材になるようでして……。


「おい、タカシ。もう遅いから寝る時間だぞ」

「ええ！　だってさ、自由研究でさ、なにかお話を作って来いと言われたんだけれど、寝られなくって。なにかお話しして」

「お話か。そうだな、父さんが話をしてやるから、それで寝るんだぞ。どんな話がいいんだ？」

「それなら、オリジナル！」

「え？」

「オリジナル」

「いやいや、突然言われてもな。え、それ、そうじゃなきゃ駄目？」

「だめだめ、だめだめ。今もう、この時代そういう流れだから」

「いや、そういうこと言われても。じゃあ、こういうの、どうだい？　父さん、ちょっととっさに思いついたんだけどな。『友情を考える』という難しいテーマで」

「どんな話？」

「あのな、友情を確かめるために、その男は歩いたんだ」

「え、なんていう人？」

「メロスだ」

「それ、パクリじゃん」

「いや、違う。走ったりしないから、オリジナルだぞ。テクテク歩いたんだよ。もしくはゆっくり」

「それは一緒だよー、それ。オリジナル！　オリジナルの話！」

「いや、そう言われると思わなかったな。こっちも寝られなくなっちゃったな。じゃあ、どんな話がいいかな……」

「じゃあ、父さんの話とかして。父さんの話だったら、それ、オリジナルだから」

「なるほど、そうだ。ああ、ああ、そうだな。どんな話がいいかな。父さんの話だったらオリジナルだもんな……母さんとの出会いとか。母さんはな、医者の娘でな」

メロスだ
『走れメロス』の主人公が元ネタ。↓メロスは自身が処刑されるのを承知の上で、友人の元へ戻るべくひらすら走り続ける。「父さん」は、メロスが走り続けるところを歩いたことにすることで、オリジナルだと主張している。

「え！　そうだったの？」

「そう。おりょうさんと言って、まあ自由な女性で、鹿児島に日本初の新婚旅行へ行ったり、その後、京都の寺田屋で働き……」

「いつから父さん、坂本龍馬になったんだよ！」

「うるせえ！　いいじゃないか、父さんの話として……」

「違うそれ！　パクリだろ。パクリ、パクリ！　オリジナルが聞きたいんだよ、オリジナル！」

「うるせえな、コノヤロー。オリジナル、オリジナルって。じゃあな、昔の話でもいいか？」

「いいよ」

「よし、あれはな。父さんが子狸だった頃の話だ」

「え！　新しい！　父さんが子狸だった頃？　あったの？」

「そうだ。父さんがな、子狸だった頃」


まあ、父さんの中にひらめいたんでしょうね。ご存知の通り、脳みその中にはいろいろなものがありまして、ひらめきの右脳、そして言語・計算を司る左脳。そういう

おりょう
京都の寺田屋
坂本龍馬
幕末の志士・坂本龍馬の妻のこと。本名は楢崎龍。天保12年（1841）〜明治39年（1906）。慶応2年（1866）1月24日、伏見の寺田屋に宿泊していた坂本龍馬を狙い、奉行所の役人が襲撃。寺田屋で奉公していた龍馬の妻・おりょうは入浴中に襲撃を察知し、浴衣をまとっただけの姿で龍馬の部屋に駆け込み、危機を知らせたという。

連中が噛み合ったりして、そして言葉として出てくるわけでございまして。今日は、もう一つの幕「脳の会話」が開くわけでございます。

「まっぴらごめんよ！　右脳の旦那！　やり過ぎだよ。いくらひらめいたとはいえ、『俺が子狸だった頃』はないよ。それの後始末するの、全部、俺なんだから。勘弁してくださいよ、右脳の旦那」

「うるせえな、コノヤロー。子どもになにを喋ってもパクリ、パクリと言われてよ、黙っている右脳とは右脳が違うんだよ。コンチキショー。お前だって悔しいだろうよ、サノちゃんよ！　いや、言い直すよ。パクリ、パクリって言われて悔しいだろう、サノさん！」

「いや、サノさんじゃなくて。左脳ですから」

「分かったよ。じゃあ、左脳さんよ、悔しいだろうよ」

「悔しいですよ。悔しいですけど、しょうがないじゃないですか。右脳さん、あなたのね、後始末を私はしなきゃいけないんですから。もう口出さないでくださいよ。私がちょっと行って来ますからね」

サノちゃん
グラフィックデザイナー、アートディレクターの佐野研二郎氏と左脳をかけている。平成27年（2015）7月、東京オリンピックのエンブレムのデザインが、佐野氏の作品に決定。その数日後、ベルギーのリエージュ劇場のロゴと似ているとのパクリ疑惑が浮上。使用例を示した画像の無断転用などの問題も明らかになり、組織委員会が使用中止を決定する事態となった。

「ねーねー、父さん。子狸だった頃、それ、どうなるの？」

「あのな、父さんが子狸だった頃、酒飲みの親父は栓抜きだった。分かるかなぁ」

「父さん、それもパクリだよ！」

父さんが子狸だった頃、酒飲みの親父は栓抜きだった
昭和28年（１９５３）、松鶴家千代若・千代菊に入門。同42年（１９６７）、松鶴家千とせを襲名。漫談の中に童謡を取り入れた「メルヘンの世界」を築き上げた。「俺が昔、夕焼けだった頃、弟は小やけだった……」「分かるかなぁ～、分かんねえだろうなぁ～」のギャグで大ブレイクした。トレードマークはアフロヘアーとあごひげ、サングラス。

This week's Message theme

（音読の前に）「積ん読」調査～まだ読んでない本のタイトル、教えてください！

ここん亭積ん読と

師匠ここん亭新ん書

とにかく本を積んでしまいます。いけません。本は大きささえきっちりと合っていれば、時には美しい本柱になるのです。これが逆によろしくない。なので、この本が積まれないためには、形を球体に変えようかと思ったほど。

彦いち「落語に『左右の上下《かみしも》』というのがあります。このことを『左右学』からなにか結びつけようと思ったのですけれど、まったく思いつきませんでしたね」
久米「左右学は難しくてね、非常に。『君のこと、愛しているよ』というのは左側にね。理屈っぽい話は右側がいい」
彦いち「なるほど。演芸ホールでは？」
堀井「左側中心に」
彦いち「左側というと、下手《しもて》から愛を語る」
久米「エモーショナルな言葉は、左耳がいいです」
彦いち「で、右耳は？」
久米「理屈っぽい話」
彦いち「なるほど。今日は、なんとなく両耳から聞いて頂きましょう。『積ん読』にまつわる、お話が始まります」

ええ。どうも、私、〝ここん亭積ん読〟でございます。うちの師匠が、皆さまご存知の〝ここん亭新ん書〟でございます。次から次へと新しい作品を世の中に出して喜

積ん読
入手した本を読まずに積んでおく状態のこと。「積んでおく（積んどく）」と、愛読、黙読などの「読」をかけた、ダジャレ的な合成語である。

左右学
この日のゲストは、左右学を提唱している埼玉学園大学経済学部教授の西山賢一さん。左右学とは、日常生活の疑問から宇宙の謎まで、あらゆることを「右」と「左」という視点からとらえようとする考え方。左右学を通して見ると、人間の利き手や体のつくり、言葉の起源、素粒子など、バラバラに見えることが、すべてつながっていくという。

ばれているのでございます。先日、楽屋でうちの師匠、新ん書と一緒だったので、『師匠、そろそろあれでございますね。改名して『文庫』になったらどうですか？』と言ったら、怒られました。えらいしくじり……困ったもんでございます。今日も師匠に呼ばれているんで、ちょっと師匠の部屋に伺うことになっておりまして。

「（トントン）どうも積ん読でございます。（トントン）積ん読でございます」

「なんだい。ああ、ようやく来たか。こっちへお入りな。うん、そこ閉めて、座って。座布団に座るんじゃないよ。今日は小言ですよ。お前ももうじき真打だろう。なんですか、うちの一門はみんなすごい頑張っているんですよ。ああ、積んチョウに至っては名人ですよ。積んキョウ、積んスケ。ええ、みんなホールだ、寄席だで沸かしている。どうだい、積ん読。お前は、どうしてお客さんが手を伸ばしてくれないかということを考えるべきなんですよ、本当に」

「すみません」

「〝すみません〟ばっかじゃだめだろう。少しは考えたらどうなんだい。お前の兄弟子にいたろう、客席を凍りつかせる。あれはなんつった？　お前の兄弟子で、ずいぶんともう差が開いたろう」

真打
東京の落語家の最上級の階級。前座、二ツ目と昇進し、十数年ほど修行し、実力、人気ともに上がってくると、真打に昇進。真打になると寄席の最後の出番（トリ）を取ることができる。

「あ、積んドラ〈ツンドラ〉でございます」

「積んドラだ。凍らすだけ、まだましだよ。お前は、そこまでもいってないんだから」

「ええ、申し訳ございません」

「〝申し訳ございません〟じゃないんだ。私だって、一門みんなの面倒は見られませんよ。そして、お前より後輩だよ。あの愛想が悪くて、なんだ？　高座に上がった瞬間にニコッてやる。あれ、なんつった？　あいつにまた抜かれるぞ」

「あ、あの積んデレ〈ツンデレ〉」

「そうだよ。あいつはもう本当にな。いやいや、あいつくらいニコニコする、ツンツンする、そういうのをお前も身につけたらどうだと言っているんだ」

「ええ、申し訳ございません」

「〝申し訳ございません〟はもういい、本当に。少しは、なにか新しいやり方を考えたらどうなんだ」

「新しいことを考えました。いや、考えているのはあるんです」

「言ってみなさい」

「あの……『饅頭もこわい』」

ツンドラ
ツンドラとは、ユーラシア大陸・北アメリカの北極周辺に広がる凍結した大平原のこと。冬は長く氷雪におおわれ、ごく短い夏の間のみ地面の表層が融解し、コケ類や地衣類（菌類の仲間）が生える。客席を凍りつかせる状態と、ツンドラの凍土をかけたダジャレ。

ツンデレ
普段はツンツンと無愛想ながら、彼氏または彼女と二人きりになると、デレッと甘えるさまのこと。

饅頭もこわい
落語演目『饅頭こわい』（197ページ参照）をもじっている。

「なんなんだよ、それ」

「いや、タイトルだけなんですよ」

「積まれるなー、それは積まれる。中身は考えてないのか？　中身を考えなきゃ駄目なんだ」

「いやいや、もう一つあるんです」

「今度はタイトルだけじゃないだろうな」

「あの、大ネタですけれども、『現代の子別れ』というのを考えました」

「おお、これは積まれないか？」

「ええ、積まれないと思うんですよ」

「どんな話だ？」

「親子で出かける話でございますけれど、『おとっつぁんはこれにしておく』なんて言うんですよ。『おとっつぁんは、このオムライスにしておく。お前はなにがいい？』『あたいはあれがいいんだ。カレーがいいんだ』『おお、俺はオムライス、子はカレー』」

「積まれるな。あのな、積まれないことを考えなさいと、私は言っているんだ」

「いや、そうですか。でも、なかなか難しいですね。そういえば、先日、ラジオを

現代の子別れ
落語演目『子別れ』をもじっている。

聴いておりましたら、『三国志のそれから』というものをやっておりまして。ではでは、これはどうでしょう？　『芝浜のそれから』というのは！」

「おお、『芝浜のそれから』というのを、お前が考える。ああ、そうか。それでお前の1ページ目がめくれるのだったら、それはいいと思うけれどもね。それでめくることができるのか。めくってみなさい」

「分かりました。じゃあ、ちょっとめくってみます。師匠、大変です！」

「どうしたんだい」

「めくったら、この通り、私、お開きになりました」

芝浜のそれから
234年、諸葛孔明没後の覇権争いや、三国時代の終焉を描いた内田重久著の『それからの三国志』にちなんでいる。『芝浜』については、138ページ参照。

This week's
Message theme

イニエスタが神戸にやって来る
ヤァ！ヤァ！ヤァ！

寄席に、ここん亭イニエスタがやって来た

日本にイニエスタさんが来るということは、「〇〇に〇〇が来るようだ」というたとえで、ＳＮＳなどでも大いに盛り上がっていたようです。えっと……「社会人落語大会に、人間国宝・柳家小三治師匠がエントリーするようなこと」でしょうか……違う？

これは、池袋演芸場のパラレルワールドのお噺。もう一つの世界ですね。同じような世界なんですが、わずかに違う。そんな世界があるという考え方。そんな物語が、ここにも繰り広げられているわけであります。


「彦いち師匠、どうも！　どうもお疲れさまでございます！」

「今日はなんかすごいね。新聞でも噂だったけれども、やっぱり来たの？」

「そうなんですよ。この東京、池袋演芸場にとうとう来たんですよ！　大変な騒ぎですよ。新聞にも、『ついに移籍！　ここん亭イニエスタ』ですよ、やって来るんですよ！」

「そうとう達者だって噂だけど」

「ちらっと見たのですが、パエリアの食い方が、すんごいうまいですよ。扇子を使って。あれはね、やられちゃいますよ。東京の噺家がかなわない」

「そうか。いや〜、困ったね。でも性格悪いとか？」

「それが、ところがどっこい！　人間も良くできてて」

池袋演芸場
東京都内に4軒ある落語定席の一つ。昭和26年（1951）から営業。持ち時間が長く、マイクなしの肉声で聞けるのが特徴。

パラレルワールド
存在する世界（時空）から分岐し、並行に存在するという別世界。並行世界とも。彦いちの創作落語『つばさ』のテーマでもある。

イニエスタ
スペイン出身のサッカー選手、アンドレス・イニエスタのこと。平成30年（2018）にFCバルセロナから、Jリーグのヴィッセル神戸に移籍。

「実は、噺が好きじゃないとか?」

『私は噺も大好きなんです』って流暢な日本語で。『どれぐらい好きなんだ?』って聞いたら、『三度のメッシ〈飯〉より好き』だって。そんなこと言うやつなんですよ」

「そして、お客さんとのトラブルがあったら全部丸く収める、『ジダン〈示談〉にする』って言うんですから、これはもう、敵なんかいませんよ。」

「そうか〜〜。人間ができた達人かぁ、それは困ったなぁ」

「こうなると、彦いち師匠、どうしましょうか?」

「そうだな、これは全部持って行かれるなぁ。そうなるとこれは……ニチダイジだ」

「ニチダイジって、どういうことですか? 一大事じゃなくて?」

「ニチダイジだ!」

「そうなると、どうなるんで?」

「だからお前ら、ちょっと集まれ。……潰して来い。潰して来い。あとは俺が責任取るから。まくらから潰しに行って来い。あいつ、QBだろ?」

「え? いや、QPに似てるっていわれてるだけです」

「いいから、潰して来い! あとは全部俺が収めるから! なんたって、アメフット〈雨降って〉地固まるっていうぐらいだから。まぁいいから、いいから、行って来

メッシ
アルゼンチン出身のサッカー選手、リオネル・メッシ。昭和62年(1987)生まれ。FCバルセロナのエース。サッカー史上、最高の選手と評される。

ジダン
フランス出身の元サッカー選手、ジネディーヌ・ジダン。昭和47年(1972)生まれ。平成18年(2006)引退。現在、レアル・マドリードの監督。

ニチダイジ
日本大学のアメリカンフットボール部選手による悪質タックル問題のこと。平成30年(2018)5月、関西学院大学との定期戦において、当時の監督らが加害

い！　気にするな。いいか、しっかりやるんだぞ」

「分かりました。行って参ります！」


（場面が変わって）

「行って来ました」

「どうだった？」

「なかなかうまく行きませんで、全部かわされました」

「しかし、なんか俺も、余計なことをベラベラ喋り過ぎたようだ」

「え？　彦いち師匠、それはいったいどういうことですか？」

「いやぁカタルーニャ〈語るに〉、落ちた」


選手に対し、事前に相手選手を「潰せ」と指示したとされる。

QB
クォーターバックのこと。アメリカンフットボールのポジションの一つで、攻撃の中心となる。

QP
キューピー人形。

カタルーニャ
平成29年（2017）10月、カタルーニャ自治州が独立を宣言し、スペイン中央政府はカタルーニャの自治権を一時停止。その後の州議会選挙でも独立が過半数を占め、独立を目指す。イニエスタはカスティーリャ＝ラ・マンチャ州出身。

つまるところ 皺の数とお尻撫デティーか

久米宏

二〇〇六年十月七日、TBSラジオで、新番組『久米宏 ラジオなんですけど』が始まった。

林家彦いちという人物に会ったのは、その初日だった。

初めて顔をあわせた時、「石みたいだ」そう思った。顔全体が小さな岩にも見えた。

毎週土曜日、生放送の番組の中で、その石みたいな男が、落語〜小噺を一席語ることになったのは、番組が始まって五年が経った頃からだった。

生放送のマイクの前で、即席の落語を披露する。これは相当なストレスに違いない。岩石のような額には汗が滲んでいた。

とにかく、落語を語るその環境があまりにも悪い。客が二人だけなのだ。

彼の右隣には美人女性アナウンサー、彼の右前方には僕。この近距離落語観賞には、こちらも慣れていない。

この劣悪な環境の中で、とにかく彦いちさんは、毎週毎週生放送での落語を続けた。それを続けて八年ぐらいになる。一年にほぼ五十回だから、総計四百回というとんでもないことになる。

毎回、小噺といっても一応落語の形をとっている。つまり、マクラがあって、本題に入って、オチがある。

客が二人だけの高座で、四百回の落語をやれと言われたら、ほとんどの落語家は、これを断ると思う。

この四百の演目の中から、珠玉の六十篇ほどがこの本に収められている。脂汗と血と涙の結晶だ。

この本は、一冊六十万円だと言われても、べらぼうに安い、僕はそう思う。やはり、ちょっと高いか。

落語家というものは、実に不思議なもので、

歳をとればとる程、その噺は味わいや艶を帯びてくる。

名人上手と言われた幾多の落語家たち、落語家と言うより、噺家という方が僕は好きだ。

その噺家たちは、語る噺ばかりではなく、

その風貌も、年齢を重ねるにつれ独特の味わいが出てくるのがなんとも不思議だ。

長い間海に出ている漁師さん、頭がすっかり白くなった大工の棟梁。彼等の顔は、これが年季が入ったという事か、そう思わせる味わいに満ちている。

噺家さんも例外ではなく、年齢を重ねたその顔は、どこから見てもこの上なく味わい深い。更に付け加えると、顔だけではなく、その姿も、実に何というか、座布団の上にすっかり馴染んで座っている様子が、これまた魅力に満ちている。

これは一体どういうことか。

長年海に出ている漁師さんは、潮風と太陽に晒されて、次第に魅力的な顔や姿になっていく。組み上げた材木の頂点に座って、家全体の仕上がりを眺めている棟梁も、陽射しや風に晒されて実にいい様子になっていく。

とすると、噺家さん達は、どのようにしていい具合になっていくのか。


僕は、〝風〟だと思うのだ。

風に吹かれて晒されて、顔や姿が、ワビていく、サビていくのだろうと考えている。

噺家たちが身を晒しているのは、寄席の客たちの視線だ。人間の視線は、ある圧力を持っている。僕は昔からそう思っている。

毎日毎日、大勢のお客さん達の視線に晒されている。

これは「視線の圧力」という「風」なのだ。

高座に座っている噺家は、視線の風に晒されている。だから実にいい具合にヤレていくのだ。

彦いち師匠が晒されている風はそれにとどまらない。彼は地球を股にかけた冒険落語家でもある。南米の急流を下り、エベレストに挑戦し、中央アジアで高座に上がる暴挙も果たす。日本国内の数多の清流を訪ね、川面に静かに糸を垂れる。

地球上に吹き渡る本物の風にも、その肉体を晒しているのだ。

林家彦いち師匠は、この夏五十歳になった。

そしてこの冬芸歴は三十年に満ちた。

河原に落ちているような石、そんな風貌が、

最近、只者ではなくなっている、殺気に近いものをはらんでいる。

初めてお目にかかってから十三年、常に増え続けてきた「彦いちファン」の視線に晒されて、ワビとサビに加えて、艶さえも湛えた実に味わい深い、「噺家林家彦いち」の姿になってきている。

目出度い限りの今日この頃だ。

おわりに

バカな小噺におつき合い頂き、心から感謝致します。

実は本のタイトルは、『小噺なんですけど』から始まり、『土曜日の小噺』でほぼ決まりかけていた。しっくりこなかったので、もう一度スタッフみんなで案を出し合ったところ、小噺の一つである「蟬の身じろぎ」をタイトルにというシュールなものから、『小噺力』、『ピンチの時には小噺で切り抜けろ』等々、ビジネス書ふうのタイトルまで候補に挙がった。改めて幅のあるというか、得体の知れない本だなぁと思った。

そんな中、担当編集さんからあの『醒酔笑』をもじって『瞠目笑』という案が出た。通常、分かりづらいタイトルを止めるのが編集さんだと思っていたら、そっち側からやってきた。さすが、とがった本も手がけるパイ インターナショナル。

醒酔でなく瞠目って面白い。そしてPCで変換してみたら、「どうも苦笑」。うはは。愉快。

もぉ、気持ちは瞠目笑でした。検索に引っかかりやすいものを出してゆく世の中で、そうではないものを出してゆく。

新しいものとはそういうものだ。

かのお方も、

「過去を見てみなさい。一見なんだか訳の分からないモノこそが時代を創る。そして意味のないものに意味をつけてゆけ！」

と言ったそうです。誰かが……えっと、すいません、思いつきの……創作です……。

一つお手に取った皆々さまのお力でじわじわっと広がって行ったら、嬉しい限り。

ひょっとしたら100年後、若手劇作家がおじいちゃんの本棚の奥から出てきた『瞠目笑』を見つけて、小噺をアイデアに壮大な戯曲を書くかもしれない。

はたまたその頃の中堅噺家が、

「令和にこんなバカな人がいたんだ、『昭和平成古典落語』に悩んでいるのがバカバカしくなった。今の落語を創ってみよう」

となるかもしれない。


そんな『瞠目笑』。形にするまで大変だった。膨大な文字起こしから始まった。もちろん挫折した。正しくは2回諦めた。

しかしこの度、パイインターナショナルの聡明で寛容な篠谷晴美さん、力溢れる装丁画は鈴木ひょっとこさん、かっこいいデザインの白畠かおりさん、細かな注釈に対応して頂いた平沢千秋さん、バカな小噺の校正にご尽力頂いた加藤良重さん。

うちの弟子のやまびこ、きよひこ、ひこうきの三人も走りました。

そして、毎週目の前で聴いてくださる久米宏さん、堀井美香さん、長年サゲの音を出してくれる副調整室の長谷川和正さん、『ラジなん』スタッフ皆さま、ラジオで聴いてくださっているリスナーの方々、感謝申し上げます。

大勢の方々の力で完成しました。本当にありがとうございます。

また同業の噺家の皆さま、話芸家の方々、既出の駄洒落もありますが、どうぞこの小噺をいかようにも育てて、喋っちゃってください。

その際、「出処は？」と聞かれたら、『瞠目笑』と。

まるで醒酔笑のように……。ふふふ……。

それでは来週土曜日、またお会いしましょう。

林家彦いち

『ネタおろし生落語「彦いち噺」』全小噺リスト

放送日	**小噺タイトル**……今週のメッセージテーマ **★掲載ページ数**	
2011年		
7/2	**ミニスカート由来の一席**……ミニスカートとわたし **★ p.259**	
7/9	……あなたの周りの新人、期待通りですか？	
7/16	**目薬**……不便な時代は良かったなぁ	
7/23	……私の声、誰それに似てるって言われるんです	
7/30	……傷あと自慢	
8/6	……私もイントロ紹介がしてみたい！	
8/13	……私も中継リポーターになりたい！	
8/27	……私たちだけでラジオ番組がやりたい！	
9/10	……10年後の日本、どうなっていると思いますか？	
9/17	**モチベーション屋**……明日生きるためのモチベーションは何ですか？ **★ p.321**	
9/24	……あなたの仕事場に気になる異性はいますか？	
10/1	……時給、いくらで働いていますか？	
10/8	**誓いの縁側**……結婚式どうしましたか？ どうしますか？	
10/15	……バンドやろうぜ！楽器オーディション	
10/22	……リスナー参加型企画第四弾『芸術の秋！バンドやろうぜ！』	
10/29	**あの噺家になりたい!?**……あなたの周りに“この人になりたい”という人いますか？“なりたくない”という人いますか？	
11/5	**15歳デ家裁**……15歳の時のわたし	
11/19	**ホロビッツ寿限無**……BGM指定メール	
11/26	**薩摩天神**……方言で故郷の話をして下さい	
12/3	**大のツキ、小のツキ**……カレンダーと私	
12/10	**超エアー・ちりとてちん**……エアー・クッキング	
12/24	**松竹梅**……久米宏の何でも中継お蔵出し TBSラジオ開局60周年再現ラジオドラマ［開局前夜祭］	
2012年		
1/14	**三方一両損**……ダジャレくだじゃれ～オヤジギャグを言って下さい	
1/21	……年末年始、あなたの移動履歴	
1/28	……表札つけていますか？	
2/4	……尋ね人の時間	
2/11	**失せ物の森**……失せ物の時間 **★ p.055**	
2/18	**粗忽の使者**……尋ねタイトルの時間	
2/25	……尋ね人の時間～ホントに見つかったのかスペシャル	
3/3	**茶の湯**……あ～、まずかった	
3/10	**寄席その時**……明日、あなたは？	
3/17	**悋気の独楽**……占い、信じていますか？	
3/24	……いよいよ新年度。明るい春はやって来ますか？	
4/7	……記憶地図～渋谷スペシャル	
4/14	……記憶地図～渋谷スペシャル・パート2	
4/21	……尋ね人の時間 第二弾	
4/28	……ゴールデンウィークどうしますか？	
5/5	……あなたの金言	
5/12	……待ち合わせ場所、どうしていますか？	
5/19	……金環日食直前緊急アンケート 1）あなたは今回の日食を見ますか？ 2）あなたは宇宙の話に興味がありますか？	
5/26	……あなたのシャツ、メイド・イン・どこ？	
6/2	**古代落語『ん廻し』**……ギリシャと私 **★ p.095**	
6/9	……『番町皿屋敷、プロの役者もう一度やってみようSP』のリスナー出演者オーディション	
6/16	……番町皿屋敷 ギャラクシー賞受賞記念プロの役者ともう一度やってみようSP	
6/23	……私の一番好きな食器	
6/30	……あっという間に半年。この6ヶ月でのあなたの進歩	
7/7	……たなぼた	
7/14	……世界史と私	
7/21	**オリンピック寝床**……オリンピック嫌いなんですけど	
7/28	……ベスト・オブ・つまみ（ビール編）	
8/4	……ベスト・オブ・隠し場所	
8/11	**犬の子ほめ**……ベスト・オブ・年齢	
8/18	……ベスト・オブ・ロンドン・オリンピック	
8/25	……ベスト・オブ・都道府県	
9/1	……9月の目標	
9/8	……新しい話	
9/15	……古い話	
9/22	……面白い話	
9/29	……面白くない話	
10/6	**ミクロの幇間**……6年前の私 **★ p.151**	
10/13	……あなたが番組にメールを出さない理由を教えて下さい	
10/20	……リスナーの悩みをリスナーが回答！ 誰にも聞けないテレフォン身の上相談	

10/27 ……留守番電話限定企画！ 読書の秋、あなたの好きな本の一節を紹介して下さい
11/3 ……文化の日です！ところで・・・ 文化人ギャラってご存知ですか？
11/10 ……ラジオを聴いていて、ふと疑問に思うこと
11/24 ……あなたの好きな小噺、ジョークを教えてください
12/1 ……師走、どうしわす？
12/8 **出馬大家**……投票に行く？ 行かない？ ★ p.066
12/15 ……選挙に関する素朴な疑問に答えます
12/22 ……今回の選挙結果、あなたはどう思いますか？
12/29 ……あのゲストのその後スペシャル

2013 年

1/12 ……人の思い違いを笑おう
1/19 ……あなたの乗っている車を教えて下さい
1/26 ……景気実態調査シリーズ・第二弾『いくらで散髪していますか？』
2/2 **みんなのイエイ！！**……あなたが以前に住んでいた家、今どうなっていますか？
2/9 **染物屋奇談**……白髪、気にしていますか？ ★ p.333
2/16 ……シチューと私
2/23 ……あなたの代わりに見に行きますシリーズ第二弾～人生にはドラマがある。あなたのドラマの現場を教えて下さい～
3/9 ……年度末迫る！ あなたの帳尻合わせ
3/16 ……卒業シーズンです！ それに合わせて運転免許取りますよね？
3/23 ……好きな駅、嫌いな駅
3/30 ……あなたのラジオネームの由来を教えて下さい
4/6 **品売り屋**……あなた、品がありますか？
4/13 ……あなたの周りのスポットライト
4/20 **茶碗蒸しの中心で**……オレんちのレンジ ★ p.171
4/27 **寄席の D ボタン**……地デジ、慣れましたか？ ★ p.192
5/4 **自分生中継**……GW 恒例リスナー中継企画～私は今○○にいます。皆さんも是非、一度足を運んでみてはいかがでしょうか？
5/11 **反アベノミクスケチ小噺**……景気実態調査シリーズ～GW 何にいくら使いましたか？～
5/18 **軽い男**……私が軽に乗る理由
5/25 **ひきとり大家**……長生きしたいですか？
6/1 **出雲八百万の儀**……あなたが最近出席した“式”は？
6/8 **ノンアルコール居酒屋『ゼロ』**……ノンアルコール飲料、YES？オア NON？
6/15 **身代保険金**……父の日直前！ お父さんの保険金いくらですか？
6/22 **実録！歯磨きサロン**……あなたの歯
6/29 **目的眼鏡屋**……メガネは、好きですか？
7/6 **七夕・山羊座の番**……七夕直前！オトナの短冊
7/13 **搭乗口ねじれ**……あなたの周りの“ねじれ”は何ですか？
7/20 **実録、職務質問**……久米宏、声かけ事案で考える～コレって不審者？
7/27 **バブルで残ったもの**……バブルのおかげで…
8/10 **新帽子**……どんな帽子をかぶっていますか？
8/17 **あの頃の勝負 T シャツ**……私の勝負 T シャツ
8/24 **空き地のガソリンスタンド**……あなたの街のガソリンスタンド ★ p.214
8/31 **やかん**……久米おじさんの子供電話相談室
9/7 **パーティの開催地～シリアイからマドリまで**……開催地決定直前！ 2020 年のオリンピック、東京・マドリード・イスタンブールのどこになると思いますか？ ★ p.089
9/14 **おじいさんおばあさんを認めていない昔話**……敬老の日を前に考える。いつから“おじいちゃん・おばあちゃん”だと思いますか？
9/21 **はかもりあきな**……ぼちぼち、墓地の話をしよう
9/28 **役不足スマホ**……あなたは、スマホ派？
10/5 **おしくらショートバージョン**……伊勢と私
10/12 **人生はスポーツ～通勤編**……スポーツの秋ですが、すみません。面白みが分からない競技があります
10/19 **日本の中のアメリカ**……最近のアメリカってさあ…
10/26 **寄席周りの店『気になる・・・』**……この店、何の店、気になる店
11/2 **連休の歴史と重なる私**……三連休、サンキュー？ノーサンキュー？
11/9 **テイク 2 旅会議**……好きな旅番組はありますか？
11/16 **一生モノ屋**……秋なのに飽きがこない！ 一生モノ、持ってますか？
11/30 **シェフが気まぐれ洋食店**……ハンバーグ？ オムライス？ それともエビフライ？ それとも…？ 洋食メニューの王様はこれだ！
12/7 **俺達!?　一匹狼だ**……あなた、何グループに属してますか？ ★ p.240
12/14 **アナタ複合機屋を信じますかぁ～？**……プリンタを買うべきか、買わざるべきか、それが問題だ！ ★ p.315
12/21 **ウチディナーショー**……ディナーショーと私
12/28 **違ウ読ミ、山号寺号2013**……あなたの 2013 年を、漢字“二文字”で表してください

2014 年

1/18 **妄想和食**……キング・オブ・和食はコレだ！
1/25 **富山の姉妹都市ブローカー**……高校サッカー北陸対記念！ 石川県と富山県、好きなのはどっち？
2/8 **こたつ妄想曲**……こたつについて考えてみよう
2/15 **ロシア、アネクドート集**……おとなりの国、ロシア
2/22 **すべてを飲み込む東京ってさー**……東京ってさぁ…
3/1 **暗算長屋**……『消費税増税まであと 1 ヶ月。駆け込みで何か買いましたか？』
3/15 **余計なひとことクリニック**……余計な一言 ～私の舌禍事件～
3/22 **松竹梅　堀井生誕版**……あなたの好きなトリオを教えてください

4/5	**噺家CM太鼓持ち**……あなたの好きな会社
4/12	**浮世床現代版**……あなたの好きな将棋の駒
4/19	**長屋ドライブ川柳**……あなたの好きな高速道路
4/26	**小銭長屋**……あなたの好きな小銭
5/3	**妄想図書館**……GW妄想旅行 ★ p.072
5/10	**長良川にてピーク**……我が人生のピーク
5/17	**スポーツ掛け声**……ひいきのチーム、ひいきの選手
5/24	**漫画落語メディアミックス考察～初天神編**……漫画と私
5/31	**サバンナのシロウサギ**……私とコートジボワール ★ p.265
6/7	**ワールドカップ深夜便**……そりゃね、サッカーは好きだけど…
6/14	**ぞろぞろ～ドログバ編**……必勝願掛け！ 日本が勝つように、私、○○します！
6/21	**落語をコロンビアに伝えた男**……コロンビアと私
6/28	**ブーイング指南所**……パブリック・ブーイング
7/5	**鮎エサ道**……週刊○○道
7/12	**あのバンの夜**……ラジオなんですけど、ちょうど400回なんですけど
7/26	**小噺リペア**……修理天国～直しながら使っているもの、ありますか？
8/2	**気になる長屋**……もっと気になるニュースは…あります！
8/9	**山号岳号**……私がなりたい山
8/16	**無茶ぶりおてんとさま**……恒例・リスナー中継企画 私は今○○にいます ～ みなさんも、一度、足を運んでみてはいかがでしょうか？
8/23	**2014怪談～口が裂け噺**……書き出しシリーズ～誰かが言ってたんだけどさぁ…
8/30	**雑俳リスタート**……日本リスタート ★ p.186
9/6	**第一回先輩風選手権大会**……秋風立ちぬ～あの人の先輩風
9/13	**こども交通教室・妄想ドライブ**……秋です！3連休です！～妄想ドライブ
9/27	**長屋の八っあんの独り立ち**……私の独り立ち
10/4	**親の〈実録〉なれそめ**……親のなれそめ
10/11	**彦いちの懐かばん誕生物語**……♪いやん かばん んふふん。手提げ、ショルダー、リュック…。あなたは何派？
10/18	**川くだりから見える風景…** ……川とあなた
10/25	**久米宏オンエア後の妄想人生**……妄想人生
11/1	**彦いち芸大で試される**……《文化の日》直前。…あなたの生活、『文化度』は高い？ 低い？
11/8	**彦いち小噺ハードディスク**……いつ見るの？ 今じゃないでしょ！～録画したけど見てない、消せないTV番組
11/15	**土佐のやぶれ傘女**……最近、交わした会話
11/22	**古典落語の夫婦は果たしていい夫婦なのか**………いい夫婦の日～あなたの周りの、いいとはいえない夫婦、教えて！
11/29	**天国上映会議**……日本映画の話をしよう
12/6	**先送り協会～いつやるのか？ そのうち！**……決断しました！ 私も先送りします！ ★ p.198
12/13	**最後のお願い～海産総選挙**…海産総選挙～海の幸ナンバーワン決定戦！ ★ p.208
12/20	**吉例 漢字二文字～山号寺号廻し2014**……恒例！ 今年の漢字二文字
12/27	**白やぎさんへ再送信～まどみちおさんのひつじにきいた**……再送信！ あの読まれなかったメールをもう一度！ ★ p.156
2015年	
1/10	**山手線間の駅**……あの駅と私～我が心のキーステーション ★ p.290
1/17	**20年後からふりかえる**……1995～2015 私のこの20年
1/24	**エベレスト街道決意24日**……そして、私のこの24日間
1/31	**音声認識先回り**……頭にくる機械、カチンとくる家電
2/7	**答え『驚いて絶句した』の噺**……リスナー・パーソナルクイズ『その時、自分はどうしたでしょうか？』
2/14	**高座の代用**……あ、その手があるじゃん！ ひらめき代用品
2/21	……帰ってきた、ほぼ『ぴったしカン・カン』2015
2/28	**ういろうこわい**……プレゼントの応募メール、読みます！
4/4	**余談ですが、うちの息子は**………書き出しシリーズ～余談なんですけど
4/11	**k-長屋**……軽自動車と私
4/18	**裸は勘弁**……春の装い～その服装はNGでしょう!?
4/25	**祝いアミーゴのし**……消費実態代調査『お小遣い帳をつけてみよう！』
5/2	**カトマンズからの手紙・センメンキー**……プレゼントの応募メール、読みますII
5/9	**つらら女房**……祝・ラジオ福島、番組ネット開始記念 ～ 福島と私
5/16	**ラジなん披露口上**……文末シバリ～くれぐれもご内密に
5/23	**やる気ない噺シリーズ・三つの設定**……私の『五月病』～やる気ない人大集合！
5/30	**数と彦いち（hi-ha）**……とても気になる「数値」
6/6	**ここん亭積ん読と師匠ここん亭新ん書**……「積ん読」調査～まだ読んでない本のタイトル、教えてください！ ★ p.344
6/13	**音読医者～音読サゲ尻餅～**……晴耕雨読～たまには音読してみよう！
6/20	**ニコイ長屋**……プレゼントの応募メール読みます、シーズンIII
6/27	**ある青年の18歳（仮）**……私の18歳
7/4	**孤立限界高座**……アメリカ独立記念日記念～あなたは『独立』してますか？ もしかして『孤立』？
7/11	**人情懲りない落語長屋**……打たれ強い私～もっと懲らしめて!?
7/18	**テレビで見たsimロックフリー噺？**……テレビで見たんですけど…
8/1	**蟬の身じろぎ**……夏休み、身動き取れません！ ★ p.014
8/8	**たとえ医者**……たとえてみました、たとえてみましょう！『たとえ話』のメールを送ってください
8/22	**妖精長屋～猛暑の精～**……みんな、猛暑のせい！
8/29	**オリジノォ（脳）ール**……私、アンチ○○です！ ★ p.338
9/5	**胡蝶蘭デモ…** ……プレゼントの応募メールを読みます
9/12	**659で！マイナンバー!? なんですけど**……Aさんの話なんですけど

9/19 **ロージンとハイジン**……敬老の日を前に～老人と××
9/26 **三ヶ月の神様**……前略 今年も残り３ヶ月です。
10/3 **hikoichi in NY 小噺、タマスダレ**……番組10年目突入記念！ 公開生放送＠カーネギー
10/10 **前座千日開放!?**……私だって五郎丸！ 流儀・ルーティン、こんな風にやってます
10/17 **マトリョーミン小噺～円蔵師匠は永遠に**……あのぉ…、これって私だけじゃないですよね？
10/24 **高座の上から見たお客席社会の窓**……みんなはどうしてるんだろう？ ラジオなんですけど実態調査《社会の窓》
10/31 **花魁キーワード**……プレゼントの応募メールを読みます！
11/7 **後悔（くい）のない家**……久米家内装工事完了記念～直すならあそことかあっちも…、我が家の経年劣化
11/14 **東西楽屋事情～桂春團治～**……11/14は『関西文化の日』～あなたが使っている関西弁、教えて！
11/21 **A nude story on TV, 1 page of youth**……11/21は『世界テレビデー』～私、テレビに出たことがあります
11/28 **舞ナンバー**……マイナンバー狂想曲～届きましたか？ 心配なことはありますか？
12/12 **怖いこわぁい昔噺**……祝・ワイドFM開局記念～真冬の怪談スペシャル
12/26 **A案B案！吉例・2015山号寺号**……プレゼントの応募メールを読みます！

2016年

1/9 **黄めだか**……成人の日直前～私が20歳だった頃の曲リクエスト
1/16 **真打センター試験**……好きな『センター』
1/23 **史上初!? 量子!? 小噺**……自主トレ、始めました ★ p.253
1/30 **謝罪の神様に謝らず**……生放送で謝罪します
2/6 **先物買い鑑定団～先物貝～**……将来期待してます！ 私の先物買い
2/13 **噺家架空沖縄中継**……2/13は『世界ラジオデー』～ラジオの話をしよう
2/20 **落語長屋の登場人物スポットライト!!**……あなた自身にスポットライトスペシャル
2/27 **量子から牛の乳ニュートン**……プレゼントの応募メールを読みます
3/5 **長屋の花見～ピンチヒッターの大根のつぶやき～**……ピンチヒッター頼みました・頼まれました
3/19 **墓穴家族**……お彼岸といえば墓穴ですが、墓穴を掘った話
3/26 **連鎖する!? 空の祝儀袋**……思い出の反面教師
4/2 **妖怪猫又退治**……越後一会～新潟とおめさん
4/9 **ミスを犯した小噺懺悔**……この「ミス」がすごい！～あなたの大失敗を大募集
4/16 **デフレ・インフレ漫才**……生活実感調査 デフレ？ インフレ？ あなたの実感はどっち!?
4/23 **下町コメンテーターのマクラ**……テレビのニュース番組をみんなで斬ろう！
4/30 **私アンケート**……プレゼントの応募メールを読みます
5/7 **男と女の考察小噺**……僕の中のメス、私の中のオス
5/14 **シンプルライフ動物園物語**……ようやく手放したもの、そろそろ手放したいもの
5/21 **後世な第三社～噺家編～**……私の公私混同 発表しますぞえ
5/28 **新メンバー大喜利！～スピーチライター彦いち編～**……オバマ大統領の広島訪問
6/4 **神宮の森の声～知事編～**……私の好きな武将
6/11 **しょうがない寺**……諦めないで考えよう 安倍政権、あなたはもういい？まあいい？
6/18 **バロメーター屋**……景気実態調査 ～ あなたが景気の良し悪しを判断しているバロメーターは？
6/25 **小噺下げとアイデア考察**……プレゼントの応募メールを読みます
7/2 **国際耐久サウナ**……私、離脱しました！ ★ p.033
7/9 **農作物最後のお願い**……私からの最後のお願い
7/16 **寄席の窓から永六輔さん、合掌**……永六輔さんの思い出
7/23 **スナック束の間**……祝・広島カープ前半戦首位記念 束の間だったこと
8/6 **生ゆえの事件簿**……生放送の良いところ・悪いところ、教えてください
8/13 **体内私中継**……お盆休み リスナー生中継スペシャル～私は今○○にいます
8/20 **初試みメッセージの落語化**……私の事件簿2016夏 みんな暑さのせい！
8/27 **東京オリンピック新種目「寄席演芸」**……東京オリンピック 私の提案 ★ p.167
9/3 **架空中継～謝楽祭～**……プレゼントの応募メールを読みます
9/10 **大橋巨泉的OK屋台**……大橋巨泉は何者なのか？
9/17 **往年プロレスラー長屋**……この人いくつだっけ？ 思わず年齢を検索したくなる人 ★ p.141
9/24 **魚群自ら移転市場**……築地市場の豊洲移転問題に一言 ★ p.119
10/1 **振り返り小噺そして要望**……10周年感謝スペシャル～あなたのご要望にお応えします！？
10/8 **十年の主張**……この10年、我ながら成長したなぁ…
10/15 **議席の念！**……あなたの地元の地方議会
11/12 **大統領名人会～伝説興行師～**……好きな大統領
11/19 **トランプ酉の市**……みんなトランプのせい？ あなたの暮らし、どう変わりそう？
11/26 **運転免許へんのうじの変**……私と、私のまわりの高齢ドライバー ★ p.023
12/3 **2016年反省クルージング**……今年の後悔、今年の失敗
12/24 **よろずおもんばかり屋**……声に出して読めないメール、送っていただけませんか？安心してください、黙読します！？
12/31 **吉例!? 山号寺号。2016**……大晦日。今、何していますか？ ★ p.270

2017年

1/7 **方言翻訳人力車**……今年の抱負、お国訛りで大放言！
1/14 **昔話身体検査**……こうなったら「おじいさん」、ああなったら「おばあさん」～高齢者の定義、私の提言 ★ p.285
1/21 **いろはトランプ**……トランプ大統領で、どうなるど？ ★ p.100
1/28 **冷蔵庫賞味期限切れ対局**……発掘!? 冷蔵庫に眠る賞味期限切れ食品 ★ p.181
2/4 **野生と野菜の勘**……私にもある『野生の勘』
2/11 **祝！ 春会議**……私、春がきます ★ p.176
2/18 **友達情話**……友だちいますか？
2/25 **『ら』はいいね！**……春の宿題～友達に「ラジオ聞いて」とすすめてみたら、何がどうしてどうなった？
3/4 **気になるワード小噺 vol.1！?**……プレゼントの応募メールを読みます！

3/11	**水音スケッチ〜かっぱの親子**……3月11日、6年が経ちました　★ p.244
3/18	**再配達現状をCMに〜サゲ再配達〜**……私の宅配生活
3/25	**どんどん忘れるみょうが玉！　ラジオショッピング**……ラジなん白状委員会 私も記憶違い　★ p.249
4/1	**長屋の花見三分咲き〜アイテム奮闘編〜**……リスナー桜中継、〆は一句で
4/8	**噺の大盤ふるの舞**……たまには大奮発！ …なのに残るケチ根性
4/15	**落語長屋自己紹介の巻**……春です、あらためて自己紹介メールをどうぞ！ 結びはあなたの欠点・短所で
4/22	**私小噺〜旅立ち編〜**……きょう、あなたは、誰と何分、会話しましたか？
4/29	**耳かき三部作〜久米宏編、みみん党編、彦いち編〜**……プレゼントの応募メールを読みます
5/6	**妄想旅館**……GW 妄想プラン　そして、悲しき実態…
5/13	**わたり鳥のブリジット**……フランスと韓国で新大統領　あなたが気になっていることは？
5/20	**新聞記事**……新聞、何を熟読してますか？
5/27	**市場最大世紀の一戦！**……市場最大の二択　築地か豊洲か、あなたならどっち？
6/3	**なかったことに共和国**……なかったことにした話
6/10	**進退伺の神様**……進退伺、私も出してみたい！？
6/24	**返上よろず承り処**……プレゼントの応募メールを読みます
7/1	**どっち勝った？噺**……2017年前半戦も勝ったり負けたり…。あなたは、何に勝って何に負けたと感じていますか？
7/8	**記憶の階段〜14歳編〜**……私の14歳
7/15	**私の73歳！　寄席風景**……私の73歳　★ p.105
7/22	**アリ長屋**……夏本番！ 〜ムシできない虫の話
8/12	**免許取得中継〜大型二輪編**……お盆リスナー中継〜帰省先から、行楽先から、今の様子をレポートしてください！
8/19	**科目引き取り屋**……私の得意科目、苦手科目
8/26	**畑違いの講談！彦いち農場の決闘！！！**……年も実りの秋は来るのかな？　YESかNOか、農家に聞いてみよう
9/2	**『ゴルゴ13』番外編〜時そば暗殺計画**……プレゼントの応募メールを読みます　★ p.305
9/9	**北のめ組ゴルゴ13〜北朝鮮に想いを馳せて**……北朝鮮についてあなたが思うこと　★ p.310
9/16	**林家彦いち物語早春編予告編**……『久米宏です』出版記念〜あなたの人生をドラマにするなら、あなた役は誰に演じてもらいたい？
9/23	**大砂嵐金太郎と彦いち**……大相撲と私
9/30	**昔噺のように政治を…**　……風俗を語るように政治を語ってみよう
10/7	**最後のたなこ**……祝・番組12年目突入！　番組の最後に読むメールを大募集
10/14	**ポートランドから電話中継**……たとえ排除されるとしてもあなたは踏みますか？　踏みませんか？　踏み絵の話
10/28	**移動型店舗彦いち**……恒例！ プレゼントの応募メールを読みます
11/4	**コンビニ深夜の寄り合い**……コンビニと私
11/11	**イチイチひと目上がり**……イチイチイチイチ…の書き出しでメールを送ってください！　★ p.221
11/18	**国際社会性会議〜楽屋世情編**……私が社会人を自覚したとき
11/25	**神保町オビ砂漠**……好きな本や読んだ本、その本の『帯』を考えてください
12/2	**警報音スケッチ**……車のクラクションや自転車のベル、あなたはよく鳴らす方？
12/9	**バー・残業**……残業と私★ p.062
12/16	**預金残高家族！　残高探訪**……リスナー国民調査 アベノミクス5年〜貯金は増えましたか？　★ p.231
12/23	**キス恐い**……○○が××にキスをした！
2018年	
1/6	**寄席正月再現音スケッチ**……正月音スケッチ
1/13	**寄席外国人向け昼公演**……私の2018年問題　★ p.235
1/20	**ヨイショ十段！志ん駒師匠**……思い出したくもないあの試験
1/27	**冬の富士樹海単独キャンプ優しさ補給**……私も私でひとりいぐも
2/3	**寄席の自然災害中継**……自然災害のまっただ中にいました
2/10	**実録池袋西口一万円事件**……なんとか、理性で抑えています
2/17	**課税長屋**……佐川長官への手紙 〜 税金について語ろう
2/24	**省内某競技大会！**……平昌 vs 中継対決 どっちを観ていますか？　★ p.111
3/3	**保守か革新か、それが問題だ**……考えたことある？ あなたは、保守？ それとも革新？　★ p.051
3/10	**国税局代役〜好きが高じて隙だらけ〜**……〜好きが高じて○○〜
3/17	**先輩後輩旅仕事**……〜あんな先輩、こんな後輩〜
3/31	**話を詰めるサロン ヒャクヨンジュ**……久米の居ぬ間に 気になったニュースや出来事を140字でまとめてください
4/7	**春！高座のつまづき**……新年度　早速！…つまづいています
4/14	**副業安定所**……私も二刀流　内職や副業で小遣いを稼いでます
4/21	**人手不足で足手まとい**……実態報告　ニッポンの人手不足
4/28	**OK Google！いらない！？いや欲しい**……プレゼントの応募メールを読みます
5/5	**夢告！？法然上人**……GW、お金を使わずに楽しみました。私はお金かけて楽しみました。
5/12	**実録！　脱走！　新聞奨学生**……大脱走・小脱走　★ p.226
5/19	**変わってゆくものそうでないもの**……建てるとか壊すとか寂れるとか。気がつけば街並みが様変わり
5/26	**寄席に、ここん亭イニエスタがやって来た**……イニエスタが神戸にやって来るヤァ！ヤァ！ヤァ！　★ p.350
6/2	**移住家族計画**……うちは○○家族です
6/9	**キャスター＠前座制度**……TVのあのニュース番組、ここが気にくわない
6/16	**役に立つ！？ 落語協会白書**……会社、お役所、ママ友グループ…。日本の組織あるある
6/23	**一週間いろは唄**……めげずに、プレゼントの応募メールを読みます
6/30	**パス回し！ アディショナルタイム小噺**……ワールドカップを見る理由・見ない理由　★ p.300
7/7	**弔い〜遠い親戚〜追悼歌丸師匠ぉ**……遠い親戚
7/14	**祝！鶴亀松74歳の頃**……私の周りの74歳
7/21	**ハチマキすると？　小噺そして芝浜**……ハチマキと私　★ p.135
7/28	**ここで一句『暑い』使わず廻し！**……この猛暑に一言

8/4	**2020年夏！そのとき寄席は賛成？**……今一度聞きます。東京オリンピックに賛成ですか？ 反対ですか？ ★ p.042
8/11	**そりゃ行かなきゃわからない！**……プレゼントの応募メールを読みます
8/25	**女性職人 in 古典落語**……実態報告　うちの職場の女性たち
9/1	**八郎太郎ラウンジ**……秋田と私
9/8	**毒入りまんじゅう怖い～探偵対決！～**……好きな名探偵
9/15	**運動会寝床**……まだ辞めないで！と言いたい人、もう辞めて！と言いたい人
9/22	**サゲ制覇長屋**……私は○○を制覇しました！
9/29	**実録　座間味脱出の巻**……沖縄と私
10/6	**低みコンビニ**……景気実態調査～来年10月から消費税を10％に引き上げ…て大丈夫 ★ p.019
10/13	**彦いち動静**……秋の食生活動向調査　ある日の食事、10/9（火）
10/20	**読みかけ図書館**……読書の秋 読みかけ感想文
10/27	**秋の泥棒**……恒例！ プレゼントの応募メールを読みます！
11/3	**前座解放会見**……文化の違いを感じました
11/10	**砂が溢れ落ちるか確かめる研究所**……たとえば、クルマの話、カープの話… ラジオで聴いていて、あなたが興味をもてない話題、教えてください
11/17	**外国人初真打！　シバいち師匠**……あなたの周りで働いている外国人
11/24	**師匠2.0～進化編～**……私、ここが進化したい
12/1	**割烹『みか』閉店前！**……街で気になる看板・広告
12/8	**隠居アップ**……リスナー緊急調査！ カーナビ、ノースアップにしてますか？
12/15	**極秘元号会議**……今年の漢字二文字2018
12/22	**しょう天！！ 2018**……今年亡くなったあの人の思い出
2019年	
1/5	**変形長屋**……もちろん！ おもちの話
1/12	**おしくらまんじゅう怖い**………防寒具自慢2019 すこ～しも寒くないわ
1/19	**追悼『いだてん』横田順彌ダジャレ編**……『いだてん』見ましたか？～大河ドラマと日曜・夜8時 ★ p.128
1/26	**蜃気楼祭囃子。**……東京オリンピックの招致疑惑に一言 ★ p.115
2/2	**伝説のスタイリスト『ソデエリヒザ！』**……職場でのあなたの服装・身だしなみについて
2/9	**純喫茶 tea ポイント**……これは信頼できる！ 私の基幹データ ★ p.083
2/16	**ぽつんと果実の一軒家税**……税金と私
2/23	**親友からの贈り物～普天間から辺野古**……家の中に何を飾っていますか？
3/2	**沖縄の妖精～将棋編！?**……沖縄県民投票に思うこと
3/9	**企業エンターテインメント『六つにする会議』**……お世話になった人、ベスト6！
3/16	**実録！ 噺家ノ詐欺！?**……実録・振り込め詐欺やアポ電、そのとき私は……
3/23	**りゅうずバーへようこそ……**……腕時計をしている理由 ★ p.145
3/30	**帰ってきた花咲かじいさん**……あなたは、今、何分咲きですか？
4/6	**とろみアップ in スーパー**……この春の『値上げラッシュ』にひとこと！
4/13	**あぶれた学園！**……4月から変わりました！ でもまだ慣れません…
4/20	**体内24時間革命！**……24時間営業と私 ★ p.295
4/27	**未来中継～彦いち30周年記念落語会的な～**……リスナー生中継！ 10連休初日のリポートお願いします！
5/4	**架空一門！選手権～登れるか～**……こどもの日直前・緊急特集！ 鯉は昇るのか？
5/11	**使わせぇお化け**……リスナー消費動向調査 10連休、いくら使いましたか？ ★ p.161
5/18	**ハイブリットだるまさんが転んだ**……スポーツ、ルールルル～ このルールがわかりません！ ★ p.028
5/25	**トランプ唄廻し**……国賓・トランプ大統領に捧げる歌
6/1	**申し込んでねぇ者いねぇかぁ～**……オリンピックのチケット、申し込みましたか？
6/8	**調子のいい蕎麦屋**……町のそば屋さん ★ p.327
6/15	**老後オブ・ザ・リング**……老後資金2000万円、どうメドをつけますか？
6/22	**大相撲永田町場所**……あれもそれも無かったことにするつもり!?～政治の言葉 ★ p.078
6/29	**気になるできごとK20**……気になっている世界の出来事 ★ p.280
7/6	**出雲楽器結びの神**……あきらめた楽器 ★ p.046
7/13	**相応天神**……久米宏、誕生日直前記念！ あなた、年相応ですか？
7/20	**選挙町演芸場の楽屋**……参院選“超”入口調査 あなたは投票に行きますか？ 行きませんか？ ★ p.038
7/27	**いい湯加減を考える会**……ぬるま湯甲子園
8/3	**契約書のない契約～噺家編～**……契約書のない契約
8/17	**人間遺産ファミリーヒストリー 2070**……お盆をきっかけに聞いてみよう！～私のファミリーヒストリー
8/24	**神宮の森の虫長屋**……I want you 昆虫!? 好きな虫・嫌いな虫
8/31	**駆け込み寺　ぱぁせんてい寺**……消費税8％もあと1ヶ月、あなたは…
9/7	**ギャンブル学園　黒か白か!?**……あなたはギャンブラー？
9/14	**ドキュメント彦いち　ところどころで膝栗毛**……ラジオご長寿の集い～最年長リスナーはどなた？
9/21	**闘い！　スタジアム前**……スポーツ観戦、私の流儀

※2011～2013年前半まで、小噺のタイトルは未設定でした。

○この本は、TBSラジオ『久米宏　ラジオなんですけど』内のコーナー『ネタおろし生落語「彦いち噺」』を書籍化したものです。

○脚注に記載したデータについては、2019年9月現在のものです。

【コラム執筆】

久米宏｜くめひろし

1944年、埼玉県生まれ。67年に早稲田大学卒業後、TBS入社。79年TBSを退社してフリーに。

稲原誠｜いなはらまこと

構成作家。1963年東京生まれ。大学在学中にクイズ番組の問題制作のアルバイトから放送業界へ。ラジオ番組の構成では30代で立川志の輔師匠に遊んで頂き、その後テレビでは徳光和夫さんと長くウルルンなど。40過ぎて久米宏さんの番組と出会い、以後林家彦いち師匠一筋に50代の週末を楽しく過ごす。落語を愛した演芸評論家の故馬場雅夫氏は義父。

ブックデザイン：白畠かおり
装画・挿画：鈴木ひょっとこ
注釈本文：平沢千秋
ライティング：佐藤美智代　竹川有子
校正：加藤良重
校正協力：佐藤美智代
編集：篠谷晴美
協力：TBSラジオ　オフィス・トゥー・ワン

Special thanks：『久米宏　ラジオなんですけど』制作スタッフ

プロデューサー	中村健吾　池田卓生　橋本吉史　野上知弘　近藤夏紀　坂元敏也
チーフディレクター	長谷川和正
ディレクター	星迅人
テクニカルディレクター	斎藤守
アシスタントディレクター	長谷川愛
構成作家	山本善浩　稲原誠　望月佐一郎　居安豪
TBSラジオ 編成局 事業部	石山大輔

林家彦いち｜はやしやひこいち

1969年生まれ。鹿児島県出身。89年に初代林家木久蔵（現・木久扇）へ入門。
93年に二ツ目に昇進。2002年に真打昇進。現在までに数々の賞を受賞し、新作の落語も数多く手がける傍らで、海外での落語会にも英語で精力的に参加。04年、春風亭昇太、柳家喬太郎、三遊亭白鳥らと結成した『ＳＷＡ（創作話芸アソシエーション）』の活動は、後の「落語ブーム」や現在の落語会隆盛のきっかけとなった。著書に『楽屋顔－噺家・彦いちが撮った、高座の裏側』（講談社）、自作の創作落語「熱血怪談部」を絵本化した『ねっけつ！怪談部』（画・加藤休ミ、あかね書房）、『ながしまのまんげつ』（画・加藤休ミ、小学館）がある。

瞠目笑《どうもくしょう》

天地万象をネタにした珍笑話集

2019年10月25日 初版第1刷発行

著　者　林家彦いち
発行人　三芳寛要
発行元　株式会社 パイ インターナショナル
〒170-0005　東京都豊島区南大塚2-32-4
TEL.03-3944-3981　FAX.03-5395-4830
sales@pie.co.jp

印刷・製本　シナノ印刷株式会社

© 2019 Hikoichi Hayashiya / PIE International
ISBN978-4-7562-5284-5 C3076
Printed in Japan

○本書の収録内容の無断転載・複写・複製等を禁じます。
○ご注文、乱丁・落丁本の交換等に関するお問い合わせは、小社までご連絡ください。